D0993936

Du même auteur, en poche :

Anita Blake :
1. *Plaisirs Coupables*
2. *Le Cadavre Rieur*
3. *Le Cirque des Damnés*
4. *Lunatic Café*
5. *Le Squelette Sanglant*
6. *Mortelle Séduction*
7. *Offrande Brûlée*
8. *Lune Bleue*
9. *Papillon d'Obsidienne*
10. *Narcisse Enchaîné*

Ravenloft – L'Alliance :
Mort d'un sombre seigneur

En grand format :

Anita Blake :
10. *Narcisse Enchaîné*
11. *Péchés céruléens*
12. *Rêves d'Incube*
13. *Micah*

www.bragelonne.fr

Laurell K. Hamilton

Micah

Anita Blake – tome 13

Suivi de trois histoires inédites

Traduit de l'anglais (États-Unis) par Isabelle Troin

Bragelonne

Collection dirigée par Stéphane Marsan et Alain Névant

Illustration de couverture :
Anne-Claire Payet

ISBN : 978-2-35294-467-6

Bragelonne
60-62, rue d'Hauteville – 75010 Paris

E-mail : info@bragelonne.fr
Site Internet : www.bragelonne.fr

Mon idée de l'amour n'est pas l'idéal de tout le monde.
Certains ont craqué sous la pression.
Ce livre est pour Jon, qui considère l'amour non comme un fardeau,
mais comme un cadeau.

Remerciements

À tous les gens qui m'aident à gérer mon quotidien : Darla Cook, Sherry Ganey, Lauretta Allen, Mary Schuermann et Richard Nichols (aucun rapport avec le personnage du même nom).

Aux membres de mon groupe d'écriture : Tom Drennan, Debbie Millitello, Rett MacPherson, Marella Sands, Sharon Shinn et Mark Summer. *Nill illigitamus carborundum.*

Chapitre premier

Il était une aube et demie quand le téléphone sonna, brisant mon premier rêve de la nuit en un millier de morceaux si bien que je fus incapable de me souvenir quel en était le sujet. Je me réveillai haletante et désorientée, après avoir dormi juste assez pour me sentir plus crevée que si j'avais passé une nuit blanche.

Près de moi, Nathaniel grogna et marmonna :

— Quelle heure est-il ?

La voix de Micah s'éleva de l'autre côté du lit, basse et grondante, encore enrouée par le sommeil.

— Trop tôt.

Je tentai de m'asseoir, mais comme je dors toujours entre eux deux, j'étais coincée… entortillée dans les draps, un bras pris dans la chevelure de Nathaniel. Normalement, il se fait une tresse avant de se coucher, mais la veille, nous étions tous rentrés tard, même selon nos critères, et nous nous étions écroulés sur notre lit dès que possible.

— Je ne peux pas bouger, dis-je en essayant d'extirper ma main sans lui tirer les cheveux ou les emmêler davantage.

Comme ils sont épais et lui tombent jusqu'aux chevilles, il y a matière.

— Laisse le répondeur se déclencher, suggéra Micah en se dressant sur les coudes pour jeter un coup d'œil au réveil. Nous avons dormi moins d'une heure.

Ses boucles formaient une masse ébouriffée autour de ses épaules et de son visage, que je distinguais à peine dans la pénombre de la pièce.

Je parvins enfin à dégager ma main des cheveux tièdes et parfumés à la vanille de Nathaniel. Allongée sur le côté, en appui sur un bras, j'attendis que le répondeur se déclenche et nous révèle si c'était la police qui cherchait à me joindre ou la Coalition poilue qui voulait parler à Micah. En tant que stripteaseur, Nathaniel est rarement appelé en urgence. C'est sans doute mieux ainsi : je ne veux même pas imaginer quel type d'urgence réclamerait son intervention. Les seules idées qui me viennent à l'esprit sont répugnantes ou totalement débiles.

Au bout de dix sonneries, le répondeur se déclencha enfin. Micah parla par-dessus le son de sa propre voix récitant notre message d'accueil.

— Qui a réglé le répondeur de la deuxième ligne sur dix sonneries ?

— Moi, répondit Nathaniel. Sur le coup, ça m'avait paru une bonne idée.

Nous avons fait installer une deuxième ligne parce que Micah gère un numéro d'urgence que les nouveaux métamorphes peuvent appeler pour demander des conseils ou un coup de main. Vous savez : « Je suis dans un bar et sur le point de perdre le contrôle ; venez me chercher avant que je vire poilu en public. »

Techniquement, être un métamorphe n'est pas illégal, mais il arrive que les personnes récemment infectées perdent le contrôle et bouffent quelqu'un avant de se rendre compte de ce qu'elles font. Les flics ont tendance à les descendre avant de les inculper... du moins, quand ils disposent de balles en argent. Dans le cas contraire... ça peut tourner assez vilain.

Micah est bien placé pour comprendre les problèmes des métamorphes puisqu'il est le Nimir-Raj local : le roi des léopards.

Pendant un moment, nous n'entendîmes qu'une respiration affolée. Je me redressai, laissant les draps glisser sur mes cuisses.

—Anita! Anita, c'est Larry. Tu es là?

Il semblait effrayé.

Nathaniel atteignit le téléphone avant moi, mais il se contenta de dire : « Salut Larry. Elle est là, je te la passe. » avant de me tendre le combiné, l'air inquiet.

Larry Kirkland – un de mes collègues marshal fédéral, réanimateur et exécuteur de vampires – ne panique plus si facilement ces jours-ci. Depuis qu'il bosse avec moi, il a mûri… ou vieilli.

—Larry, que se passe-t-il?

—Anita, Dieu merci.

Sa voix exprimait plus de soulagement que je n'aurais voulu en entendre dans la voix de quiconque. Parce que ça signifiait qu'il allait me demander un gros service, quelque chose qui lui ôterait un énorme fardeau des épaules ou résoudrait un problème important.

—Qu'est-ce qui ne va pas? demandai-je sans pouvoir dissimuler mon inquiétude.

Il déglutit assez fort pour que je l'entende.

—Moi, je vais bien… mais pas Tammy.

Ma main se crispa sur le combiné. Larry est marié à l'inspecteur Tammy Reynolds, qui appartient à la Brigade régionale d'Investigations surnaturelles. Ma première pensée fut qu'elle avait été blessée dans l'exercice de ses fonctions.

—Que lui est-il arrivé?

Micah s'appuya contre moi. Nathaniel ne bougeait pas et ne disait rien. Nous avions tous assisté au mariage. Je m'étais même tenue près de Larry devant l'autel.

—C'est le bébé. Anita, elle a commencé à accoucher.

Ç'aurait dû me rassurer, mais ce ne fut pas le cas… pas vraiment.

—Elle n'est enceinte que de cinq mois.

—Je sais, je sais. Les médecins essaient d'arrêter le travail, mais ils ne savent pas…

Larry n'acheva pas sa phrase.

Tammy et lui sortaient ensemble depuis un petit moment quand elle était tombée enceinte. Ils s'étaient mariés alors qu'elle en était à son quatrième mois de grossesse. Et maintenant, le bébé qui les avait incités à modifier tous leurs plans risquait de ne jamais naître… ou du moins, de ne pas survivre. Merde.

—Larry, je… Doux Jésus, Larry, je suis désolée. Dis-moi ce que je peux faire pour t'aider.

Je ne voyais vraiment pas comment je pourrais me rendre utile, mais quoi qu'il me demande, j'étais prête à le faire. Larry est mon ami, et je percevais une telle angoisse dans sa voix… Jamais il n'a réussi à maîtriser l'absence d'inflexion des bons flics.

—Je suis censé prendre un avion à 8 heures et aller relever un témoin pour le FBI.

—Celui qui est mort avant de pouvoir témoigner ? demandai-je.

—C'est ça. Il faut que le réanimateur qui s'en chargera soit aussi un marshal fédéral. Mon statut est l'une des raisons pour lesquelles le juge a accepté de prendre en compte le témoignage du zombie.

—Je m'en souviens, acquiesçai-je de mauvaise grâce.

Je n'étais pas contente. Je n'allais pas refuser ce service à Larry, pas alors que sa femme était à l'hôpital, mais je déteste voler. Non : j'ai peur en avion. Et merde.

—Je sais à quel point tu détestes prendre l'avion, dit Larry sur un ton d'excuse.

Et cela me fit sourire qu'il pense à ce genre de chose alors que sa vie était en train d'imploser.

—Ça ira, Larry. Je vais voir s'il reste des places à bord de ce vol. Sinon, j'en prendrai un autre qui décolle plus tard. Mais j'irai.

— Toutes mes notes sont chez Réanimateurs Inc. Je passais au bureau pour les prendre quand Tammy a appelé. Du coup, je crois que mon attaché-case est resté par terre. Tout est déjà dedans. L'agent en charge de cette affaire est… (Il hésita.) Putain, Anita, impossible de me rappeler.

Il se remettait à paniquer.

— Ça va aller, Larry. Je trouverai. J'appellerai les Fédéraux, et je leur expliquerai qu'il y a eu un changement de dernière minute.

— Bert va être furax. Tes tarifs pour une réanimation de zombie sont presque quatre fois plus élevés que les miens.

— Le contrat est déjà en cours d'exécution. Nous ne pouvons pas modifier le prix de notre prestation.

— Non (et Larry faillit glousser), mais Bert nous en voudra quand même de ne pas avoir essayé.

J'éclatai de rire parce qu'il avait raison. Autrefois, Bert était notre patron, mais tous les réanimateurs de la boîte se sont ligués pour fomenter un coup d'État. Nous lui avons proposé de devenir notre gérant ou de dégager. Après avoir compris que ses revenus n'en seraient pas affectés, il a accepté le poste.

— Je vais chercher le dossier au bureau et filer à l'aéroport. Je me charge du zombie. Toi, tu t'occupes juste de toi et de Tammy.

— Merci, Anita. Je ne sais pas ce que je… Le docteur est là ; il faut que j'y aille.

Et il raccrocha.

Je tendis le téléphone à Nathaniel, qui le reposa doucement sur son support.

— Alors ? C'est grave ? s'enquit Micah.

Je haussai les épaules.

— Aucune idée. Je crois que Larry ne le sait pas vraiment.

J'entrepris de m'extirper des couvertures et du cocon douillet formé par leurs deux corps.

— Où vas-tu ? demanda Micah.

—J'ai un billet à réserver et un dossier à récupérer.

—Tu envisages vraiment de prendre l'avion toute seule ? s'étonna-t-il.

Il s'était assis, les genoux remontés contre sa poitrine et les bras autour de ses jambes. Je le regardai fixement depuis le pied du lit.

—Oui.

—Quand reviendras-tu ?

—Demain, ou après-demain.

—Dans ce cas, tu vas devoir réserver au moins deux places.

Il me fallut un moment pour comprendre ce que Micah voulait dire.

Je relève les morts, et je suis une exécutrice de vampires licenciée. Ça, c'est ce dont la police est certaine à mon sujet. Je suis également marshal fédéral parce que tous les exécuteurs de vampires capables de réussir une épreuve de tir à l'arme de poing ont bénéficié d'une « clause grand-père » pour obtenir ce titre, qui leur accorde davantage de pouvoirs tout en permettant de mieux les contrôler. Du moins, c'est l'idée.

Mais je suis aussi la servante humaine de Jean-Claude, le Maître de la Ville de Saint Louis. Et du fait de mes liens avec lui, j'ai hérité de certaines capacités… dont l'ardeur. C'est comme si le sexe me nourrissait. Si je ne « mange » pas assez, je tombe malade.

En soi, ce n'est pas si terrible, mais je risque de faire du mal à tous ceux auxquels je suis métaphysiquement connectée. Pire, je peux drainer leurs forces vitales. Autre possibilité : l'ardeur jette son dévolu sur quelqu'un au hasard – ce qui signifie qu'elle choisit ses victimes, et que je n'ai pas toujours mon mot à dire sur la suite. Beurk.

Donc, je me nourris de mes petits amis et de quelques amis. Pas toujours du même homme, parce que ça risquerait de le tuer. L'amour à mort, dans mon cas, ce n'est pas juste une expression.

Jean-Claude détient aussi l'ardeur, et ça fait des siècles qu'il la gère. Mais ma version est un peu différente de la sienne… à moins que je ne la contrôle pas encore assez bien. Oh! j'y travaille, mais… ce serait vraiment catastrophique que je perde les pédales à bord d'un avion bourré d'inconnus. Ou dans une camionnette pleine d'agents fédéraux.

— Que vais-je faire? Je ne peux pas emmener mon petit ami pour intervenir dans une affaire fédérale.

— Tu n'y vas pas en tant que marshal, fit valoir Micah. Pas vraiment. Ce sont tes talents de réanimatrice dont ils ont besoin. Donc, tu n'as qu'à dire que je suis ton assistant. Ils ne feront pas la différence.

— Pourquoi c'est toi qui l'accompagnerais? protesta Nathaniel.

Il s'était radossé aux oreillers, les draps couvrant à peine sa nudité.

— Parce que c'est de toi qu'elle s'est nourrie en dernier, répondit Micah. (Il se déplaça pour toucher l'épaule de Nathaniel.) Je peux la nourrir plus souvent que toi sans m'évanouir ou tomber malade.

— Parce que tu es le Nimir-Raj et moi juste un léopard normal, marmonna Nathaniel sur un ton boudeur. (Il soupira.) Je ne veux pas vous embêter, mais je ne suis encore jamais resté seul à la maison.

Micah et moi échangeâmes un regard et partageâmes un de ces instants de complicité tacite.

Nous vivons ensemble depuis six mois. Micah et Nathaniel ont emménagé chez moi à peu près en même temps. Je ne suis jamais sortie avec un seul des deux… pas vraiment. Je veux dire, il m'arrive d'aller quelque part avec un seul d'entre eux, et nous ne baisons pas toujours à trois, mais nous dormons toujours tous ensemble.

Micah et moi avons tous deux besoin d'un peu de solitude de temps à autre. Pas Nathaniel. Il déteste être seul.

—Tu veux dormir chez Jean-Claude pendant notre absence? suggérai-je.

—Tu crois qu'il voudra de moi sans toi? demanda Nathaniel.

Je comprenais très bien ce qu'il insinuait, mais…

—Jean-Claude t'aime bien.

—Ça ne le dérangera pas, renchérit Micah. Et Asher encore moins.

Quelque chose dans la façon dont il avait dit ça me fit tourner la tête vers lui.

Asher est le bras droit de Jean-Claude. Ils ont été amis, ennemis, amants, ennemis encore, et ils ont partagé une femme qu'ils aimaient tous deux pendant quelques décennies de bonheur… avant de la perdre et d'enchaîner plusieurs siècles de malheur.

—Pourquoi dis-tu ça comme ça? demandai-je.

—Asher aime les hommes davantage que Jean-Claude, répondit Micah.

Je fronçai les sourcils.

—Est-ce que tu insinues qu'il t'a fait des avances, ou qu'il en a fait à Nathaniel?

Micah rit.

—Non. Au contraire, Asher se montre toujours très, très prudent vis-à-vis de nous. Étant donné que nous nous sommes déjà trouvés nus dans un lit avec lui, Jean-Claude et toi – plus d'une fois, même! –, il se comporte en parfait gentleman.

—Alors, pourquoi ce commentaire sur le fait qu'il aime les hommes bien plus que Jean-Claude? insistai-je.

—À cause de la façon dont Asher regarde Nathaniel quand tu n'es pas là.

Je dévisageai l'autre homme dans mon lit. Il semblait parfaitement à son aise, à moitié nu dans mes draps.

—Est-ce qu'Asher te dérange?

Nathaniel secoua la tête.

—Non.

—As-tu remarqué qu'il te regardait comme Micah vient de le dire ?

— Oui, acquiesça-t-il placidement.

— Et ça ne t'ennuie pas ?

Il sourit.

— Je suis stripteaseur, Anita. J'ai l'habitude que les gens me regardent comme ça.

— Mais tu ne partages pas ton lit avec eux.

— Je ne partage pas non plus mon lit avec Asher. Il boit mon sang pour pouvoir te baiser. C'est peut-être sensuel, mais ce n'est pas une question de sexe. C'est une question de sang.

Je réfléchis, tentant de mettre de l'ordre dans le grand bordel qu'était devenue ma vie amoureuse.

— Mais Micah insinue qu'Asher te considère comme bien plus qu'un calice.

— Je n'insinue pas, répliqua l'intéressé. J'affirme que s'il ne pensait pas que Jean-Claude ou toi en prendriez ombrage, Asher aurait déjà fait des avances à Nathaniel.

Mon regard fit la navette entre les deux hommes.

— Vous croyez ?

Ils hochèrent la tête en même temps, comme s'ils s'étaient entraînés.

— Et vous le saviez tous les deux ?

Nouveaux hochements de têtes.

— Pourquoi ne m'avez-vous rien dit ?

— Parce que jusqu'ici, toi ou moi avons toujours été là pour protéger Nathaniel, répondit Micah. Ce qui ne sera pas le cas pendant les jours à venir.

Je soupirai.

— Ça ira, répondit Nathaniel. Si je suis vraiment inquiet pour ma vertu, je dormirai avec Jason.

Son sourire s'élargit.

— Qu'y a-t-il de si drôle ? demandai-je d'un ton un peu sec.

J'étais agacée parce que l'attirance d'Asher pour Nathaniel m'avait complètement échappé. Parfois, j'ai l'impression d'être débile, et parfois, je me dis que je ne suis simplement pas de taille à gérer tous ces hommes dans ma vie.

— Si tu voyais ta tête… Si inquiète, si surprise!

Nathaniel se mit à quatre pattes, abandonnant les draps derrière lui. Il rampa vers moi, nu et splendide.

Je me tenais au bout du lit, et je n'avais nulle part où aller. Mais il s'approcha si vite que je tentai quand même de reculer et me cassai la figure. Je restai assise par terre, nue comme au premier jour, me demandant s'il me restait encore la moindre once de dignité à sauver.

Par-dessus le bord du lit, Nathaniel me regarda en grimaçant.

— Si je te disais que j'ai trouvé ça très mignon, tu m'en voudrais?

— Oui, répondis-je, mais je luttais pour réprimer un sourire.

Nathaniel se pencha vers moi.

— Dans ce cas, je ne le dirai pas. Je t'aime, Anita.

De toute évidence, il voulait m'embrasser, mais j'étais trop loin. Je me dressai sur les genoux pour venir à sa rencontre et chuchotai contre ses lèvres:

— Je t'aime aussi.

— Dis-moi où nous allons, lança Micah, et je m'occupe des réservations.

Je m'écartai juste assez de Nathaniel pour marmonner:

— À Philadelphie.

Nathaniel pressa de nouveau sa bouche contre la mienne, se tenant au montant du lit d'une seule main. Les muscles de son bras saillirent joliment alors qu'il repoussait mes cheveux en arrière de son autre main.

— Tu vas me manquer.

— Toi aussi, dis-je.

Et je pris conscience que c'était vrai. Mais peut-être pourrais-je expliquer la présence d'un assistant… pas celle de deux. Si j'emmenais Nathaniel, les Fédéraux se demanderaient qui étaient ces hommes et pour quelle raison exacte j'avais besoin d'eux. Du moins, c'est ce que je me disais.

Scrutant les yeux lavande de Nathaniel, je me demandai si je me souciais assez de l'opinion du FBI au point de le laisser derrière moi. Et la réponse était : presque pas assez. Presque.

Chapitre 2

Nous récupérâmes le dossier de Larry sur le chemin de l'aéroport. Micah conduisait pour me permettre de trouver un numéro afin de prévenir tout le monde à Philadelphie du changement de casting. D'après sa carte de visite, le contact de Larry était l'« agent spécial Chester Fox ».

Il décrocha à la deuxième sonnerie.

— Fox.

Même pas de « allô ». Je me demande bien ce qui, dans leur boulot, rend tous les flics si grossiers au téléphone.

— Ici le marshal fédéral Anita Blake. Vous attendez le marshal Kirkland ce matin.

— Il ne viendra pas, devina Fox.

— Lui, non. Mais moi, si. Je suis en route.

— Qu'est-il arrivé à Kirkland ?

— Sa femme est à l'hôpital.

Je me demandai quelle quantité de détails je devais lui communiquer au téléphone. Probablement pas beaucoup, décidai-je.

— J'espère qu'elle va se rétablir.

La voix de Fox avait perdu un peu de son mordant. Il semblait presque amical. Cela le fit remonter d'un cran dans mon estime.

— Elle, probablement. Pour le bébé, ils ne sont pas sûrs.

Silence à l'autre bout de la ligne. J'en avais sans doute trop dit. Toujours cette mauvaise habitude de fille. C'est plus dur pour nous de rester détachées.

— Je l'ignorais. Je suis désolé que le marshal Kirkland ne puisse pas venir, et plus désolé encore d'apprendre pour quelle raison. J'espère que les choses s'arrangeront pour lui et sa famille.

— Moi aussi. En attendant, c'est moi qui le remplacerai.

— Je sais qui vous êtes, marshal Blake. (Fox s'était remis à aboyer.) Votre réputation vous précède.

Là, il avait l'air carrément fâché.

— Ça vous pose un problème, agent Fox ?

— Agent spécial Fox, me corrigea-t-il.

— Très bien. Ça vous pose un problème, agent spécial Fox ?

— Êtes-vous consciente que vous détenez le record d'exécutions vampiriques légales dans ce pays ?

— Je suis au courant, oui.

— Vous venez ici pour relever un mort, marshal, pas pour tuer qui que ce soit. Est-ce que c'est bien clair ?

Il commençait à m'énerver sérieusement.

— Je ne tue pas pour le plaisir, agent spécial Fox.

— Ce n'est pas ce que j'ai entendu, répliqua-t-il doucement.

— Il ne faut pas croire tout ce que vous entendez.

— Si je croyais tout ce que j'entends, je ne vous laisserais même pas poser un pied dans ma ville, Blake.

Micah me toucha la jambe, juste pour me réconforter pendant qu'il conduisait avec l'autre main. Nous étions déjà sur la 70, ce qui signifiait que nous atteindrions l'aéroport dans quelques minutes.

— Vous savez, Fox, si vous êtes à ce point braqué contre moi, nous pouvons aussi faire demi-tour et ne pas venir. Vous n'aurez qu'à relever votre putain de zombie vous-même.

— « Nous » ?

—J'amène un assistant, dis-je, les narines frémissantes de colère.

—Et en quoi exactement vous assistera-t-il ? demanda Fox sur ce ton que les hommes utilisent contre les femmes depuis des siècles… ce ton qui insinue que nous sommes des traînées sans toutefois le dire ouvertement.

—Je vais être très claire avec vous, agent spécial Fox. (Ma voix était froide et calme comme chaque fois que je me retiens de hurler. Micah crispa la main sur ma cuisse.) Votre attitude me laisse penser que nous ne parviendrons pas à collaborer. Vous avez prêté l'oreille à tant de rumeurs que vous ne reconnaîtriez pas la vérité si elle vous mordait le cul.

Il voulut répliquer, mais je l'interrompis.

—Réfléchissez très attentivement à ce que vous allez dire, agent spécial Fox, parce que si ça ne me plaît pas, nous ne nous verrons pas à Philadelphie aujourd'hui… ni jamais.

—Cela signifie-t-il que si je ne vous parle pas gentiment, vous refuserez de me parler tout court ? demanda-t-il d'une voix aussi calme que la mienne.

—« Gentiment » ? Franchement, Fox, « correctement » me suffirait. Je peux savoir pourquoi vous avez une dent contre moi alors que nous ne nous sommes jamais rencontrés ?

Il soupira.

—J'ai fait des recherches sur les marshals fédéraux qui sont également réanimateurs. La liste n'est pas longue.

—En effet. Et alors ?

—Kirkland est du genre à débarquer, à faire le boulot et à rentrer chez lui. Mais vous… Chaque fois que vous vous impliquez dans une affaire, ça part en couille.

Je pris une grande inspiration et comptai jusqu'à vingt – parce que dix, cc n'était pas suffisant.

—Reprenez vos dossiers et regardez mieux le genre d'affaire sur lequel on me fait intervenir, Fox. Personne ne m'appelle à moins que ce soit déjà le bordel. La causalité n'a rien à voir là-dedans.

— Vous avez bossé sur des cas assez merdiques, marshal Blake, je vous le concède. (Il soupira encore.) Mais vous avez la réputation de buter d'abord et de poser des questions ensuite. Quant aux rumeurs, vous avez raison : le portrait qu'elles font de vous n'est pas particulièrement flatteur.

— Tâchez de ne pas oublier, Fox, que les types qui racontent des histoires salaces sur mon compte sont ceux qui n'ont pas pu me sauter.

— Vous en êtes certaine ?

— Absolument.

— Donc, d'après vous, c'est de l'aigreur, parce qu'il n'a pas décroché le cocotier.

— Ah ! Nous parlons de quelqu'un de précis. Qui ?

Fox garda le silence une seconde ou deux.

— Vous avez travaillé sur une affaire de meurtres en série au Nouveau-Mexique, il y a environ deux ans. Vous vous en souvenez ?

— Toute personne ayant bossé sur cette affaire s'en souviendrait, agent spécial Fox. Il est des choses impossibles à oublier.

— Sortiez-vous avec quelqu'un quand vous étiez là-bas ?

La question me prit au dépourvu.

— Vous voulez dire, au Nouveau-Mexique ?

— Oui.

— Non, pourquoi ?

— Il y avait un flic du nom de Ramirez.

— Je me souviens très bien de l'inspecteur Ramirez. Il m'a proposé un rencard, j'ai refusé, et il n'a pas dit de mal de moi pour autant.

— Comment pouvez-vous en être certaine ?

— Parce que Ramirez est un brave type, pas du tout du genre à salir la réputation d'une femme pour la seule raison qu'elle a refusé ses avances.

Micah s'était arrêté devant l'un des parkings de Pear Tree Lane. Nous avions quitté la 70, et je ne m'en étais pas aperçue.

—On se gare ? me demanda-t-il.

Mais la véritable question était : « On va à Philadelphie, oui ou non ? »

—Un autre des agents qui bossaient sur ce cas vous a-t-il fait des avances ?

—Pas que je me rappelle.

—Avez-vous eu des problèmes avec quelqu'un pendant votre séjour là-bas ?

—Des tas de gens.

—Donc, vous admettez.

—Fox, je suis une femme ; je ne suis pas trop mal roulée ; j'ai un insigne et un flingue ; je gagne ma vie en relevant des morts et en exécutant des vampires. Un seul des points de cette liste suffirait pour que la plupart des gens me cherchent des noises. Si vous voulez tout savoir, au Nouveau-Mexique, un lieutenant m'a même jeté une citation de la Bible à la figure.

—Laquelle ?

—« Point ne souffriras que vive une sorcière. »

—Il n'a pas fait ça !

Fox semblait sincèrement choqué, une chose qui n'arrive pas souvent aux agents du FBI.

—Hé si !

—Comment avez-vous réagi ?

—Je l'ai embrassé direct sur la bouche.

Il émit un bruit qui aurait pu être un rire contenu.

—Vous avez vraiment fait ça ?

—Ça l'a beaucoup plus perturbé que si je l'avais frappé, et ça m'a empêché de me retrouver avec des menottes. Mais je parie que les autres flics qui nous ont vus lui ont fait vivre un enfer pendant les jours qui ont suivi.

Maintenant, Fox riait ouvertement.

Derrière nous, des voitures klaxonnaient.

—Anita, on y va, oui ou non ? demanda Micah.

—Mon assistant veut savoir si nous prenons l'avion pour Philadelphie. Que dois-je lui répondre ?

—Oui. Dites-lui que vous venez, gloussa Fox.

—On y va, rapportai-je à Micah.

—Marshal Blake, je vais faire une chose que je ne fais jamais, et si vous le répétez à qui que ce soit, je nierai.

—De quoi s'agit-il ?

Micah appuya sur le bouton rouge de l'automate qui se dressait à l'entrée du parking, et il attendit que notre ticket sorte de la fente. Je lui avais dit de laisser la voiture au valet. Quand vous devez vous traîner à l'aéroport alors qu'il ne fait même pas encore jour, ça vaut le coup de payer quelques dollars de plus pour que quelqu'un gare votre bagnole à votre place.

—Je m'excuse, dit Fox. J'ai écouté quelqu'un qui était au Nouveau-Mexique en même temps que vous. Sa version de votre altercation avec le lieutenant était très différente.

—Que vous a-t-il raconté ?

À présent, nous roulions dans la pénombre du parking.

—Il m'a dit que vous aviez dragué un homme marié, et que vous aviez mal réagi quand il vous avait repoussée.

—Si vous aviez rencontré le lieutenant Marks, vous sauriez que c'est impossible.

—Il n'est pas assez beau gosse pour vous ?

J'hésitai.

—Oh ! il n'était pas si moche, mais le physique ne fait pas tout. La personnalité, la politesse, l'équilibre mental, c'est bien aussi.

Micah venait de contourner la guérite vitrée. L'employé se dirigeait vers nous. Dans quelques instants, nous devrions descendre de voiture.

—Si je veux attraper cet avion, je dois y aller.

—Pourquoi avez-vous refusé de sortir avec l'inspecteur Ramirez ? demanda Fox.

Ça ne le regardait pas, mais je répondis quand même.

—Je fréquentais déjà quelqu'un chez moi, dans le Missouri. Je n'avais pas envie de me compliquer la vie.

—Quelqu'un m'a dit que vous n'aviez pas pu vous empêcher de le tripoter sur la dernière scène de crime.

Je voyais très bien de quoi il parlait.

—Nous nous sommes serrés dans les bras, agent Fox, parce que après avoir vu ce que renfermait cette maison, nous avions tous les deux besoin de toucher quelque chose de chaud et de vivant. Je laisse un homme me tenir la main, et tous les autres pensent que je couche avec lui ? Franchement, il y a des jours où je déteste être la seule femme sur ce genre d'affaire merdique.

Je descendis de voiture. Micah sortait déjà nos bagages du coffre.

—Ce n'est pas tout à fait exact, marshal. Si j'avais serré Ramirez dans mes bras ou que je l'avais laissé me tenir la main, ça aurait sûrement déclenché des rumeurs aussi.

Une seconde, je restai interloquée, puis j'éclatai de rire.

—Vous savez quoi ? Je crois que vous avez raison.

Micah avait échangé les clés de la voiture contre un ticket. Il fit sortir la poignée de nos bagages à main. J'en pris un des deux mais, comme j'étais toujours au téléphone, confiai mon attaché-case à Micah. La navette nous attendait, nous et les autres passagers, près de l'entrée du parking.

—J'ai hâte de vous rencontrer, marshal Blake, conclut Fox. Il est temps que je cesse d'écouter les ragots.

—Merci… je crois.

—On se voit tout à l'heure.

Et il raccrocha.

Je refermai mon portable. Je montais déjà dans le bus quand le chauffeur tenta de me prendre ma valise. C'était à cause de mon tailleur et de mes escarpins à talons hauts. On me propose toujours beaucoup plus d'aide quand je suis habillée en fille.

Micah monta derrière moi, et le chauffeur l'ignora superbement alors qu'il s'était fait beau, lui aussi. Nous avions choisi son costume le plus classique, un modèle de designer italien qui avait l'air ruineux… ce qui était bel et bien le cas.

Personne ne prendrait jamais Micah pour un agent fédéral – même si nous avions lissé et tressé ses cheveux bouclés en arrière, et même s'il portait une chemise blanche et une cravate du meilleur goût sous sa veste de costard.

Nous nous installâmes tout au fond du bus. Micah avait gardé ses lunettes de soleil dans le parking obscur pour dissimuler ses yeux de léopard. Autrefois, quelqu'un de très méchant l'a forcé à prendre sa forme animale si souvent et à la garder si longtemps qu'il ne peut plus retrouver un aspect complètement humain. Ses yeux sont magnifiques dans son visage bronzé, mais les gens ont tendance à être effrayés quand ils les voient… d'où les lunettes.

Je me demandai comment le FBI réagirait en voyant Micah. M'en souciais-je vraiment? Non. J'avais réussi à arranger le coup avec l'agent spécial Fox, ou du moins, il me semblait. Mais quelqu'un qui s'était trouvé au Nouveau-Mexique racontait des saloperies sur mon compte. Qui? Pourquoi? Est-ce que j'en avais vraiment quelque chose à faire? En fait, oui.

Chapitre 3

Je déteste prendre l'avion. Disons que c'est une phobie, et restons-en là.

Je ne fis pas saigner Micah, mais je laissai sur sa main de petites marques d'ongles en forme de croissant de lune – même si je ne m'en rendis compte qu'après l'atterrissage, pendant que nous récupérions nos bagages dans le compartiment au-dessus de nos têtes. Alors, je lui demandai :

— Pourquoi ne m'as-tu pas dit que je te faisais mal ?

— Ça ne me dérangeait pas.

Je fronçai les sourcils. J'aurais bien voulu voir ses yeux ; mais en vérité, ils ne m'auraient sans doute rien appris.

Micah n'a jamais été flic, mais il a été à la merci d'un fou pendant des années. Il a appris à dissimuler ses pensées pour éviter que son ancien maître le batte à cause de ça. Du coup, il a l'un des visages les plus paisibles et les plus inexpressifs que je connaisse. Une expression de patience et d'expectative que les saintes et les anges devraient arborer, mais que leurs effigies n'affichent que rarement.

Micah n'aime pas la douleur, pas de la même façon que Nathaniel. Donc, il aurait dû me faire remarquer que je lui plantais mes ongles dans la main, et ça me perturbait qu'il s'en soit abstenu.

Nous nous retrouvâmes coincés dans l'allée centrale de l'avion parce que tous les autres passagers s'étaient levés pour récupérer leurs bagages, eux aussi. Autrement dit, j'avais le temps de me presser contre son dos et de demander :

— Pourquoi n'as-tu rien dit ?

Micah se laissa aller contre moi en souriant.

— Tu veux la vérité ?

Je hochai la tête.

— C'était chouette d'être le plus courageux, pour une fois.

Je me rembrunis.

— Qu'est-ce que c'est censé signifier ?

Il se tourna juste assez pour pouvoir déposer un doux baiser sur mes lèvres.

— Ça signifie que tu es la personne la plus courageuse que j'aie jamais rencontrée, et que parfois c'est dur pour les hommes qui partagent ta vie.

Je ne lui rendis pas son baiser. Et pour la première fois depuis que je le connaissais, je ne réagis pas à son contact. J'étais trop occupée à grimacer et à décider si je devais me sentir insultée ou pas.

— Quoi, je suis trop courageuse pour une fille ? C'est vraiment une réaction de sale macho…

Micah me coupa la parole en m'embrassant. Et cette fois, il ne se contenta pas d'appuyer ses lèvres sur les miennes. Ce fut comme s'il fondait dans ma bouche.

Ses mains remontèrent le long du cuir de mon trois-quarts. Il se pressa très étroitement contre moi, assez étroitement et assez longtemps pour que je sente son corps manifester la satisfaction que lui inspirait ce contact.

Il s'écarta de moi, me laissant haletante et le souffle court. Je déglutis avec difficulté et articulai :

— C'est pas juste.

— Je ne veux pas qu'on se dispute, Anita.

— C'est pas juste, répétai-je seulement.

Micah partit de ce rire merveilleux et irritant à la fois, ce rire si masculin qui exprimait à quel point il était ravi de l'effet qu'il me faisait. Sa bouche était pleine de rouge à lèvres, ce qui signifiait que je devais avoir l'air d'un clown.

Je voulus le foudroyer du regard et n'y parvins pas tout à fait. Difficile de faire la gueule quand vous luttez pour éviter de sourire béatement. La colère et l'extase ne font pas bon ménage. Et merde.

La file avançait. Micah se mit à pousser son bagage à main devant lui. J'aime traîner le mien derrière moi; lui, c'est l'inverse. Il tenait aussi mon attaché-case: il m'avait fait remarquer qu'en tant qu'assistant il était normal qu'il soit le plus chargé de nous deux. J'aurais sans doute protesté, mais il m'avait embrassée et je n'avais plus rien trouvé à dire.

Micah me fait le même effet depuis l'instant où je l'ai rencontré. Il m'a inspiré du désir au premier regard, ou peut-être au premier contact. Ce qui m'embarrasse toujours un peu. Ce n'est pas mon genre de craquer pour quelqu'un si vite et si fort.

Je m'attendais vraiment que la flamme finisse par s'éteindre, ou qu'on se sépare après une dispute monstrueuse, mais ça fait six mois maintenant, et toujours rien. Six mois, et pas de rupture à l'horizon. C'est un record pour moi.

Oui, je sors avec Jean-Claude depuis deux ans, mais c'est une relation intermittente, comme la plupart de mes relations de couple. Micah est le seul homme qui soit jamais entré dans ma vie et qui ait réussi à y rester.

Une des raisons, c'est que, chaque fois qu'il me touche, je fonds littéralement. En tout cas, j'en ai l'impression. Du coup, je me sens faible et beaucoup trop fifille. Je déteste ça.

L'hôtesse de l'air espérait que nous avions fait un agréable voyage. Elle avait un sourire un peu trop prononcé. Quelle quantité de rouge à lèvres restait sur ma bouche, et combien était étalé sur le reste de mon visage?

Le seul avantage, c'est que nous pouvions nous rafraîchir avant de rejoindre les agents du FBI. Ils auraient pu franchir la sécurité avec leur insigne, mais par les temps qui courent, même les Fédéraux n'aiment pas abuser de leurs privilèges dans les aéroports.

Je portais mon flingue dans son holster, mais j'avais un permis pour ça. Marshal fédéral ou non, désormais, il faut suivre une formation spéciale pour garder son arme dans un avion. Soupir.

J'attirai quelques regards amusés et suscitai de nombreux gloussements lorsque j'entrai dans le hall principal de l'aéroport. J'avais vraiment besoin d'un miroir.

Micah se tourna vers moi, luttant pour réprimer un large sourire.

—J'ai salopé ton rouge à lèvres. Désolé.

—Tu n'es pas désolé du tout.

—Non, tu as raison.

—C'est si terrible que ça ?

Lâchant la poignée de sa valise à roulettes, il m'essuya le menton du pouce et me montra son doigt. Il était écarlate.

—Doux Jésus, Micah !

—Si tu avais mis du fond de teint, je ne l'aurais pas fait.

Il mit son pouce dans sa bouche et se mit à le sucer en l'enfonçant plus profondément que nécessaire. Je l'observai, fascinée.

—J'adore le goût de ton rouge à lèvres.

Je secouai la tête et détournai le regard.

—Cesse de me provoquer.

—Pourquoi ?

—Parce que je ne pourrai pas faire mon boulot si je passe mon temps à me pâmer devant toi.

De nouveau, Micah partit de ce rire si masculin. J'empoignai ma valise et le dépassai d'un pas vif.

—Ça ne te ressemble pas de me provoquer autant.

Il me rattrapa.

—Non, d'habitude, c'est Nathaniel, ou Jean-Claude, ou Asher qui font ça. Moi, je me tiens à carreau à moins que tu sois en colère contre moi.

Je réfléchis à ce qu'il venait de dire, et cela me fit ralentir. Ça, et mes talons de huit centimètres.

—Tu es jaloux d'eux ?

—Pas de la façon que tu imagines. Mais c'est la première fois que nous sommes seuls tous les deux, Anita. Juste toi et moi, sans personne d'autre autour.

Je m'arrêtai net… si net que le type qui marchait derrière nous jura et dut nous contourner. Je fis volte-face et dévisageai Micah.

—Nous avons déjà été seuls. Nous sommes souvent sortis tous les deux.

—Mais jamais plus de quelques heures. Jamais toute une nuit.

Je fouillai ma mémoire. Il me semblait qu'en six mois nous avions bien dû réussir à passer au moins une nuit seuls ensemble. Mais j'eus beau me creuser la tête, je ne trouvai rien. Finalement, je dus admettre que Micah avait raison.

—Çà par exemple ! murmurai-je.

Micah me sourit, la bouche toujours barbouillée de mon rouge à lèvres.

—Il y a des toilettes par là.

Nous tirâmes nos valises contre le mur, et j'abandonnai Micah avec le petit groupe d'hommes qui surveillaient eux aussi les bagages de leur dulcinée. Certains étaient accompagnés d'enfants.

Bien entendu, il y avait la queue chez les dames, mais quand il apparut que je ne tentais pas de resquiller – juste de rectifier mon maquillage –, personne ne s'offusqua de me voir me diriger vers les lavabos. En fait, quelques voyageuses taquines hasardèrent des hypothèses sur ce que j'avais bien pu faire pour me barbouiller de rouge à ce point.

J'avais effectivement l'air d'un clown. Je sortis ma petite trousse à maquillage de mon attaché-case. C'est Micah qui avait insisté pour que je l'emporte ; livrée à moi-même, j'aurais sans doute oublié. J'avais un flacon de démaquillant très doux qui enlevait tout, y compris le rouge à lèvres. Je me débarbouillai, puis remis de l'eye-liner et du rouge.

Le rouge était vraiment très rouge. Par contraste, il faisait paraître ma peau claire presque translucide. Mes cheveux du même brun très foncé que mes yeux brillaient doucement dans la lumière électrique. À la maison, j'avais rajouté un peu d'ombre à paupières et de mascara et décrété que ça suffirait. Je porte rarement du fond de teint.

Micah avait raison : sans fond de teint, mon maquillage était récupérable, mais… mais. J'étais tout de même énervée. Je voulais quand même être en colère. Je voulais, mais je n'y arrivais pas. Pourquoi tenais-je tant à être en colère ? Pourquoi cela me rendait-il dingue que Micah puisse me faire tout oublier rien qu'en me touchant ? Pourquoi cela me tracassait-il à ce point ?

Parce que c'était moi. J'ai un don pour démonter ma vie amoureuse et examiner chaque morceau sous toutes les coutures jusqu'à ce que je finisse par le casser. Il n'y a pas si longtemps, je me suis promis d'arrêter ça. De ne plus me poser de questions et de simplement profiter de ma vie. Je sais : ç'a l'air simple… mais ça ne l'est pas. Pourquoi les choses les plus faciles en apparence sont-elles parfois les plus difficiles à faire ?

Je pris une grande inspiration et, en ressortant des toilettes, m'arrêtai devant le miroir en pied. J'aurais bien porté du noir, mais Bert pense que ça donne une mauvaise impression – que « ça fait trop deuil », pour reprendre ses paroles.

Ma blouse en soie était de la même teinte que mon rouge à lèvres, mais Bert s'en était déjà plaint quelques mois auparavant : le rouge et le noir, il trouvait ça « trop agressif ». Donc, j'avais opté pour un tailleur gris à fines rayures noires et anthracite.

La veste s'arrêtait à la taille, à l'endroit où elle rejoignait la jupe assortie. Cette dernière était plissée et se balançait joliment autour de mes cuisses quand je bougeais. J'avais déjà fait le test à la maison, mais je le refis juste au cas où. Non, impossible d'apercevoir le haut de mes bas.

Je ne possède plus aucune paire de collants. J'ai fini par accepter le fait qu'un porte-jarretelles confortable – difficile à trouver, mais valant bien la peine qu'on le cherche – et de jolis bas sont plus agréables à porter que des collants. Il faut juste faire attention que personne ne les voie, votre partenaire excepté. Les hommes ont des réactions très bizarres quand ils découvrent que vous êtes en porte-jarretelles sous votre jupe.

Si j'avais su que l'agent spécial Fox avait des préjugés à mon encontre, j'aurais sans doute opté pour un tailleur-pantalon. Trop tard, maintenant. Pourquoi est-ce un crime pour une femme de prendre soin de son apparence ?

Les rumeurs se calmeraient-elles si je m'habillais comme un sac ? Peut-être. Évidemment, quand je me contente d'un jean et d'un tee-shirt, les clients se plaignent que je fais trop décontractée… pas assez professionnelle. Parfois, il n'y a pas moyen de gagner.

J'essayais de gagner du temps. Et merde. Je ne voulais pas sortir rejoindre Micah. Pourquoi ? Parce qu'il avait raison : c'était la première fois que nous allions nous retrouver seuls si longtemps. Pourquoi cette perspective me nouait-elle la gorge et affolait-elle les battements de mon cœur ?

J'avais peur. Peur de quoi ? Peur de Micah ? En quelque sorte. Mais j'avais davantage peur de moi, me semblait-il. Peur que sans Nathaniel, ou Jean-Claude, ou Asher, ou quelqu'un d'autre pour équilibrer la situation, Micah et moi ne soyons pas capables de fonctionner en tant que couple. Peur que sans l'interférence des autres hommes de ma vie, notre relation foire lamentablement ; que trop de temps passé seuls et trop de vérité la fassent voler en éclats.

Je voulais éviter cela. Je ne voulais pas que Micah me quitte. Et dès l'instant où vous tenez à lui à ce point, un homme a gagné. Il possède un petit bout de votre âme, et il peut vous torturer avec jusqu'à ce que la mort s'ensuive.

Vous ne me croyez pas ? C'est que vous n'avez jamais été amoureux de quelqu'un qui a fini par vous trahir. Petits veinards.

Je pris une grande inspiration pour me calmer et expirai lentement. Je fis certains des exercices de respiration que j'avais étudiés ces derniers temps. Oui, j'essaie d'apprendre à méditer. Le souffle, ça va, je maîtrise – mais pour l'instant, je n'arrive pas à faire taire mon esprit, pas sans le remplir de pensées et d'images hideuses. Trop de violence dans ma vie, trop de violence dans ma tête.

Micah est l'un de mes refuges. Ses bras, son corps, son sourire. Sa façon de m'accepter comme je suis, violence comprise.

Bravo. Je me remettais à paniquer. Ça m'apprendra à trop réfléchir.

Je pris une nouvelle grande inspiration et sortis des toilettes. Je ne pouvais pas rester planquée là toute la journée ; les Fédéraux m'attendaient. Et puis, personne ne peut se dissimuler à soi-même. Personne ne peut se cacher pour échapper à ses propres pensées. Malheureusement.

Quand il me vit, Micah m'adressa un grand sourire… celui qui m'était réservé ; celui qui semblait dénouer quelque chose de crispé et d'amer en moi. Chaque fois qu'il me sourit de cette manière, je respire mieux. Et je m'en veux, parce que je trouve ça idiot de laisser quiconque prendre une telle importance dans ma vie.

Il dut percevoir quelque chose dans mon expression, car ses commissures s'abaissèrent légèrement.

Micah me tendit la main. Je m'approchai mais sans la prendre, parce que je savais que, dès l'instant où je le toucherais, je ne parviendrais plus à réfléchir si clairement. Il laissa retomber son bras.

—Que se passe-t-il?

Il s'était rembruni, et c'était ma faute. Mais j'ai appris qu'il vaut mieux exprimer mes craintes : sans quoi, elles empirent.

Je me rapprochai encore de lui et baissai la voix autant que le brouhaha constant de l'aéroport m'y autorisait.

—J'ai peur.

Micah baissa la tête.

—Peur de quoi?

—D'être seule avec toi.

Il sourit et voulut m'enlacer. Je ne me dérobai pas. Je le laissai poser ses mains sur mes avant-bras et remonter jusqu'à mes coudes.

Micah m'attira contre lui en me dévisageant comme s'il était en quête d'un indice. Je crois qu'il n'en trouva pas. Me serrant dans ses bras, il dit gentiment :

—Chérie, si j'avais su que ça te ferait si peur de te retrouver seule avec moi, je n'aurais rien fait remarquer.

Je m'accrochai à lui, la joue pressée contre son épaule.

—La situation aurait été la même.

—Oui, mais si je ne l'avais pas mentionné, tu n'y aurais probablement pas pensé. (Il me serra plus fort.) Nous aurions passé deux jours loin de Saint Louis, et jamais tu ne te serais rendu compte que c'était la première fois. Je suis désolé.

—Non, c'est moi qui suis désolée d'être si chiante, dis-je en agrippant le dos de sa veste.

Il s'écarta suffisamment de moi pour pouvoir me regarder dans les yeux.

—Tu n'es pas chiante.

Je le considérai sans répondre. Il éclata de rire.

—Bon, d'accord, tu l'es peut-être un tout petit peu. Mais pas tant que ça.

Sa voix était devenue très douce. J'aime quand il s'adresse à moi comme ça, et j'aime être la seule personne à qui il parle comme ça. Alors, pourquoi étais-je incapable de profiter de lui – de nous – sans me poser de questions ? Du diable si je le savais.

— Les Fédéraux nous attendent, dis-je.

Ce fut son tour de me contempler en silence. Je devinai son regard sous ses lunettes de soleil et je sus immédiatement à quoi m'en tenir.

— Ça va aller, lui assurai-je avec un sourire presque sincère. Je te promets d'essayer de profiter des moments agréables de ce voyage. Je te promets de ne pas mettre de bâtons dans mes propres roues, ou de flipper à propos de nous deux.

Micah me caressa la joue.

— Quand cesseras-tu de paniquer juste parce que tu es amoureuse ?

Je haussai les épaules.

— Jamais… bientôt… je ne sais pas.

— Je ne m'en vais nulle part, Anita. J'aime bien être ici, près de toi.

— Pourquoi ? demandai-je.

— Pourquoi quoi ?

— Pourquoi m'aimes-tu ?

Il eut l'air surpris par ma question.

— Tu ne comprends vraiment pas, constata-t-il.

Non, je ne comprenais pas. Et soudain, j'eus une révélation. Je ne me trouvais pas très digne d'être aimée. Du coup, je doutais que Micah – ou quiconque – puisse avoir des sentiments pour moi.

Je touchai ses lèvres du bout des doigts.

— Ne réponds pas maintenant. Nous n'avons pas le temps de nous lancer dans une séance de thérapie. Les affaires d'abord. Nous nous pencherons sur mes névroses plus tard.

Micah voulut répondre quelque chose, mais je secouai la tête.

— Allons rejoindre l'agent spécial Fox.

Quand j'écartai la main de sa bouche, il se contenta d'acquiescer. Une des raisons pour lesquelles nous fonctionnons bien en tant que couple, c'est que Micah sait toujours quand il doit laisser tomber, à quelque propos que ce soit.

Franchement, je me demandais bien pourquoi il me supportait. Pourquoi tous les hommes de ma vie me supportaient. Mais je ne voulais pas gâcher ce qu'il y avait entre nous. Je ne voulais pas m'acharner sur cette relation jusqu'à ce qu'elle finisse par se briser sous la pression. Je voulais lui foutre la paix et juste en profiter. Seulement, je ne savais pas comment m'y prendre.

Nous récupérâmes nos valises et nous dirigeâmes vers la sortie. Nous avions des agents du FBI à rencontrer et un zombie à relever. Comparée à l'amour, la réanimation, c'est de la gnognotte.

Chapitre 4

Nous retrouvâmes les Fédéraux près des carrousels à bagages, comme convenu. Vous vous demandez peut-être comment nous avions fait pour les identifier au milieu d'une foule de types presque tous habillés en costard ? Facile : ils avaient l'air de Fédéraux.

Je ne sais pas à quoi c'est dû dans leur formation, mais les agents du FBI ressemblent toujours à des agents du FBI. Tous les flics, quelle que soit la branche à laquelle ils appartiennent, ont l'air de flics, mais seuls les agents du FBI ont l'air d'agents du FBI et de rien d'autre. J'ignore ce qu'on leur fait à Quantico, mais une chose est certaine : ça leur colle à la peau pendant le restant de leur carrière.

L'agent spécial Chester Fox, responsable de l'enquête, était d'origine amérindienne. Ses cheveux courts, son costard, ses manières urbaines ne parvenaient pas à dissimuler qu'il était profondément différent de ses collègues.

Je comprenais désormais en partie pourquoi il s'était montré si irritable au téléphone. Il était le premier agent fédéral amérindien de ma connaissance impliqué dans une affaire qui n'avait rien à voir avec ses origines. Quand vous êtes amérindien, vous pouvez vous attendre à ce que, pendant toute la durée de votre carrière, on vous affecte à des cas en rapport avec votre ethnicité plutôt que vos compétences.

Or, les cas impliquant des Amérindiens ne sont généralement pas de ceux qui entraînent des promotions éclairs… en revanche, ils peuvent très bien se solder par une mise au placard.

Autre fait intéressant au sujet du FBI et de ses rapports avec la population amérindienne : si vous avez l'air suffisamment indien, vos supérieurs vous parachuteront même sur les enquêtes qui concernent une tribu différente de la vôtre, avec des coutumes et un langage dont vous ignorez peut-être tout. Vous êtes indien, non ? Les Indiens ne sont-ils pas tous les mêmes ?

… Non. D'un autre côté, le gouvernement américain n'a jamais vraiment saisi le concept d'identité tribale. Et c'est valable pour toutes les organisations qui le représentent.

Je connaissais l'homme qui accompagnait Fox. L'agent Franklin était grand et mince, avec la peau juste assez foncée pour être qualifiée de noire. Ses cheveux étaient coupés plus court que la dernière fois que je l'avais vu au Nouveau-Mexique, mais ses mains étaient toujours gracieuses et nerveuses à la fois… des mains de poète.

Il lissa son pardessus, vit que je l'observais et s'interrompit tout net. Puis il m'accueillit comme s'il n'avait jamais dit à son partenaire que j'étais une traînée.

Je lui serrai la main. Sans rancœur. Je le gratifiai même d'un sourire – qui ne monta toutefois pas jusqu'à mes yeux. De son côté, Franklin ne fit même pas semblant d'être content de me voir. Il ne voulait pas se montrer impoli, mais il n'avait pas l'intention de faire le moindre effort d'amabilité vis-à-vis de moi.

—Agent Franklin, le saluai-je. Je suis surprise de vous voir ici.

Il retira sa main.

—Votre ami Bradford ne vous a pas dit que j'avais été muté ?

Il avait prononcé le mot « ami » sur un ton plein de sous-entendus, et le reste de sa phrase était chargé d'amertume

– rien de trop évident, mais je l'entendis. Là encore, il ne se montrait pas assez injurieux pour déclencher une dispute, mais pas loin.

L'agent spécial Bradford est le chef de la Section de recherches spéciales du FBI qui s'occupe des meurtres en série d'origine surnaturelle, ou de tout autre crime ayant trait au surnaturel. Autrefois, ces dossiers étaient traités par l'Unité d'Investigation, comme toutes les autres affaires de meurtres en série. Leur détachement a provoqué beaucoup de remous.

À l'époque où j'avais fait sa connaissance, Franklin ne cherchait pas à dissimuler son opinion à ce sujet : il était contre. Ce qui posait un problème puisque Bradford était son patron. Visiblement, Franklin avait été muté depuis, et pas de son plein gré – ce qui n'est jamais profitable à une carrière au sein du FBI. Autrement dit, il me tenait pour responsable d'une manœuvre politique dans laquelle je n'avais rien à voir. Génial.

Je voulus présenter Micah, mais Fox me prit de vitesse.

— Monsieur Callahan. Micah Callahan, dit-il en lui tendant la main avec un large sourire – beaucoup plus large que celui qu'il m'avait adressé.

Comment se faisait-il qu'un agent du FBI connaisse Micah ?

— Vous avez l'air en forme.

Micah lui rendit son sourire, mais moins chaleureusement, comme s'il n'était pas aussi ravi de le voir. Que diable se passait-il ?

— Ce n'est pas bien difficile, grimaça Micah. La dernière fois que vous m'avez vu, j'étais encore à l'hôpital, complètement naze. Étant donné mon état à l'époque, le seul fait que je tienne debout constitue une sacrée amélioration.

Je perçus de l'hésitation dans sa voix, même si je doutais que quiconque à part moi puisse l'entendre. Pour ça, il fallait vraiment bien le connaître.

— Quelqu'un qui vient de passer à deux doigts de la mort a bien le droit d'être naze, répliqua Fox.

Alors, je compris que cette conversation devait avoir un rapport avec l'attaque qui avait fait de Micah un léopard-garou. De cet événement qui avait bouleversé sa vie, je ne savais qu'une chose : il avait été extrêmement violent. Je n'avais pas osé réclamer de détails. Je pensais que Micah m'en dirait davantage quand il se sentirait prêt.

Il se tourna vers moi. Son visage frémissait comme s'il avait de la peine à opter pour une expression précise, et à mon avis, il se réjouissait que ses lunettes de soleil dissimulent son regard.

— L'agent spécial Fox est l'un de ceux qui m'ont interrogé après mon agression.

Je n'étais pas au courant que cette attaque avait suscité l'attention des Fédéraux. Et je ne comprenais pas pourquoi cela avait été le cas, mais je ne pouvais pas poser la question à Micah devant Fox et Franklin, parce que c'eût été avouer mon ignorance. Et puis, je n'étais pas sûre que Micah veuille discuter d'un sujet si intime au beau milieu d'un aéroport grouillant de monde.

Alors, je feignis l'indifférence. Je maîtrise le coup du masque de neutralité aussi bien que les meilleurs flics.

— Quelles étaient les probabilités qu'il soit assigné à cette affaire ? lançai-je en souriant, comme si je savais exactement de quoi il retournait.

Je laisserais à Micah une occasion de s'expliquer plus tard… en privé.

— J'ignorais que vous étiez devenu réanimateur, lança Fox.

— Je ne le suis pas, le détrompa Micah.

Fox attendit qu'il ajoute quelque chose. Micah n'en fit rien.

Seul, Fox n'aurait pas insisté, mais Franklin s'en chargea à sa place. Certaines personnes se sentent toujours obligées de fourrer leur nez dans les affaires des autres.

— Êtes-vous un exécuteur de vampires ?

Micah secoua la tête.

— Vous n'êtes pas un agent fédéral.

Et cette fois, il ne s'agissait pas d'une question.

— Non, en effet, répondit pourtant Micah.

— Laissez tomber, Franklin, intervint Fox.

— Elle a amené un civil sur une enquête fédérale.

— On en discutera dans la voiture, dit Fox.

Et même si Franklin était beaucoup plus grand que lui, le regard qu'il lui jeta le dissuada de poursuivre.

— Vous avez des valises à récupérer ? me demanda Fox.

— Non. Nous ne sommes là que pour vingt-quatre heures, pas vrai ?

— En principe, oui, acquiesça-t-il.

Mais il semblait mécontent, comme si l'attitude de son partenaire le dérangeait.

— Alors, nous pouvons y aller.

Il sourit.

— Une femme qui voyage léger – c'est rare.

— Sexiste.

Il opina.

— Vous avez raison. Je m'excuse.

Je souris et secouai la tête.

— Pas de problème.

Fox nous entraîna vers la sortie. Deux voitures nous attendaient dehors. La première était occupée par deux autres agents ; la seconde était vide.

— Avec les nouvelles mesures de sécurité, nous jeta Fox par-dessus son épaule, même le FBI ne peut plus laisser de véhicule inoccupé sur la zone dépose-minute.

— Ravie d'apprendre que ces nouvelles mesures s'appliquent à tout le monde, commentai-je, histoire de dire quelque chose, davantage que par réel soulagement.

Je voulais regarder Micah, et je craignais de le faire. Par peur qu'il s'écroule ou se sente obligé de me fournir des explications devant les Fédéraux. Évidemment, si j'évitais son regard, il pouvait très bien penser que je lui en voulais de ne pas m'avoir donné de détails. Mais… et merde.

Nous avions décidé de faire comme s'il était juste mon assistant. Il était donc hors de question de lui prendre la main, de l'embrasser ou de donner à Franklin toute autre raison supplémentaire de penser que je couchais avec n'importe qui.

Je n'avais pas réfléchi à ce que cela impliquerait de nier ma véritable relation avec Micah. En fait, je n'avais pas réfléchi du tout. À ma décharge, je n'avais pas eu le temps d'inventer une explication capable de justifier la présence de mon petit ami. Sur le coup, «assistant» m'avait paru une meilleure idée.

Alors, je fis la seule chose que je pouvais pour rassurer Micah sans nous trahir : je lui tapotai l'épaule. Ce n'était pas grand-chose, mais il me gratifia d'un sourire, comme s'il avait deviné à quelle gymnastique mentale je venais de me livrer. Ce qui était peut-être le cas.

Fox prit le volant. Franklin monta à côté de lui. Micah, mon attaché-case et moi nous installâmes sur la banquette arrière. L'autre voiture déboîta derrière nous et nous suivit.

— Nous allons vous déposer à votre motel, commença Fox.

Micah l'interrompit.

— En fait, j'ai réservé au *Four Seasons*.

— Doux Jésus! s'exclama Franklin.

— Le FBI ne vous remboursera pas une nuit au *Four Seasons*, objecta Fox.

— Nous n'envisagions pas de le lui réclamer, répliqua Micah.

Je me demandais bien pourquoi Micah avait fait ça. Puis je me souvins que Fox avait parlé d'un motel. Micah voulait sans doute que nous passions notre première nuit seuls ensemble dans un endroit un peu plus classe. Logique… alors, pourquoi mon estomac était-il noué tout à coup? Qu'est-ce que Micah pouvait bien espérer de cette fameuse nuit?

—Vous allez vraiment la laisser se promener avec un civil en remorque ?

Fox dévisagea Franklin. Même vu de la banquette arrière, son regard n'avait rien d'amical.

—Je vous suggère fortement de laisser tomber, agent Franklin.

—Putain, mais qu'est-ce que vous lui trouvez tous ? s'exclama Franklin. Elle n'a qu'à cligner de ses grands yeux marron pour que tout le monde détourne la tête pendant qu'elle enfreint une douzaine de règles et piétine allégrement les lois que nous avons juré de défendre. (Il pivota dans son siège autant que sa ceinture de sécurité l'y autorisait.) Comment vous faites ?

—Franklin, dit Fox sur un ton d'avertissement.

—C'est bon, Fox. Si nous ne réglons pas ça une bonne fois pour toutes, l'agent Franklin et moi ne pourrons pas travailler ensemble, pas vrai, agent Franklin ? lançai-je sur un ton franchement hostile. Vous voulez savoir comment je fais ?

—Ouais, j'aimerais bien.

—Je sais comment vous croyez que je m'y prends. Vous croyez que je couche avec tout le monde. Mais je n'avais jamais rencontré Fox avant aujourd'hui, donc, ça ne peut pas être ça. Et du coup, vous ne pigez pas.

Franklin se rembrunit.

—Quand vous pensiez que c'était juste une histoire de cul, une nana qui se servait de ses charmes pour faire avancer sa carrière, vous pouviez plus ou moins l'accepter. Mais maintenant… vous ne comprenez plus.

—En effet, je ne comprends pas. De tous les agents avec lesquels j'ai bossé, Fox est le plus respectueux des procédures. Pourtant, il vous laisse vous trimballer avec un civil. Ça ne lui ressemble pas.

—Je connais le civil en question, intervint Fox. C'est ce qui fait toute la différence.

—Il a été victime d'un crime violent. Et alors ? Vous l'avez rencontré il y a combien de temps ?

—Neuf ans, répondit Fox d'une voix douce, les mains soigneusement posées sur le volant et ses yeux noirs rivés sur la circulation.

—Vous ignorez quel genre d'homme il est devenu depuis. Neuf ans, c'est long. Il devait encore être ado à l'époque.

—Il avait dix-huit ans.

—C'est bien ce que je dis. Vous ne connaissez pas l'homme qu'il est aujourd'hui. Pour ce que vous en savez, il pourrait être un criminel, dit Franklin sur un ton véhément.

Fox jeta un coup d'œil dans le rétroviseur arrière.

—Vous êtes un criminel, Micah ?

—Non, monsieur, répondit l'intéressé.

—Et c'est tout ? glapit Franklin comme s'il allait faire un infarctus, ou au minimum une crise d'hystérie. Vous lui demandez si c'est un criminel, il répond que non, et ça vous suffit ?

—J'ai vu à quoi il a survécu. Pas vous. Il a répondu à mes questions alors qu'il arrivait à peine à parler parce que son agresseur lui avait labouré la gorge avec ses griffes. J'ai bossé pour le Soutien d'Investigation pendant cinq ans, et ce qui lui est arrivé reste une des pires choses que j'aie jamais vues.

Fox dut freiner brusquement pour ne pas heurter la dernière voiture dans le bouchon qui venait de se former brusquement devant nous. Lorsque nous eûmes tous fait intimement connaissance avec nos ceintures de sécurité, il poursuivit :

—Il n'a rien à vous prouver, Franklin, et il m'a déjà prouvé tout ce qu'il fallait. Vous allez lui foutre la paix… et au marshal Blake aussi.

—Vous ne voulez même pas savoir ce qu'il fiche là et pourquoi elle l'a amené ? C'est une enquête en cours. Il pourrait très bien être journaliste !

Fox expira à fond et bruyamment.

—Je vais les laisser vous répondre une fois, une seule. Et ensuite, vous laisserez tomber, Franklin – avant que je commence à comprendre pourquoi Bradford vous a fait muter.

Cela réduisit Franklin au silence l'espace de quelques secondes, pendant lesquelles les voitures se remirent à avancer à une allure d'escargot. Apparemment, nous étions pris dans les embouteillages de l'heure de pointe. Je crus que la menace allait le faire renoncer, mais Franklin était taillé dans un bois plus solide que ça.

— S'il n'est ni réanimateur ni exécuteur de vampires, en quoi vous assiste-t-il, marshal Blake ? demanda-t-il en parvenant presque à ne pas mettre de sarcasme dans ce titre.

Il commençait à me fatiguer sérieusement, et je ne suis pas douée pour mentir. J'avais dormi moins de deux heures et dû prendre un avion pour venir jusqu'ici. Alors, je répondis la stricte vérité.

— Quand vous avez besoin de baiser trois ou quatre fois par jour, c'est plus commode d'emmener votre amant partout où vous allez ; vous ne trouvez pas, agent Franklin ? demandai-je en ouvrant de grands yeux innocents.

Il me foudroya du regard. Fox éclata de rire.

— Très drôle, grinça Franklin.

Mais il s'adossa contre son siège et, à partir de là, il nous ficha la paix. La vérité ne vous libère pas toujours, mais utilisée judicieusement, elle peut semer une sacrée confusion dans l'esprit de vos ennemis.

Chapitre 5

L'hôtel était classe. Très classe. Trop classe. Il y avait des gens en uniforme partout. Pas des flics, des employés. Ils bondissaient pour vous ouvrir la porte ou pour prendre vos bagages.

Micah laissa un groom le délester de nos valises. Je protestai que nous pouvions les porter nous-mêmes, mais il me sourit et me conseilla d'en profiter. Au lieu de quoi, je m'appuyai au miroir qui recouvrait les parois de l'ascenseur et tentai de ne pas exploser.

Pourquoi étais-je en colère? Cette histoire d'hôtel m'avait surprise, et pas dans le bon sens du terme. Je m'attendais à une chambre propre, mais sans rien de spécial. Et je me retrouvais dans une cabine d'ascenseur tout en verre et en dorures, en compagnie d'un type qui portait des gants blancs et qui avait appuyé sur le bouton à notre place en nous expliquant le fonctionnement de nos clés magnétiques.

Mon estomac était noué. J'avais croisé les bras sous ma poitrine, et, grâce aux miroirs, je voyais bien que j'avais l'air furieuse.

Micah s'adossa près de moi mais n'essaya pas de me toucher.

—Qu'est-ce qui ne va pas? demanda-t-il d'un ton désinvolte.

—Je ne m'attendais pas à ce genre de… d'endroit.

—Tu es fâchée parce que j'ai réservé une jolie chambre dans un bel hôtel ?

Présenté comme ça, je reconnais que ça paraissait stupide.

—Non, je veux dire… (Je fermai les yeux et appuyai ma tête contre le miroir.) Oui, admis-je à voix basse.

—Pourquoi ? demanda Micah.

Les portes de l'ascenseur s'ouvrirent. Avec un grand sourire, le groom s'effaça de manière à les empêcher de se refermer tout en nous laissant la place de passer. S'il avait compris que nous nous disputions, il n'en montra rien.

Micah me fit signe de le précéder. Je m'écartai du mur de l'ascenseur et sortis.

Le hall était tel que j'avais pu l'imaginer en voyant le reste de l'hôtel : papier peint richement décoré, moquette sombre et épaisse, lampes en forme de bougeoirs disposées pile à la bonne distance les unes des autres, de telle sorte que le couloir soit bien éclairé mais que l'atmosphère reste intime. Les tableaux accrochés aux murs étaient des vrais – pas des reproductions d'artistes renommés, mais des originaux. Jamais encore je n'avais dormi dans un hôtel si luxueux.

J'étais en tête ; Micah me suivait de près, et le groom fermait la marche. Arrivée au milieu du couloir, je me rendis compte que je ne savais pas quelle chambre je cherchais. Je jetai un coup d'œil au groom par-dessus mon épaule.

—Vu que je ne sais pas où je vais, est-il bien sage de me laisser passer devant ?

Il sourit comme si j'avais fait une remarque intelligente et accéléra sans avoir l'air de se presser. Il passa devant, et nous le suivîmes – ce qui me paraissait tout de même plus logique.

Micah marchait près de moi, l'attaché-case jeté sur une épaule. Il n'essaya pas de me prendre la main, se contentant de laisser la sienne pendre de manière que je puisse l'attraper si je le désirais. Nous fîmes quelques pas ainsi : lui, un bras ballant ; moi, les deux croisés sur ma poitrine.

Pourquoi étais-je fâchée contre lui ? Parce qu'il m'avait fait la surprise de réserver une belle chambre d'hôtel. Quel salopard, hein ?

En vérité, il n'avait rien fait de mal, sinon me rendre encore plus nerveuse quant à ce qu'il attendait de ce voyage. Ce n'était pas son problème, mais le mien. Pas ses névroses, mais les miennes. Micah se comportait comme un être humain civilisé normal. Moi, en revanche, j'étais une emmerdeuse et une ingrate. Merde alors.

Je décroisai mes bras. Ils étaient raides de colère et de crispation. Je pris la main de Micah sans le regarder. Il referma les doigts sur les miens, et ce simple contact soulagea le poids qui pesait sur mon estomac.

Tout allait bien se passer. Je vivais avec lui, pour l'amour de Dieu. Nous couchions déjà ensemble. Cette nuit-là ne changerait rien.

Pourtant, je sentais toujours un poids sur ma poitrine, et je ne pus rien y faire.

En fait de chambre, Micah nous avait réservé une suite. Je découvris un salon-salle à manger meublé d'un canapé, d'une table basse recouverte de marbre, d'un fauteuil capitonné flanqué d'une liseuse et d'une table entourée de quatre chaises, sur laquelle on devait pouvoir dîner face à la baie vitrée.

Le bois était massif, et si bien ciré qu'il luisait doucement. Les motifs étaient coordonnés mais pas tout à fait identiques, donnant l'impression que l'ameublement avait été constitué pièce par pièce plutôt qu'acheté d'un seul coup.

Je passai dans la salle de bains. Tout n'était que marbre et chromes étincelants. La baignoire était plus petite que celle que j'avais chez moi, et à plus forte raison que celle de Jean-Claude au *Cirque des Damnés*, mais cela mis à part, c'était une très chouette salle de bains, beaucoup mieux que celles de tous les hôtels que j'avais fréquentés jusque-là.

Quand je ressortis, le groom était parti. Micah remettait son portefeuille dans la petite poche prévue à cet effet sur toutes les bonnes vestes de costard – à condition que votre portefeuille soit assez long et assez mince pour ne pas gâcher la ligne de l'ensemble. C'était moi qui avais offert celui-ci à Micah, sur une suggestion de Jean-Claude.

—Tu as payé avec quelle carte de crédit? demandai-je.

—La mienne, répondit Micah.

Je secouai la tête.

—Combien de fric as-tu claqué pour cette chambre?

Il haussa les épaules et sourit, puis tendit la main vers la valise qui contenait nos vêtements.

—Ce n'est pas poli de demander le prix d'un cadeau, Anita.

Les sourcils froncés, je le regardai se diriger vers la double porte qui s'ouvrait dans le mur du fond.

—Je suppose que je ne considérais pas ça comme un cadeau.

Il poussa un des battants vers l'intérieur et entra en me lançant par-dessus son épaule :

—J'espère au moins que la chambre te plaira.

Je le suivis et me figeai sur le seuil. La pièce contenait deux commodes, un centre multimédia, deux tables de chevet, deux lampadaires et un lit *king size* couvert d'oreillers. Tout était blanc, doré, élégant et de bon goût.

Bref, ça faisait beaucoup trop suite nuptiale à mes yeux.

Micah avait déroulé le porte-costume situé dans le couvercle de son bagage à main. Il ôta les cintres des crochets et se tourna vers l'immense penderie.

—Cette chambre est plus grande que mon premier appartement, commentai-je.

J'étais adossée à la porte, entre le seuil et l'entrée comme si le fait de garder un pied hors de la chambre pouvait me protéger… mais de quoi?

Sans ôter ses lunettes de soleil, Micah entreprit de défaire nos bagages. Il suspendit les autres vêtements que nous avions apportés pour éviter qu'ils soient froissés, puis se tourna vers moi et me dévisagea d'un air navré.

— Tu devrais voir la tête que tu fais.

— Quelle tête ? grommelai-je.

— Je ne vais pas te forcer à faire quoi que ce soit si tu n'en as pas envie, Anita.

Il n'avait pas l'air content. Or, Micah se fâche rarement, et presque jamais contre moi. C'est une des choses que j'apprécie chez lui.

— Je suis désolée que ça me fasse flipper.

— As-tu une idée de la raison pour laquelle ça t'angoisse à ce point ?

Il ôta ses lunettes, et son visage parut enfin complet. Au début, j'ai eu du mal à me faire à ses yeux de félin, mais maintenant, ce sont juste les yeux de Micah, un mélange incroyable de vert et de jaune. Quand il porte du vert, ils ont presque l'air parfaitement verts ; quand il porte du jaune… vous voyez l'idée.

Il me sourit de ce sourire qu'il n'affiche qu'à la maison – seulement pour Nathaniel et moi, ou peut-être juste pour moi. Cette fois, au moins, c'était le cas.

— Je préfère ça.

— Tu préfères quoi ? demandai-je, mais sans pouvoir m'empêcher de lui rendre son sourire.

C'est dur de faire la gueule quand vous contemplez les yeux de quelqu'un en pensant que vous les trouvez magnifiques.

Micah s'approcha de moi, et le seul fait de le voir traverser la chambre accéléra mon pouls et étrangla mon souffle dans ma gorge. Je voulais courir à sa rencontre, me presser frénétiquement contre lui, arracher nos vêtements et oublier ce qui me restait d'inhibitions.

Mais je n'en fis rien, parce que j'avais peur. Peur de l'intensité de mon désir pour lui, peur de tout ce qu'il représentait pour moi. Ça me foutait une trouille bleue.

Il s'arrêta devant moi sans me toucher, se contentant de me regarder fixement. De tous les hommes de ma vie, il est le seul qui n'a pas besoin de baisser les yeux pour me regarder en face. En fait, avec mes chaussures à talons, j'étais même un tout petit peu plus grande que lui.

—Mon Dieu, cette expression ! Tant d'espoir, d'avidité et de peur sur un seul visage…

Il posa la main sur ma joue. Sa paume était chaude, si chaude !

Je laissai aller ma tête et autorisai Micah à passer son autre bras autour de ma taille pour me serrer contre lui.

—Tu es si chaud, chuchotai-je.

—J'aurais bien fait monter des fleurs, mais vu que Jean-Claude t'envoie des roses chaque semaine, j'ai préféré éviter.

Je m'écartai de lui en le dévisageant. Son expression était sereine, comme souvent quand il dissimule ses sentiments.

—Tu es fâché, pour les fleurs ?

Il secoua la tête.

—Ce serait idiot de ma part. Quand je suis arrivé en ville, je savais que je ne serais jamais au sommet de ton échelle amoureuse.

—Alors, pourquoi évoquer cette histoire de fleurs ? demandai-je.

Micah poussa un long soupir.

—Je pensais que ça m'était égal, mais je me trompais peut-être. Une douzaine de roses blanches chaque semaine, plus une rose rouge depuis que tu couches avec Jean-Claude. Et maintenant, il y a deux roses rouges de plus dans chaque bouquet : une pour Asher et une pour Richard. Donc, c'est comme si les fleurs venaient d'eux trois.

—Richard ne le verrait pas de cet œil.

—Non, mais il reste un de tes amants, et chaque semaine tu reçois quelque chose qui te fait penser à lui. (Micah fronça les sourcils et secoua la tête.) Cette chambre, c'est mon bouquet pour toi, Anita. Pourquoi refuses-tu que je te l'offre ?

—Les fleurs coûtent beaucoup moins cher qu'une suite dans un cinq étoiles, fis-je remarquer.

Micah se rembrunit davantage. C'était rare de le voir si contrarié.

—C'est juste une question d'argent ? Tu sais que la Coalition poilue me verse un salaire décent.

—Que tu mérites jusqu'au dernier cent. Tu bosses combien de temps, en moyenne : soixante heures par semaine ?

—Je ne dis pas que je ne le mérite pas, Anita. Je te demande simplement pourquoi tu refuses d'accepter ce cadeau de ma part, alors que tu acceptes ceux de Jean-Claude.

—Au début, ça ne me plaisait pas non plus qu'il m'envoie des fleurs. Tu es arrivé en ville juste après que j'ai renoncé à me disputer avec lui à ce sujet.

Alors, Micah eut un sourire sans joie. Un sourire que je qualifierais plutôt de chagrin.

—Nous rentrons à la maison demain, Anita. Je n'ai pas le temps d'attendre que tu t'y fasses. (Il soupira.) J'étais tout content à l'idée de passer du temps avec toi, rien que nous deux, mais toi… Ça ne te plaît pas. Je crois que je suis blessé.

—Je ne veux pas te blesser, Micah.

Et en disant ça, j'étais sincère.

Je lui touchai le bras, mais il recula hors de portée et se remit à défaire les bagages. J'avais de nouveau une boule dans l'estomac, mais pour une raison différente cette fois.

Nous ne nous disputons jamais, Micah et moi. Il n'est pas exigeant quant à notre relation. Jusque-là, je croyais dur comme fer qu'il était heureux. Apparemment, je me trompais.

Était-ce juste une contrariété passagère, parce que je n'avais pas réagi comme il l'espérait au sujet de la chambre, ou s'agissait-il d'une crise qui couvait depuis un petit moment et que je n'avais pas vu venir ?

—Tu sais, lança-t-il depuis le lit, je ne connais aucune autre femme qui ne m'aurait pas demandé comment j'avais rencontré l'agent Fox.

Le changement de sujet était trop brusque pour moi.

—Hein ? Tu aurais voulu que je te pose la question ?

Micah s'arrêta, la trousse de toilette à la main, comme s'il devait réfléchir à sa réponse et que tout mouvement risquait de gêner sa réflexion.

—Peut-être pas, mais j'aurais voulu que tu aies envie de me la poser. Je sais : ce n'est pas logique.

Je déglutis péniblement à cause de mon pouls trop rapide. Tout ça ressemblait fort aux prémices d'une dispute. Je n'avais pas envie de me disputer avec Micah, mais sans Nathaniel ni personne d'autre pour m'aider, je ne savais pas trop comment désamorcer le problème.

—En effet. Tu ne veux pas que je demande, mais tu veux que j'aie envie de demander. (Je secouai la tête.) Je ne comprends pas, Micah.

—Comment le pourrais-tu, alors que je ne comprends pas moi-même ?

Un instant, il parut en colère, puis son visage se décrispa et redevint agréablement lisse comme à son habitude. Ça fait à peine un mois que je mesure la douleur et la confusion que Micah dissimule sous ce masque de neutralité.

—Je veux que tu tiennes suffisamment à moi pour t'en soucier, Anita.

—Mais je tiens à toi, dis-je.

Pourtant, je restai adossée à la porte ouverte, les mains dans le dos, les doigts agrippant le bord du battant comme si celui-ci était une ancre qui pouvait m'empêcher d'être emportée par une tempête émotionnelle.

Je cherchais désespérément un moyen de me soustraire à la dispute que je sentais venir, et finalement, j'eus une idée.

—Je pensais que tu m'en parlerais quand tu serais prêt. Tu ne m'as jamais interrogée à propos de mes cicatrices.

Là. Un argument valide.

Micah sourit, de ce vieux sourire que je lui ai presque fait oublier... un sourire triste, désabusé et plein de dégoût de soi, qui ne peut être qualifié de tel que parce qu'il relève les coins de sa bouche au lieu de les abaisser.

— C'est vrai que je ne t'ai jamais rien demandé pour tes cicatrices. Je me disais que tu m'en parlerais si tu avais envie.

Il avait déjà suspendu tous nos vêtements. Seule la trousse de toilette attendait encore sur le lit.

— J'ai promis à Nathaniel de commander à manger dès que nous arriverions.

Une fois de plus, le changement de sujet fut trop brusque pour moi.

— Ça, c'est une esquive ou je ne m'y connais pas, commentai-je.

Micah hocha la tête.

— Un point pour toi. Tu n'as pas sauté de joie en voyant la chambre, et ça m'a blessé. Tu n'as pas non plus eu l'air de t'intéresser à l'histoire de mon agression et de ma rencontre avec Fox. J'ai pensé : « Si elle tenait à moi, elle serait un peu plus curieuse. »

— Donc, on ne va pas se disputer ?

— Tu as raison, Anita : je ne t'ai jamais demandé d'où te viennent tes cicatrices. Moi non plus, je ne t'ai pas posé la question. Je ne peux pas t'en vouloir pour une chose que j'ai faite aussi.

L'étau qui me comprimait la poitrine se desserra quelque peu.

— Tu serais étonné du nombre de personnes qui se disputeraient quand même pour ça.

Il eut un sourire toujours pas très joyeux, mais moins amer que le précédent.

— Mais ça me ferait vraiment plaisir que tu essaies de profiter de la chambre, et que tu ne te comportes pas comme si je t'avais attirée ici avec des intentions douteuses.

Je pris une grande inspiration, la relâchai et acquiesçai.

— C'est une très belle suite, Micah.

Cette fois, son sourire monta jusqu'à ses yeux de chat.

—Alors, tu vas essayer ?

Je hochai la tête.

—Puisque c'est si important pour toi, oui.

Il poussa un soupir de soulagement.

—Bien. Je vais ranger nos affaires de toilette, puis jeter un coup d'œil au menu du service de chambre.

—Nathaniel était tout déçu de ne pas avoir pu nous préparer un vrai petit déjeuner, dis-je sans lâcher le bord de la porte.

—Je me souviens de l'époque où, pour moi, le petit déjeuner c'était un bagel, grimaça Micah.

—Tu parles ! Je me souviens de l'époque où, pour moi, le petit déjeuner c'était un café avalé à la va-vite.

—Pas moi. Je suis un lycanthrope depuis trop long-temps. Nous devons manger régulièrement si nous voulons contrôler notre bête.

Pour l'avoir appris à mes dépens, je connaissais le principe.

—« Une faim nourrit les autres », récitai-je.

Micah opina.

—Je commande à manger. Tu regardes le dossier.

—Je l'ai déjà lu dans l'avion, répliquai-je.

—Te souviens-tu de ce que tu as lu ?

Je réfléchis et secouai la tête.

—Non. J'espérais que ça me distrairait du fait que nous nous trouvions à plusieurs kilomètres au-dessus du sol, mais j'imagine que ça n'a pas marché.

—J'avais remarqué.

Micah leva la main. On y voyait encore de vagues marques d'ongles. À la vitesse où il guérit en tant que métamorphe, cela signifiait que j'avais vraiment dû lui faire mal.

—Doux Jésus, Micah, je suis désolée.

Il secoua la tête.

—Je ne me plains pas. Comme je te l'ai dit en descendant de l'avion, c'était intéressant de te voir si… tendue.

—Et encore, ta présence m'a aidée, dis-je d'une petite voix.

—Ravi d'apprendre que je n'ai pas versé mon sang en vain.

—Je t'ai vraiment fait saigner?

Il acquiesça.

—Ça s'est refermé, mais sur le coup, oui. Tu n'es pas encore habituée à ta force surhumaine.

—Je vais lire le dossier parce que j'en aurai besoin pour ce soir, mais si tu veux me raconter comment tu es devenu un léopard-garou, tu peux. À partir du moment où tu m'as dit qu'il s'agissait d'une agression, je t'ai traité comme n'importe quel survivant. On n'interroge pas un survivant sur la cause de son traumatisme; on le laisse en parler quand il le souhaite – et seulement s'il le souhaite.

Tenant toujours la trousse de toilette, Micah s'approcha de la porte. Un instant, je crus qu'il allait passer près de moi sans me toucher – ce qui aurait été mauvais signe. Mais il me sourit et me donna un baiser rapide avant de disparaître dans la salle de bains.

Je restai plantée là, toujours adossée à la porte. Ce que je redoutais depuis le moment où Micah m'avait fait remarquer que pendant ce voyage nous serions seuls pour la première fois était en train de se produire. Nous remuions notre merde émotionnelle.

Avec un soupir, je battis en retraite dans le salon. Mon attaché-case m'attendait près du canapé. J'en sortis le dossier de Larry et le portai jusqu'à la table quatre places, devant la baie vitrée. Notre suite surplombait la route, mais comme celle-ci contournait une large fontaine, la vue restait assez plaisante.

J'entendais Micah s'affairer dans la salle de bains. Il devait être en train de sortir nos brosses à dents, notre déodorant et tout le reste. Personnellement, je me serais arrêtée après avoir suspendu nos fringues. Mais d'un point de vue domestique, Micah et Nathaniel sont nettement plus maniaques que moi. Jean-Claude aussi, j'imagine. Asher… je ne sais pas trop. Une chose est sûre : je suis définitivement la souillon de la bande.

J'ouvris le dossier et commençai à lire. Il n'y avait pas grand-chose. Le défunt s'appelait Emmett Leroy Rose. Il avait un double diplôme de l'université de Pennsylvanie en comptabilité et en droit basique. Il avait obtenu son master à l'École de droit de la fac de Pittsburgh. Il était mort d'une crise cardiaque à l'âge de cinquante-trois ans, pendant sa détention par les Fédéraux, alors qu'il s'apprêtait à témoigner au cours d'un procès important. Le décès remontait à moins de trois mois.

À la rubrique «ethnie», il était écrit «afro-américain», ce qui n'avait aucune importance pour moi, et à la rubrique «religion», «protestant», ce qui en avait. Certaines fois peuvent interférer avec une réanimation. Le vaudou, c'est la pire : difficile de relever quelqu'un qui, de son vivant, manipulait le même genre de magie que moi. Le wiccanisme peut également me compliquer le travail, tout comme certaines des fois les plus mystiques. En revanche, pas de problème avec tous les dérivés du christianisme.

D'autres facteurs sont susceptibles d'influer sur une réanimation. Par exemple, les capacités psychiques peuvent rendre un zombie difficile à relever ou à contrôler une fois que c'est fait. Mais si Emmett Leroy Rose était autre chose qu'un humain ordinaire, son dossier ne le mentionnait pas.

En fait, je trouvais qu'il manquait beaucoup d'éléments capitaux à ce dossier. Comme, la raison pour laquelle Rose avait été arrêté : à quelle activité illégale s'était-il livré pour qu'on le place sous surveillance fédérale jusqu'à ce qu'il témoigne devant la Cour ?

Et «un procès important», ça signifiait quoi au juste ? une affaire en rapport avec la Mafia ? avec une agence gouvernementale ? avec quelque chose d'autre que je ne pouvais même pas imaginer ? sur qui Rose détenait-il des informations, et quelle pression les Fédéraux avaient-ils exercée sur lui pour qu'il accepte de les divulguer ?

Avais-je besoin de connaître ces éléments pour le relever de sa tombe ? Non. Mais je n'ai pas l'habitude de travailler en aveugle. Si on m'avait personnellement adressé ce dossier, j'aurais refusé de signer le moindre contrat sans détails supplémentaires. On m'aurait répondu qu'aucun détail supplémentaire ne serait révélé sans nécessité absolue, et j'aurais répliqué que pour relever un zombie, savoir tout ce qui le concerne est une nécessité absolue. Mais Larry avait ramassé les miettes qu'on lui avait jetées, et il n'en avait pas réclamé davantage.

Je me demandai comment allait Tammy. Devais-je appeler pour prendre de ses nouvelles ? Plus tard, décidai-je. D'abord, j'allais essayer de soutirer des informations à Fox. Franchement, j'avais mon compte côté débordements émotionnels. Si les nouvelles étaient mauvaises, ça pouvait attendre ; de toute façon, je n'aurais pas su quoi dire. Je récitai une brève prière pour la santé de Tammy et du bébé. C'était la chose la plus concrète que je pouvais faire pour le moment.

Je composai le numéro de Fox tel qu'il figurait dans le dossier. Pas de problèmes émotionnels, juste le boulot. Quel soulagement.

—Vous avez tout le nécessaire pour relever Rose dans ce dossier, marshal Blake, déclara Fox.

Je me doutais qu'il répondrait ça, mais…

—Je voudrais juste savoir une chose. Il était chaud comment, Emmett Leroy Rose ?

—« Chaud » ? Que voulez-vous dire par là ?

Mais quelque chose dans son ton indiquait qu'il le savait parfaitement.

—À quel point son témoignage était-il important ?

—Il est mort de causes naturelles, marshal Blake. Il n'a pas été assassiné. Il n'y avait aucun contrat sur sa tête. Nous l'avons juste surpris à faire quelque chose de vilain – assez vilain pour qu'il ne veuille pas aller en prison à cause de ça. Alors, il nous a donné de plus gros poissons que lui. Ou du moins, il s'apprêtait à le faire.

—Il avait une faiblesse cardiaque?

—Non. Sans ça, nous aurions demandé à un greffier de recueillir son témoignage, juste au cas où. Nous avons découvert plus tard que son père était mort d'une crise cardiaque inattendue pratiquement au même âge.

—Vous voyez bien, Fox. Si vous l'aviez su, vous auriez recueilli son témoignage plus tôt, pas vrai?

Mon interlocuteur garda le silence un instant avant de concéder:

—Peut-être.

—Y a-t-il quoi que ce soit que vous ayez oublié de mentionner dans ce dossier et qui risque de me retomber sur le coin de la gueule plus tard? Un détail comme un père mort de crise cardiaque, par exemple.

À l'autre bout de la ligne, j'entendis un bruit qui aurait pu être un rire étranglé.

—Un point pour vous, marshal Blake. Mais non, nous n'avons rien omis qui soit susceptible d'avoir des conséquences sur vous ou votre travail.

—Avez-vous déjà vu un réanimateur à l'œuvre, agent spécial Fox?

De nouveau, il tarda à répondre.

—Oui, dit-il seulement.

J'attendis qu'il me raconte dans quelles circonstances, mais il n'ajouta rien.

—Donc, vous êtes satisfait des informations que vous m'avez fournies.

—Oui, répéta-t-il sur un ton signifiant que cette conversation touchait à sa fin. Pourquoi ai-je l'impression que si je vous avais contactée en premier lieu à la place de Kirkland, vous m'auriez beaucoup plus fait chier que lui?

Cela me fit rire.

— Parce que c'est la stricte vérité : je suis beaucoup plus chiante que Larry.

— Comment va sa femme ?

— J'ai l'intention de l'appeler dès que j'en aurai fini avec vous.

— Transmettez-lui toutes mes amitiés.

Et Fox raccrocha.

Je soupirai et reposai le combiné. Puis j'allai chercher mon portable, que j'avais posé sur mon attaché-case. Je l'allumai. J'avais reçu un message. Je composai le numéro de mon répondeur pour l'écouter.

La voix de Larry résonna à mon oreille.

« Anita, c'est Larry. Ils ont réussi à interrompre le travail. Ils vont la garder cette nuit pour plus de sûreté, mais ça se présente bien. Merci de me remplacer sur le boulot à Philadelphie. Merci pour tout. (Il éclata de rire.) Au fait, j'espère que le dossier t'a plu. Il est bourré d'informations, pas vrai ? »

Et il rit de nouveau avant de couper la communication.

Je me laissai tomber sur le canapé plutôt brusquement. Jusque-là, je ne m'étais pas rendu compte à quel point j'étais inquiète. Je ne suis pas particulièrement fan de Tammy, mais Larry est mon ami, et perdre ce bébé lui aurait brisé le cœur.

Micah vint se planter devant moi. Je levai les yeux.

— Tammy et le bébé vont s'en sortir. Larry a dû appeler pendant qu'on était dans l'avion.

Micah sourit et me toucha la joue.

— Tu es toute pâle. Tu te faisais vraiment du souci pour eux, n'est-ce pas ?

J'acquiesçai.

— Tu as fait exprès de me le cacher, ou tu ne t'en étais pas rendu compte ?

Je grimaçai un sourire.

— Tu me connais trop bien, bordel.

— Mieux que tu ne te connais toi-même, parfois, dit doucement Micah.

Et il avait un peu trop raison à mon goût.

Chapitre 6

Un « toc-toc » discret et une voix polie signalèrent l'arrivée de notre repas.

Micah atteignit la porte avant moi, mais il ne l'ouvrit pas immédiatement. J'ai dû enseigner la prudence à certains des hommes de ma vie ; Micah en était déjà équipé quand je l'ai récupéré. Ça faisait partie du pack « petit ami standard ».

Il regarda par le judas et tourna la tête vers moi.

— C'est la bouffe. (Mais il n'ouvrit toujours pas. Je le vis inspirer profondément.) En tout cas, ça sent la bouffe.

Je laissai retomber ma main. Je ne m'étais même pas rendu compte que je l'avais levée jusqu'au flingue que je portais sous l'aisselle. L'espace d'un instant, le reniflement de Micah m'avait fait croire que quelque chose clochait. Je n'avais même pas envisagé que la nourriture puisse juste sentir bon.

Avant d'ouvrir la porte, Micah remit ses lunettes de soleil, et je m'assurai que mon flingue était bien planqué sous ma veste. Je ne voulais faire peur à personne, et je voulais encore moins donner au personnel une raison de parler de nous. J'ai pris l'habitude de dissimuler à quel point mon entourage et moi-même nous écartons de la normalité. Les gens tendent à devenir nerveux en présence d'armes à feu et de métamorphes. Allez comprendre.

Le garçon sourit et nous demanda où nous voulions manger. Nous lui indiquâmes la table près de la fenêtre.

Il mit une éternité à tout préparer. Une nappe, des verres à eau, de vraies serviettes en tissu, et même une rose dans un soliflore entre nos deux couverts. Je n'avais jamais vu de service de chambre si élaboré.

Enfin, il se redressa. Micah signa le bon de service, et le garçon s'en fut en nous lançant un « Bonne journée » qui paraissait sincère.

Micah referma la porte derrière lui et verrouilla soigneusement. J'approuvai. Les verrous ne servent à rien si on ne les tire pas.

J'hésitai à froncer les sourcils.

—J'aime ta prudence, tu le sais.

—Mais…, devina Micah en posant ses lunettes de soleil sur la table basse.

—Il me semblait juste que je devais te complimenter avant de recommencer à me plaindre.

Son sourire se figea.

—Quoi encore ?

—Je vois une salade de poulet grillé et un blanc de poulet grillé avec des légumes. Dans ton intérêt, il vaudrait mieux que la salade ne soit pas pour moi.

Micah eut une de ces grimaces réjouies qui me donnent une assez bonne idée de ce à quoi il devait ressembler quand il avait quinze ans.

—Non, pour toi, c'est le blanc de poulet.

Je me renfrognai.

—J'aurais préféré une entrecôte.

—Oui, mais ce n'est pas bon de manger trop lourd juste avant une séance de sexe, euh, vigoureux.

Je tentai de réprimer un sourire et échouai.

—Ah ! parce que le sexe va être, euh, vigoureux ?

—Je l'espère.

—Et toi, tu as pris une salade parce que…

—Parce que c'est moi qui ferai le plus gros du travail.

—Tu sais bien que c'est faux! protestai-je.

Micah m'enlaça, et parce que nous faisons la même taille, le contact visuel dans cette position est extrêmement intime.

—Ça dépend des fois, dit-il d'une voix basse et grave. (Il se pencha vers moi.) Mais j'ai une idée très précise de ce que je veux te faire aujourd'hui, et je sais donc que c'est à moi… (Sa bouche était juste au-dessus de la mienne.)… qu'incombera le plus gros du travail.

Je crus qu'il allait m'embrasser, mais je me trompais. Il s'écarta, me laissant essoufflée et un peu tremblante.

Quand je recouvrai l'usage normal de ma voix, je demandai :

—Comment fais-tu ça?

—Comment je fais quoi? lança Micah en s'asseyant d'un côté de la table et en dépliant une serviette sur ses genoux.

Je le considérai d'un air entendu. Il éclata de rire.

—Je suis ton Nimir-Raj, Anita. Et tu es ma Nimir-Ra, ma reine-léopard. Depuis l'instant de notre rencontre, ma bête et cette partie de toi qui contrôle les léopards sont attirées l'une par l'autre. Tu le sais.

Je rougis, parce que l'intensité de l'attirance immédiate que j'ai éprouvée pour Micah m'embarrasse toujours un peu. D'accord, plus qu'un peu.

Micah est le premier homme avec qui j'aie jamais couché quelques heures à peine après avoir fait sa connaissance. S'il n'avait pas décidé de rester dans ma vie – ce que j'ignorais alors –, ç'aurait été un coup d'un soir. Il est la première personne avec qui j'ai nourri l'ardeur, le premier corps chaud auquel j'ai étanché cette horrible soif. Est-ce la source, le fondement de notre lien?

—Tu fronces les sourcils, me fit-il remarquer.

—C'est parce que je réfléchis trop.

—Et pas à quelque chose de plaisant, à en voir ta tête.

Je haussai les épaules, et ma veste frotta contre mon flingue. Je l'enlevai et la posai sur le dossier d'une chaise. Du coup, mon holster se retrouva à découvert, formant un contraste agressif avec ma blouse rouge vif qui exposait mes bras et dévoilait la plupart de mes cicatrices.

— Tu es fâchée, constata Micah. Pourquoi?

Je baissai la tête parce qu'il avait raison.

— Ne me pose pas de questions, d'accord? Fais comme si je n'étais pas de mauvais poil, et je tenterai de l'oublier aussi.

Il me dévisagea un moment, puis acquiesça brièvement. Mais son expression était redevenue neutre, prudente – celle qui disait : « Je gère les humeurs de madame. » Je déteste cet air-là parce qu'il signifie que je suis pénible; d'un autre côté, je ne sais pas comment cesser de l'être. Je me heurtais de nouveau à des questions que je croyais avoir résolues des mois auparavant. C'était quoi, mon problème?

Nous mangeâmes en silence, et pas un de ces silences paisibles qui règnent parfois entre deux personnes se connaissant assez bien pour ne pas éprouver le besoin de meubler en racontant n'importe quoi. Non, c'était un silence tendu... du moins, dans ma tête.

— D'accord, dit soudain Micah.

Je sursautai.

— Quoi? glapis-je d'une voix étranglée et stridente à la fois.

— Je n'ai pas la moindre idée de la raison pour laquelle tu te comportes ainsi, dit-il avec un geste vague dans ma direction, mais on va la jouer à ta façon. D'où viennent les cicatrices de ton bras gauche?

Je baissai les yeux sur mon bras comme s'il venait juste d'apparaître. Je détaillai la masse de tissu cicatriciel au creux de mon coude, la brûlure en forme de croix juste dessous, l'entaille faite au couteau et les traces de morsures plus récentes entre les deux. Elles étaient encore vaguement rosâtres plutôt que blanches et brillantes comme les autres.

D'accord : la brûlure est légèrement plus foncée que le reste, mais…

— Tu veux commencer par laquelle ? demandai-je en levant les yeux vers Micah.

Il sourit.

— La brûlure en forme de croix.

— J'ai été capturée par des Renfield, des humains mordus qui appartenaient à un maître vampire. Ils m'ont enchaînée pour me servir à l'apéro quand leur maître se réveillerait ce soir-là, mais en attendant, ils ont décidé de s'amuser un peu. Ils ont fait chauffer un fer en forme de croix, et ils m'ont marquée avec.

— Tu racontes cette histoire comme si elle ne te touchait pas.

Je haussai les épaules.

— C'est plus ou moins le cas. Je veux dire, sur le coup, c'était horrible, effrayant et ça m'a fait un mal de chien. Mais j'essaie de ne pas y penser. Si je m'attarde trop sur les choses de mon passé qui ont mal tourné ou qui auraient pu mal tourner, j'ai des difficultés à faire mon boulot.

Micah me dévisageait. Il était en colère, et je ne comprenais pas pourquoi.

— Comment te sentirais-tu si je te racontais mon agression de la même manière ?

— Raconte-la de la façon qui te chante, ou ne la raconte pas du tout. Ce n'est pas moi qui ai voulu qu'on joue à *Confessions Intimes*.

— Très bien, dit-il. J'avais dix-huit ans, presque dix-neuf. C'était l'automne où je suis parti à la fac. Mon cousin Richie venait juste de finir ses classes. Nous sommes tous deux rentrés chez nous pour pouvoir aller chasser une dernière fois avec nos pères. Tu vois l'idée : un dernier week-end entre hommes.

Sa voix frémissait de colère, et je compris enfin que celle-ci n'était pas dirigée contre moi.

—Au dernier moment, mon père a eu un empêchement. Des chasseurs avaient disparu, et il a cru qu'une de ses patrouilles les avait retrouvés.

— Ton père était flic ?

Il acquiesça.

— Shérif du comté. Le corps était en fait celui d'un SDF qui s'était perdu dans les bois et qui était mort d'hypothermie. Des animaux l'avaient à moitié bouffé, mais ils ne l'avaient pas tué.

Son expression était devenue lointaine tandis qu'il se replongeait dans ses souvenirs.

Des tas de gens m'ont raconté des histoires horribles, et comme la plupart d'entre eux, Micah s'exprimait très calmement, d'une manière presque détachée. « Sans affect », diraient les psychologues et les profileurs. Il avait l'air complètement vide. Pas juste prosaïque, comme moi une minute auparavant, mais vide, comme si une partie de lui ne se trouvait pas vraiment là. Seul le frémissement de colère dans sa voix trahissait la tension qui devait l'habiter.

— Nous étions tous armés, et oncle Steve et papa nous avaient appris à utiliser un fusil, à Richie et à moi. Je savais tirer avant de pouvoir monter à vélo.

Il posa ses couverts sur la table et tendit la main vers la salière. Elle était en verre, lisse et très élégante. Il se mit à la tourner et à la retourner entre ses doigts, en ne regardant qu'elle.

— Nous savions que c'était sans doute la dernière fois que nous chasserions ensemble, tu vois ? La fac pour moi, l'armée pour Richie… tout était en train de changer. Papa était vraiment contrarié de ne pas nous accompagner, et moi aussi. Oncle Steve a proposé de l'attendre, mais papa nous a dit de partir sans lui. Il pensait que nous ne parviendrons pas tous à abattre notre chevreuil dans la journée. Il comptait donc nous rejoindre en voiture le lendemain.

Micah fit une nouvelle pause – si longue, cette fois, que je crus qu'il s'était tu pour de bon. Je lui laissai le temps de se décider : s'arrêter, ou continuer. Raconter, ou se taire.

Quand il reprit la parole, ce fut d'une voix atone, dénuée de colère – mais dans laquelle commençait à poindre quelque chose de pire.

— Nous avions déjà abattu une chevrette. Nous prenions toujours deux permis brocard et deux permis chevrette ; à nous quatre, ça nous faisait plus de chances de pouvoir tirer ce que nous débusquions. (Il fronça les sourcils et leva les yeux vers moi.) Tu ignores ce qu'est un permis brocard, pas vrai ?

— Le permis te dit ce que tu as le droit de tirer : un mâle – brocard – ou une femelle – chevrette. Certaines années, tu n'as pas le choix. S'il y a beaucoup plus de femelles que de mâles, on distribue plus de permis chevrette que de permis brocard. Mais d'habitude, ce sont les mâles les plus nombreux.

Micah eut l'air surpris.

— Tu as déjà chassé le chevreuil.

Je hochai la tête.

— Mon père m'emmenait autrefois.

Il sourit.

— Beth, ma sœur, trouvait ça barbare. Pour elle, nous tuions Bambi. Mon frère Jeremiah – Jerry – n'aimait pas tuer des animaux. Papa ne lui en voulait pas, mais du coup, il était plus proche de moi que de Jerry, tu vois ?

J'acquiesçai.

— Je vois.

En l'espace de cinq minutes, il venait de m'en dire davantage sur sa famille que pendant les six mois qui avaient précédé. Je ne savais même pas qu'il avait des frères et sœurs.

À présent, il me regardait en face. Et il continua pendant qu'il poursuivait son récit – fixant son regard si intensément sur moi que même en temps normal, j'aurais eu du mal à ne pas détourner les yeux. Dans les circonstances présentes… cela me demanda autant d'effort que de soulever un très lourd fardeau. Je le fis, mais avec difficulté.

—Donc, nous avions déjà une chevrette. Nous l'avions vidée et attachée à une perche. C'est Richie et moi qui la portions. Oncle Steve marchait un peu en avant. Il tenait l'arme de Richie en plus de la sienne. J'avais mon propre fusil en bandoulière dans le dos. Papa m'avait toujours dit de ne jamais m'en séparer – que je devais le contrôler à tout moment. C'est drôle, mais en fait, je crois qu'il n'aimait pas les armes à feu.

Son visage commença à se décomposer. Toutes les émotions qu'il s'efforçait de tenir à distance grignotaient les bords de son masque de détachement. Quelqu'un qui n'aurait pas eu l'habitude de ce genre de confessions ne l'aurait peut-être pas remarqué, mais on m'a raconté tellement de choses atroces au fil des ans que ça ne pouvait pas m'échapper.

—Il faisait un temps superbe. Le soleil brillait dans un beau ciel bleu, et un vent vif faisait tomber les feuilles des trembles en pluie autour de nous. C'était comme se tenir au milieu d'une boule à neige, sauf qu'à la place des flocons, c'étaient des feuilles dorées qui tourbillonnaient dans l'air. Dieu, c'était vraiment magnifique. C'est alors que la créature s'est jetée sur nous – si vite que je n'ai vu qu'une traînée sombre. Elle a percuté oncle Steve. Il s'est écroulé, et il ne s'est jamais relevé.

Les yeux de Micah étaient légèrement écarquillés, et son pouls tressautait de façon visible dans sa gorge. Cela mis à part, son expression demeurait neutre. Il se donnait tant de mal pour se maîtriser…

—Richie et moi avons lâché la chevrette, mais Richie n'était pas armé. J'avais presque épaulé mon fusil quand la créature s'est jetée sur lui. Il est tombé en hurlant, mais il a sorti son couteau, et il a tenté de se défendre. J'ai vu la lame scintiller au soleil.

Il s'interrompit de nouveau, et cette fois, il marqua une pause si longue que je finis par dire :

—Tu n'es pas obligé de continuer.

—C'est trop affreux pour toi ?

Je fronçai les sourcils et secouai la tête.

—Non. Si tu as envie de continuer, je t'écoute.

—C'est moi qui en ai fait toute une histoire, pas toi. C'est ma faute.

Il prononça ce dernier mot avec plus d'intensité que nécessaire, et je humai de la culpabilité du survivant dans l'air.

J'aurais voulu faire le tour de la table et toucher Micah, mais je n'osais pas. Je n'étais pas sûre qu'il veuille être touché pendant qu'il racontait cette tragédie. Plus tard, peut-être, mais pas maintenant.

—Tu sais comment le temps se fige parfois au milieu d'un combat ?

Je hochai la tête et, ne sachant pas s'il m'avait vue, dis « oui » à voix haute.

—Je me souviens du visage de la créature quand elle a levé la tête du corps de Richie. Tu nous as déjà vus sous notre forme intermédiaire. Nos traits ne sont ni tout à fait animaux, ni tout à fait humains – un mélange des deux. Je me souviens d'avoir pensé : « Je devrais savoir ce que c'est. » Mais je n'avais qu'un mot en tête. « Monstre, c'est un monstre. » (Il s'humecta les lèvres et prit une inspiration tremblante.) J'avais épaulé mon fusil. J'ai tiré et j'ai touché la créature. Je l'ai touchée deux ou trois fois avant qu'elle m'atteigne. Elle m'a lacéré avec ses griffes, et la douleur n'a pas été si vive que je l'imaginais. J'ai plutôt eu l'impression de recevoir un coup de batte de base-ball – un choc violent mais sourd. Je savais que j'étais blessé, mais je n'avais pas la sensation d'avoir été déchiqueté, tu vois ce que je veux dire ?

Je hochai la tête.

—Je vois exactement ce que tu veux dire.

Il me dévisagea, puis baissa les yeux vers mon bras.

—Oui, tu es bien placée pour le savoir, n'est-ce pas ?

—Mieux que la plupart des gens, dis-je d'une voix douce et aussi terre à terre que possible.

Micah contenait tant d'émotions que je ne voulais pas lui envoyer les miennes à la figure. C'était le moins que je puisse faire – et c'était surtout le mieux que je puisse faire.

De nouveau, il eut ce sourire triste et désabusé.

—Mon fusil avait disparu. Je ne me rappelais pas l'avoir lâché, mais de toute façon, mes bras ne m'obéissaient plus. Je gisais sur le dos, avec ce monstre au-dessus de moi, et je n'avais plus peur. Je n'éprouvais plus rien : ni douleur, ni frayeur. Je me sentais… presque en paix.

» Après ça, je n'ai que des bribes de souvenirs. Des voix. Des mains qui m'allongent sur une civière et me hissent à bord d'un hélicoptère. Je me suis réveillé à l'hôpital avec l'agent Fox d'un côté de mon lit et mon père de l'autre.

Je compris soudain ce qui avait amené cette confession.

—Voir Fox tout à l'heure a fait resurgir cette histoire.

Parfois, je suis longue à la détente.

Micah acquiesça.

—J'ai eu peur en le voyant, Anita. Je sais que c'est idiot, mais c'est comme ça.

—Ce n'est pas idiot, et ça ne s'est pas vu. Même moi, je n'ai rien remarqué.

—Ce n'était pas mon esprit rationnel qui avait peur, Anita. C'était l'autre. Et quand j'ai compris que tu n'aimais pas la chambre…

Alors, je me levai et m'approchai de lui. Je l'enlaçai et pressai son visage contre ma poitrine. Il me serra très fort, comme s'il s'accrochait à la dernière chose solide de l'univers.

—J'aime la chambre. Et je t'aime, toi. Je suis désolée d'avoir été chiante.

Il parla le visage toujours enfoui entre mes seins, si bien que ses mots me parvinrent étouffés.

—Anita, je n'ai pas survécu à mon agression. Le léopard-garou qui nous a attaqués a bouffé autant de mon oncle et de Richie que son estomac pouvait contenir, puis il s'en est allé. Un peu plus tard, deux autres chasseurs nous ont trouvés…

deux médecins. J'étais mort, Anita. Je n'avais plus de pouls ; mon cœur avait cessé de battre. Ils ont réussi à le faire repartir. Je me suis remis à respirer. Ils m'ont pansé de leur mieux, puis ils m'ont traîné jusqu'à une clairière pour qu'un hélicoptère puisse m'emmener à l'hôpital. Personne ne s'attendait à ce que je survive.

Je caressai ses cheveux toujours tirés en arrière et prisonniers de sa tresse.

—Mais tu as survécu, chuchotai-je.

Il acquiesça, frottant son visage contre la soie de ma blouse et mes seins en dessous. Ce n'était pas un geste sexuel, juste quelque chose qu'il faisait pour se réconforter.

—Le léopard-garou était un tueur en série. Il ne s'attaquait qu'à des chasseurs, et seulement après qu'ils avaient tué un animal. Après la mort de Richie et d'oncle Steve, le FBI a fait circuler un avertissement. Fox m'a dit qu'ils ne s'étaient rendu compte qu'il s'agissait d'une affaire de meurtres en série que quelques heures avant notre agression. Les premières victimes habitaient dans la réserve à laquelle il avait été assigné.

—C'est lui qui a résolu l'affaire, devinai-je.

—Il a attrapé le… monstre. Il était là quand on l'a tué.

Micah ne cessait de répéter « le monstre » et « la créature ». D'habitude, les métamorphes ne se désignent pas ainsi entre eux.

—Je suis mort, on m'a ramené à la vie, et j'ai guéri. Très vite. Incroyablement vite. Un mois plus tard, c'était moi le monstre, conclut-il d'une voix indiciblement triste.

—Tu n'es pas un monstre, protestai-je.

Il s'écarta de moi, juste assez pour me dévisager.

—Mais beaucoup d'entre nous le sont, Anita. J'ai rejoint le pard de Merle, et c'était un bon chef. Puis Chimère s'est emparé de nous. Il était fou et cruel, et il nous a fait vivre un enfer.

Chimère est le lycanthrope que j'ai tué pour sauver Micah, son pard et un tas d'autres gens. C'était le seul polygarou dont j'aie jamais entendu parler, un métamorphe capable de se changer en plusieurs sortes d'animaux différents. Avant de le connaître, j'aurais juré que c'était impossible. Mais je l'ai connu, et j'ai dû le détruire. Il était bien réel, très puissant, extrêmement sadique et créatif dans sa perversion.

Je pris le visage de Micah entre mes mains.

— Tu es quelqu'un de bien, Micah. Tu n'es pas un monstre.

— Quand je t'ai rencontrée, j'ai commencé par t'utiliser, Anita. Je t'ai considérée comme un moyen de sauver mes léopards… de nous sauver tous.

— Je sais. Nous en avons déjà parlé. Tu m'as demandé ce que j'aurais été prête à faire pour sauver Nathaniel et mes autres léopards des griffes de Chimère, et j'ai admis que j'aurais été prête à tout – ou au moins, à tout ce que tu avais fait de ton côté. Je ne pouvais pas t'en tenir rigueur.

— Mais dès l'instant où tu m'as touché, mes plans ont été bouleversés. Tu as tout changé. Jamais tu ne m'as regardé comme si j'étais un monstre. Jamais tu n'as eu peur de moi d'aucune façon.

— À t'entendre, on dirait que quelqu'un d'autre a eu peur de toi, et que ça t'a marqué.

Il soupira de nouveau.

— J'avais une petite amie au lycée. On n'était pas exactement fiancés, mais on avait convenu qu'on se marierait une fois nos diplômes universitaires en poche.

— Ça m'avait l'air d'une bonne idée, commentai-je.

Micah secoua la tête.

— Nous avons attendu avant de coucher ensemble. Une année entière. On voulait tous les deux être majeurs et finir le lycée d'abord. Sa sœur aînée était tombée enceinte en première, et ç'avait foutu sa vie en l'air. Donc, Becky préférait être prudente, et ça ne me dérangeait pas. J'avais l'intention de passer mon existence avec elle ; alors, une année de plus ou de moins…

Il m'assit sur ses genoux – pas à califourchon mais en amazone, comme une vraie dame.

—Que s'est-il passé? demandai-je, parce qu'il me semblait que c'était ce qu'il voulait.

—Elle a fini par rompre complètement avec moi parce que j'étais devenu un monstre. Elle ne pouvait pas aimer un animal.

Je ne pus dissimuler combien j'étais choquée.

—Doux Jésus, Micah!

Il opina.

—J'en ai bavé. Mais ma transformation n'a été que la dernière goutte d'eau. Le vase était déjà presque plein avant que je sois agressé.

Je fronçai légèrement les sourcils.

—À cause de quoi?

Micah baissa les yeux, et je compris qu'il était embarrassé.

—J'étais trop gros.

J'ouvris la bouche et la refermai.

—J'imagine qu'on ne parle pas de ta corpulence… Tu veux dire que tu étais trop bien monté pour elle?

Il acquiesça en silence.

Je le dévisageai en cherchant quoi répondre. Rien de percutant ne me vint à l'esprit.

—Elle n'aimait pas faire l'amour avec toi?

—Non.

—Mais… mais, tu es un amant incroyable! Tu…

—Tu n'étais pas vierge quand nous nous sommes rencontrés, et je n'étais pas non plus un puceau de dix-huit ans.

—Oh!

Je réfléchis. De fait, Micah était très bien monté. Son pénis n'était pas seulement très long, il était aussi très large, ce qui pouvait poser davantage de problèmes au final. Il existe des positions qui permettent de rendre la pénétration moins profonde. Un pénis très épais, en revanche… Il faut faire avec.

Je repensai à la première fois que j'avais couché avec Micah, après des préliminaires sans doute un peu sommaires.

—Je crois que je vois le problème.

— Je lui faisais mal. Pas exprès, mais ça ne changeait rien au résultat. Au fil du temps, je me suis amélioré. J'ai appris à mieux préparer le terrain, à prêter attention aux réactions de ma partenaire, ce genre de choses.

— L'entraînement fait toute la différence, approuvai-je.

Micah appuya son front sur mon épaule.

— Mais Becky n'a jamais aimé me sentir en elle. Nous couchions ensemble, mais je devais être très prudent pour ne pas lui faire mal.

— Tu sais que la taille du vagin des femmes varie autant que celle du pénis des hommes. Becky était peut-être petite à l'intérieur, et… tu n'es pas petit à l'extérieur, grimaçai-je.

Micah leva les yeux vers moi, la joue posée sur mon bras nu.

— Tu le penses vraiment ?

— Bien sûr que oui.

Il sourit.

— Donc, rien de ce que je suis ne te gêne.

Je lui rendis son sourire.

— Non. Et Becky n'était qu'une seule personne. Une réaction négative ne constitue pas un échantillon représentatif, encore moins une vérité absolue.

— Ce n'était pas une seule réaction négative, Anita.

Je haussai les sourcils.

— Que veux-tu dire ?

— À la fac, je suis sorti avec d'autres filles, et tout se passait bien jusqu'à ce que je me déshabille. Alors, elles ramassaient leurs vêtements et elles se tiraient en vitesse.

Je le dévisageai.

— Tu es sérieux ?

Il acquiesça.

Si ç'avait été un autre homme que Micah, j'aurais pu l'accuser de vantardise. Mais ça n'était pas son genre. Une idée me traversa l'esprit… quasiment un éclair de lucidité.

—Becky t'a dit que tu lui faisais mal parce que tu étais trop gros, et à la fac, tes petites amies n'ont même pas voulu essayer de coucher avec toi. Ç'a dû te filer de sacrés complexes.

—C'était toujours soit un gros avantage, soit un gros inconvénient. Mais même les filles qui acceptaient d'essayer ne voulaient pas en faire leur ordinaire. J'étais une sorte de gadget à leurs yeux.

La voix de Micah frémissait de souffrance comme elle avait frémi de colère un peu plus tôt.

—Becky me donnait l'impression d'être un monstre parce que je voulais coucher avec elle même si ça lui faisait mal. La plupart des filles avec lesquelles je suis sorti m'ont donné la même impression, ou m'ont traité comme si j'aurais dû avoir un bouton sur la hanche et un compartiment à piles – comme si j'étais un sex-toy conçu uniquement pour les satisfaire, et qu'il suffisait de me recharger.

Je le dévisageai de nouveau.

—Crois-moi, Anita, il y a autant de salopes que de salopards en ce monde. Mais quand une fille te traite comme un objet sexuel, personne ne s'en offusque – après tout, en tant qu'homme, tu es censé vouloir juste la baiser de toute façon.

—Toujours ce bon vieux « deux poids, deux mesures ».

Micah acquiesça et me tapota le dos.

—Jusqu'à ce que je te rencontre.

Je réfléchis une seconde ou deux.

—Attends une minute. Comment as-tu deviné que la taille de ton pénis ne me poserait pas de problème ?

—Tu sais que les métamorphes aiment se balader à poil, quand on ne les force pas à porter des vêtements ?

Je souris.

—Certains de vous sont des nudistes moins pratiquants que les autres, mais oui, je sais.

—D'abord, j'avais vu Richard nu, et je savais que vous étiez sortis ensemble assez longtemps. Il n'est pas précisément petit lui non plus.

Je luttai pour ne pas me remettre à rougir.

— Ensuite, tu m'avais vu nu, et tu n'avais pas paru choquée ni même surprise.

— Donc, tu n'as pas craint ma réaction parce que mon ex était bien monté, et parce que je ne t'avais pas dit de faire attention où tu pointais le canon de ton arme de peur que le coup parte tout seul, résumai-je.

Micah sourit.

— Quelque chose comme ça.

— Comment as-tu su que je n'avais pas rompu avec Richard parce qu'il était trop bien monté pour moi, justement ?

— J'ai demandé.

Ma stupéfaction dut se lire sur mon visage, car Micah éclata de rire.

— Je n'ai pas demandé à Richard. J'ai interrogé ton entourage, et on m'a répondu qu'il te trouvait trop impitoyable, trop assoiffée de sang, et qu'il n'aimait pas que tu bosses pour la police. Rien de tout ça ne me préoccupait.

— Donc, tu as saisi ta chance.

Il acquiesça.

— Et dès la première fois que nous avons couché ensemble, j'ai su que je ferais n'importe quoi – n'importe quoi – pour être dans ta vie.

— Tu m'as dit ça, oui. C'est même une des premières choses que tu m'as dites tout de suite après. Que tu étais mon Nimir-Raj, que j'étais ta Nimir-Ra, et que tu ferais n'importe quoi pour être dans ma vie – que tu serais tout ce dont j'aurais besoin.

— J'étais sincère.

— Je sais. (De l'index, je suivis le contour de sa mâchoire.) J'avoue qu'il m'a fallu un moment pour le comprendre et pour l'accepter. Et si je t'avais demandé de faire des choses horribles pour moi, Micah ? Comment aurais-tu réagi ?

— Jamais tu ne demanderais à personne de faire des choses horribles.

— Mais à l'époque, tu me connaissais à peine.

—Disons que je le sentais bien.

Je scrutai son visage, cherchant à voir d'où lui venait cette certitude. Il affichait de nouveau son expression sereine, mais pas vide – celle qu'il arbore quand il est heureux.

—Jamais je n'aurais pu faire confiance comme ça à un étranger.

—Nous n'avons jamais été des étrangers l'un pour l'autre, Anita. Dès l'instant où nous nous sommes touchés, nous nous sommes connus. Nos corps se sont connus.

Je le regardai durement, mais il se contenta de rire.

—Ose me dire que c'est faux. Ose me dire que ce n'est pas ce que tu as ressenti toi aussi.

J'ouvris la bouche, la refermai et finis par répondre :

—Alors quoi ? L'amour au premier coup de queue plutôt qu'au premier coup d'œil ?

Micah redevint brusquement sérieux.

—Ne te moque pas de ce qu'il y a entre nous, Anita.

Assise chastement sur ses genoux, je fus forcée de baisser les yeux.

—Bien sûr que je l'ai senti aussi. Dès le premier contact, cette attirance insensée… C'est juste que… quand j'étais jeune, on m'a enseigné que le sexe était quelque chose de sale, de honteux. Six mois plus tard, le fait que tu aies pulvérisé toutes mes défenses si facilement continue à m'embarrasser.

Micah passa ses bras autour de moi et me fit remonter dans son giron jusqu'à ce que je sente qu'il était content de m'avoir là tout contre lui. Le simple contact de cette raideur contre ma cuisse me fit déglutir.

—N'aie jamais honte des réactions de ton corps, Anita. C'est un cadeau.

Il glissa un bras sous mes jambes et se leva en me tenant contre sa poitrine.

—Je peux marcher, protestai-je.

—J'ai envie de te porter.

J'ouvris la bouche pour lui dire de me poser, mais me ravisai.

—Et où comptes-tu me porter?

—Sur le lit.

Je tentai de réprimer un sourire, mais c'était une bataille perdue d'avance.

—Pourquoi faire? demandai-je, même si j'étais à peu près certaine de connaître la réponse.

—Pour qu'on fasse l'amour des tas de fois. Et quand on n'en pourra plus, tu baisseras tes boucliers et tu nourriras l'ardeur en avance, pour éviter qu'elle tente de se manifester pendant qu'on sera entourés d'agents du FBI.

Micah se dirigea vers la chambre. Nous avons sans doute moins de dix kilos d'écart; pourtant, il me portait sans aucun effort apparent, et sa démarche restait fluide.

Je dis la seule chose qui me passa par la tête.

—Toi alors, tu sais parler aux filles.

Il grimaça.

—J'aurais pu répondre que j'avais l'intention de te baiser jusqu'à ce que tu t'évanouisses, mais tu aurais cru que je me vantais.

—Je ne me suis jamais évanouie pendant l'amour.

—Il faut toujours une première fois.

Nous avions atteint le pied du lit.

—Des promesses, toujours des promesses, le taquinai-je.

Micah me jeta sur le couvre-lit crème et doré, assez loin et assez fort pour que je pousse un petit couinement en rebondissant sur le matelas. Soudain, j'avais le cœur dans la gorge.

Micah avait déjà défait sa cravate et attaquait les boutons de sa chemise.

—Je te parie que je serai nu avant toi.

—Pas juste, protestai-je. J'ai mon holster à enlever.

Il fit glisser ses bretelles en soie sur ses épaules et sortit sa chemise de son pantalon.

—Alors, tu ferais mieux de te dépêcher.

Je ne me le fis pas dire deux fois.

Chapitre 7

Micah s'allongea sur le lit pendant que je luttais pour me débarrasser de mes fringues.

En le voyant nu contre les oreillers et le couvre-lit crème et or, je fus obligée de m'interrompre pour le mater – et non, pas seulement pour mater son entrejambe. Comment aurais-je pu faire une fixation sur une partie de son corps quand il était offert tout entier ?

Habillé, Micah n'a pas l'air musclé. Il faut le voir nu ou presque pour apprécier le jeu délicat des muscles de ses bras, de sa poitrine, de son ventre et de ses jambes. Habillé, il paraît délicat, surtout pour un homme. Nu, il se révèle fort et plus… plus quelque chose que les vêtements lui enlèvent.

Sa peau bronzée semblait particulièrement sombre contre la pâleur du couvre-lit ; son corps se découpait sur ce dernier comme s'il avait été dessiné. Micah a les épaules larges mais la taille et les hanches étroites. Il est bâti comme un nageur, sauf qu'il ne pratique aucun sport en particulier. Sa silhouette est complètement naturelle.

La cascade de ses cheveux me manquait, mais il n'avait pas défait sa tresse, et je ne lui demandai pas de le faire. Parfois, c'est gênant tous ces cheveux. Ça peut s'interposer entre votre bouche et l'endroit où vous voulez la poser.

Je laissai mon regard s'attarder sur son membre gonflé, si dur, si gros – assez long pour qu'il puisse toucher son propre nombril sans qu'il ait à se servir de ses mains ; assez épais pour que je ne puisse pas en faire le tour du pouce et du majeur quand il est complètement en érection.

Je remontai jusqu'à son visage aux courbes délicates et scrutai ses yeux de chat.

— Tu es si beau…

Micah sourit.

— Ce n'est pas à moi de te dire que tu es belle ?

Je tirai sur mon porte-jarretelles.

— Tu veux que je le garde ?

— Ça dépend. Tu peux enlever ta culotte sans le défaire ?

Je glissai mes pouces sous les côtés de ma culotte et la fis glisser le long de mes jambes.

Jean-Claude m'a fait passer l'habitude de mettre ma culotte sous mon porte-jarretelles. Il dit que ça n'a qu'un intérêt esthétique. D'un point de vue pratique, le mieux, c'est d'enfiler la culotte en dernier pour pouvoir l'ôter en premier.

Je me gardai bien de mentionner cet argument : le moment me semblait mal choisi pour rappeler à Micah que je couchais avec d'autres hommes. Oh ! il est partageur et ça n'a pas l'air de le déranger, mais j'aurais trouvé ça impoli – contraire à l'étiquette des rapports sexuels.

Un instant, je restai plantée face à lui sans rien d'autre que mon porte-jarretelles, mes bas et mes escarpins à talons hauts. Je vis ses yeux s'assombrir, comme s'assombrissent les yeux de tous les hommes à l'instant où ils comprennent que c'est dans la poche.

Il y a quelque chose de possessif dans ce regard, quelque chose qui dit : « À moi ! » Je ne peux pas l'expliquer, mais j'ai connu assez d'hommes pour savoir qu'ils le font tous. Pas chaque fois, mais ils le font tous.

Et les femmes, ont-elles un regard similaire? Peut-être. J'ignore si c'est le cas pour moi, et sans miroir, je ne le découvrirai peut-être jamais.

Micah rampa jusqu'à moi.

—Viens ici, dit-il.

Il me saisit le poignet et m'attira contre le lit, mais celui-ci était si haut que j'eus besoin de son aide pour grimper dessus.

Ensemble, nous nous traînâmes jusqu'à la tête du lit, et Micah m'allongea sur les oreillers. Enfin, «m'allongea»… Il y en avait une telle montagne que je me retrouvai presque en position assise. Presque.

Je m'attendais que Micah se couche sur moi, mais il n'en fit rien. Au lieu de ça, il se mit à genoux et ordonna:

—Ramène les genoux sur ta poitrine.

Je ne voyais pas ce qu'il avait en tête, mais j'obtempérai. Avec mes bas et mes escarpins, j'eus l'impression de prendre la pose, mais le sourire ravi de Micah dissipa toute velléité de gêne. Ce sourire disait que c'était exactement ce qu'il voulait.

Posant ses mains sur mes genoux, il les fit courir le long du voile soyeux qui recouvrait mes mollets et referma ses mains sur mes chevilles. Puis il m'écarta les jambes toutes grandes – mais pas assez à son goût, sans doute, car, après un instant de réflexion, il les écarta encore un peu.

Il se rassit sur ses talons et me contempla, les yeux brillants.

—Quelle vue…

Sa voix était basse et grondante comme si ça lui faisait mal de parler.

Il fit remonter ses mains le long de mes jambes jusqu'à la jarretelle de mes bas, caressa la peau nue de mes cuisses et les glissa sous mes fesses qu'il empoigna fermement. Sans me lâcher, il s'allongea en appui sur ses coudes et détailla mon corps offert.

—C'est pour ça que tu as gardé ta tresse, dis-je d'une voix essoufflée.

—Oui, chuchota-t-il en inclinant son visage vers moi comme on se penche lentement pour donner un baiser à son amante. (Il hésita.) L'angle n'est pas tout à fait correct.

Il me souleva telle une offrande qu'il se faisait à lui-même. Mon bassin et mes pieds décollèrent du lit.

J'eus le choix entre tenir mes genoux avec mes mains, ou passer mes jambes autour de Micah. Si j'avais été pieds nus, je ne me serais pas posé de questions, mais j'avais peur de lui planter mes talons dans le dos. Nathaniel aurait peut-être apprécié ce genre de chose ; pas Micah.

Il donna un coup de langue entre mes jambes, et la sensation fit s'évanouir toutes mes pensées, tous mes mots et toutes mes bonnes intentions. Je passai mes jambes autour de lui, posant le bout de mes chaussures sur le renflement de ses fesses et la pointe de mes talons contre son dos.

Je m'attendais à ce que Micah proteste, mais il n'en fit rien. Au lieu de ça, il enfouit son visage entre mes cuisses et m'embrassa l'entrejambe comme il aurait embrassé ma bouche, l'explorant avec ses lèvres, sa langue et même ses dents – très légèrement. Il m'embrassa comme si je pouvais lui rendre ce baiser, et mes hanches vinrent à sa rencontre comme pour le lui rendre.

Sa bouche entre mes jambes, mon bassin pressé contre le bas de son visage, mes talons s'enfonçant dans son dos… Très vite, je sentis un spasme parcourir son corps, remontant jusqu'à ses épaules, puis descendant le long de ses bras et crispant ses mains sur mes fesses. Il se redressa juste assez pour parler. Sa bouche était luisante, sa voix tendue et essoufflée.

—Je n'arrive pas à décider si les talons m'excitent ou s'ils me font juste mal. Tu peux les virer ?

Je me débarrassai du premier escarpin en le frottant contre le couvre-lit, et du second avec mon pied désormais nu. Puis je croisai les chevilles dans le dos de Micah, savourant la chaleur de son corps et la courbe de ses fesses à travers mes bas.

—Il suffisait de demander.

Ma voix était plus basse que d'habitude, rauque et intime… pleine de promesses.

Micah me sourit et baissa lentement la tête, mais sans me quitter du regard. Ses yeux d'un vert doré continuèrent à me fixer tandis qu'il me léchait, le visage enfoui entre mes jambes de telle sorte qu'on aurait dit qu'il s'achevait sous ces prunelles incroyables.

—Mon Dieu, j'aime quand tu me regardes comme ça…

Micah poussa un grognement qui vibra sur ma peau. Je poussai un cri et, fermant les yeux, rejetai la tête en arrière.

Le grognement se changea en ronronnement comme Micah aspirait la partie la plus intime de moi dans sa bouche. La vibration frissonna le long de ma peau, s'intensifiant à chaque seconde tandis que Micah me suçait aussi vite et aussi fort qu'il le pouvait.

Une chaleur lourde et délicieuse naquit entre mes jambes. Micah l'attira dans sa bouche, la caressa avec sa langue, la travailla d'un savant mouvement des lèvres jusqu'à ce qu'il me fasse jouir.

Ce fut comme si une bulle tiède éclatait au-dessus de moi et à travers moi, libérant une cascade de plaisir qui me submergea.

Micah continua à sucer et les ondes de plaisir à me parcourir le corps sans faire mine de s'arrêter. Haletante, désarticulée et impuissante, je fermai les yeux. J'étais comme une noyée, ravagée par ma propre jouissance.

Puis je sentis le lit bouger et Micah se pencher au-dessus de moi. Je tentai d'ouvrir les yeux et ne réussis qu'à papilloter des cils – juste assez pour distinguer de la lumière et des ombres.

—Anita, appela Micah d'une voix douce. Ça va ?

Je voulus répondre que oui, mais aucun son ne sortit de ma bouche. Je pouvais le penser, et ça s'arrêtait à peu près là.

—Anita, dis quelque chose. Cligne des paupières si tu m'entends.

Je clignai des paupières, mais même lorsque je parvins à rouvrir les yeux, ma vision refusa de se focaliser. Le monde n'était qu'un amas de taches floues et colorées. Je levai un pouce pour rassurer Micah, parce que parler restait au-dessus de mes forces.

Il se pencha suffisamment pour que je puisse distinguer son visage.

—Maintenant, je vais te baiser, annonça-t-il.

—Oui, réussis-je à chuchoter. Oui, s'il te plaît.

Chapitre 8

Glissant ses mains sous mes cuisses, Micah me tira à bas du monticule d'oreillers. Je me retrouvai allongée bien à plat jusqu'à la taille, mais avec le buste très légèrement relevé. Il glissa un doigt en moi – juste un doigt, mais cela suffit pour que je me torde en poussant un petit cri.

—Trempée et pourtant si étroite…, chuchota-t-il. Tu es toujours hyperserrée quand je t'ai fait jouir en te léchant.

Il était à genoux entre mes jambes, le sexe gonflé à en éclater.

Je dis la seule chose à laquelle je pensais.

—Baise-moi, Micah, baise-moi.

Il hésita.

—Tu es vraiment étroite, Anita.

Je me dressai en appui sur mes coudes.

—Mais trempée, tu l'as dit toi-même. Trempée grâce à ce que tu viens de me faire.

Micah passa la langue sur ses lèvres et déglutit. Je vis tressauter sa pomme d'Adam.

—Je ne veux pas te faire mal.

—Si ça fait mal, je te le dirai.

Il me toisa. Son expression n'avait plus rien d'affamé. Il semblait nerveux, incertain. Je savais qu'il avait envie de me pénétrer brutalement, mais qu'il avait peur de le faire.

Combien de femmes l'avaient blessé ? Combien d'entre elles l'avaient traité de monstre pour la seule raison qu'elles le trouvaient trop viril ?

Je me redressai juste assez pour envelopper son sexe de ma main. Le simple fait de le tenir me fit rejeter la tête en arrière et pousser un cri étranglé. Je le dévisageai, les yeux écarquillés et le regard un peu fou ; et je serrai plus fort jusqu'à ce que ses yeux roulent dans ses orbites et que sa tête aussi parte en arrière.

Je fis glisser la main le long de son membre pour venir caresser son gland si doux et si gonflé. En appui sur les coudes, je le regardai.

— Baise-moi, Micah. Baise-moi avant que les petits spasmes s'évanouissent. Grâce à toi, je suis si trempée et si étroite que mon corps continue à avoir de mini-orgasmes. Je te veux à l'intérieur avant que ça s'arrête.

Il se pencha et m'embrassa, la bouche encore humide de moi. Ses lèvres avaient un goût de viande et une fraîcheur semblable à celle de la pluie. Les gens peuvent plaisanter et balancer le mot « crevettes » autant qu'ils veulent, toutes les femmes n'ont pas le même goût.

Micah s'écarta légèrement de moi, en appui sur ses bras tendus. Mais déjà, son bas-ventre se pressait contre le mien – et cette sensation me fit retomber sur le lit.

L'espace qui séparait nos bustes me permit de voir très précisément ce qu'il faisait, de quelle façon il tentait de s'introduire en moi. Oui, j'étais trempée, mais il était si large qu'il devait manœuvrer prudemment, et même ses manœuvres les plus prudentes avaient quelque chose de brutal. Il était littéralement obligé de se frayer un chemin entre mes jambes.

Si j'avais libéré l'ardeur, j'aurais été plus ouverte, davantage prête à le recevoir. Même sans préliminaires, l'ardeur suffit à préparer mon corps pour la pénétration. Mais Micah et moi voulions tous les deux que je sois étroite ; nous voulions tous les deux qu'il doive lutter pour me prendre.

Son gland disparut à l'intérieur. Il en restait encore tellement ! Le regarder s'enfoncer en moi centimètre par centimètre me fit crier, redresser le buste et saisir mes cuisses. Ainsi, j'avais les jambes en l'air ; mon corps formait une petite boule, et je pouvais tout voir et tout sentir.

À mi-chemin, Micah ferma les yeux et cessa de bouger, tête baissée.

— Tu mouilles tellement, articula-t-il d'une voix tendue par l'effort qu'il faisait pour se contenir. Et Dieu, tu es si étroite. Tu ne cesses de m'agripper de l'intérieur. Plus je m'enfonce loin, plus tes spasmes deviennent violents. Le simple fait de te pénétrer te déclenche une série de petits orgasmes.

— Oui, acquiesçai-je avidement, le souffle court. Te sentir en moi quand je suis si trempée et si étroite, c'est tellement bon ! Je t'en supplie, ne t'arrête pas, ne t'arrête pas !

Alors, Micah leva la tête et me dévisagea comme s'il pensait que je lui mentais.

— Tu es sérieuse ?

— Bien sûr que oui !

— C'est vrai que tu es trempée, mais je n'ai encore jamais essayé de te prendre pendant que tu étais si serrée, Anita. (Dans ses yeux, l'inquiétude le disputait au désir.) Je pourrais faire plus vite, mais je ne veux pas te blesser.

Je soutins son regard et dis tout de go :

— Je ne sais quel fantôme tu combats en ce moment, mais ce n'est pas moi. Qui que tu penses avoir blessé, ce n'était pas moi. Baise-moi, baise-moi, baise-moi comme nous en avons tous les deux envie.

Je le regardai prendre sa décision, le visage à quelques centimètres du mien, nos corps déjà mariés l'un à l'autre. Soudain, il donna un coup de hanches puissant et s'enfonça en moi. Je lui avais demandé de laisser tomber la prudence ; il me prenait au mot.

Sa raideur forçait mon intimité, poussant aussi loin et aussi vite que possible. J'étais trop étroite, et Micah était trop large pour que ce soit vraiment rapide. Mais jusque-là, quand il sentait de la résistance, il hésitait. À présent, il luttait pour la briser.

Mon corps érigeait des défenses ; le sien les défonçait. Ainsi cet énorme bâton de chair me transperça-t-il alors que j'essayais toujours de décider si c'était une bonne ou une mauvaise chose.

D'un côté, c'était fantastique de sentir en moi quelque chose de si dur, de si long et de si épais. Dieu, que c'était bon. La sensation me renversa sur le lit et arracha des cris de plaisir à ma gorge. En même temps, elle me poussa à me débattre et à me tordre autour de lui, à mi-chemin entre jouissance et inquiétude. Peut-être n'aurions-nous pas dû faire ça…

À l'instant où je pensai : *C'est trop, il faut ralentir,* et pris une inspiration pour le dire à Micah, les spasmes s'épanouirent en un véritable orgasme. Et comme beaucoup d'orgasmes obtenus par pénétration, celui-ci me prit par surprise. Il change une quasi-douleur en plaisir incroyable. Il me fit me soulever et retomber violemment sur les oreillers, encore et encore, comme une marionnette dont on a coupé les fils.

Je me tordis, et je hurlai, et je me débattis, et je dansai sous Micah. Et pendant ce temps, il continuait à me pénétrer aussi loin que possible, atteignant le bout de mon intimité avant que celle-ci ait pu avaler la totalité de son membre.

Il commença à se retirer, et parce que mon orgasme m'avait crispée autour de lui, la friction fut terrible. Ce fut comme si mon corps tentait de le retenir.

De nouveau, il plongea en moi aussi vite et aussi fort que mon étroitesse le lui permettait. Il se mit à aller et venir pendant que je m'agitais sous lui comme une possédée ou une spasmophile.

J'avais besoin de m'agripper à quelque chose. Mes mains trouvèrent les épaules de Micah, ses bras, et mes ongles les déchiquetèrent. Le trop-plein de sensations et de plaisir sembla se déverser de moi dans le sang qui coulait le long de son corps.

Micah hoqueta.

—Dépêche-toi de nourrir l'ardeur, Anita. Par pitié, dépêche-toi. Je ne vais pas tenir beaucoup plus longtemps.

J'avais oublié pourquoi nous faisions ça. J'avais oublié l'ardeur. J'avais oublié tout ce qui n'était pas le sexe. Mais il suffit d'une pensée pour que l'ardeur jaillisse.

J'étais déjà partie tellement loin... Jusque-là, j'avais toujours perçu l'ardeur comme un appétit distinct, une présence en soi. À présent, elle n'était qu'une des composantes du plaisir – une couche de chaleur supplémentaire venant s'ajouter au brasier qui brûlait déjà dans la pièce.

Elle m'arracha des sons étranglés et me fit labourer le dos de Micah avec mes ongles. Alors, je pris conscience qu'il était non plus penché sur moi, mais allongé en un simple missionnaire. Je ne me souvenais pourtant pas qu'il ait changé de position.

L'ardeur m'avait ouverte à lui. Il pouvait enfin aller et venir sans lutter contre mon corps, glissant selon un rythme fluide. Il me comblait totalement alors même qu'il n'introduisait jamais tout son membre et commençait à se retirer dès qu'il sentait une résistance.

Un instant, il se dressa en appui sur ses bras pour que je puisse voir le long de son corps, que je puisse voir son sexe me besogner puissamment. Je sentis que son rythme se modifiait. Il était au bord de l'orgasme.

Tant que Micah ne jouit pas, l'ardeur ne peut pas se nourrir de lui : il est trop dominant ; il se contrôle trop bien. Seul l'orgasme baisse suffisamment ses boucliers pour rendre son énergie accessible à mon pouvoir.

Il cria au-dessus de moi et donna un dernier coup de hanches qui me souleva du lit. Le dos arqué, les yeux fermés, je hurlai.

Je continuai à hurler bien après que Micah eut fini et fut retombé sur moi, le souffle court. Je continuai à hurler et à me tordre sous lui, toujours en proie au contrecoup de ce que nous venions de faire.

Lorsqu'il put enfin bouger, Micah se retira, et je me tordis de plus belle. Mais à peine fut-il sorti de moi que je commençai à avoir mal. Si les endorphines s'estompaient si vite, je pouvais m'attendre à dérouiller plus tard.

Par chance, c'était le genre de douleur qui ne me dérangeait pas, une douleur semblable à un trophée que je pourrais ressortir et admirer en repensant à ce que nous avions fait. Chaque fois qu'elle palpiterait entre mes jambes, je me souviendrais du plaisir que j'avais éprouvé.

Micah gisait dans une drôle de position, à moitié sur le ventre et à moitié sur le côté. Son bras le plus proche de moi saignait. Lui aussi aurait de quoi se remémorer cette séance.

Il se redressa sur les coudes, et ce fut alors que je vis son dos. Je hoquetai.

— Doux Jésus, Micah, je suis désolée.

Il frémit.

— D'habitude, les traces de griffes ne font pas mal si vite après une bonne partie de baise.

Je hochai la tête.

— Quand les endorphines se font la malle si vite, tu sais que tu vas douiller.

Micah semblait avoir été attaqué par une créature possédant plus de griffes que moi de doigts.

— Tu as mal ? demanda-t-il.

— Un peu.

Il me dévisagea gravement.

— Quand je me suis retiré, j'ai vu du sang. Pas beaucoup, mais un peu.

— C'est déjà arrivé qu'on trouve des traces rougeâtres sur ton sexe après coup.

— Oui, mais d'habitude, c'est à l'approche de tes règles. Pas cette fois.

Je voyais bien qu'il était troublé. Le souvenir de ses anciennes petites amies assombrissait son regard.

—Comment va ton dos ? m'enquis-je.

Il grimaça.

—Pas terrible.

—Tu regrettes ?

Il secoua la tête.

—Sûrement pas. C'était putain de fanta-buleux.

—Demande-moi comment je me sens.

—Je t'ai blessée ?

—J'ai déjà mal. Donc : oui, un peu. (Je touchai sa joue avant qu'il puisse détourner les yeux.) Maintenant, demande-moi si je regrette.

Il m'adressa son sourire triste, teinté d'amertume.

—Tu regrettes ?

—Sûrement pas. C'était putain de fanta-buleux.

Alors, il sourit pour de vrai, et je vis les fantômes disparaître dans ses yeux jusqu'à ce qu'il n'y reste que l'éclat tiède du plaisir.

—Je t'aime, dit-il. Je t'aime tant !

—Moi aussi, je t'aime.

Il baissa les yeux vers le couvre-lit, que nous avions pas mal amoché.

—Je ferais mieux de me lever avant qu'on le salope davantage.

Il se mit debout en prenant appui sur le bord du lit comme si ses jambes n'acceptaient pas encore de le porter. De mon côté, je n'aurais pas réussi à marcher si une alarme incendie s'était déclenchée ; alors, je compatissais.

De petites taches de sang dessinaient presque le haut de son corps sur le couvre-lit. Une tache plus grosse s'était formée sous son bas-ventre. Mauvais choix, le crème et or.

Je me redressai juste assez pour examiner mon propre corps. Il y avait du sang entre mes jambes, et un peu sous mes fesses.

—Tu crois que la femme de chambre va appeler les flics ? demandai-je.

D'un pas tremblant, Micah se dirigea vers la porte qui séparait la chambre du salon. Je crois qu'il voulait aller dans la salle de bains.

— Pas si on lui laisse un assez gros pourboire.

Il se raccrocha au battant comme s'il était sur le point de s'écrouler.

— Fais attention, lui recommandai-je.

Un instant, il resta appuyé contre la porte, puis il tourna la tête vers moi.

— Anita… Quand je suis avec toi, tout va pour le mieux dans le meilleur des mondes. Tu me donnes l'impression d'être un homme plutôt qu'un monstre.

— Et toi, Micah, tu m'aimes comme je suis. Tu m'aimes tout entière, y compris les facettes les plus dures et les plus impitoyables. Tu te fiches que parfois, ce soit moi le monstre. Tu sais qui je suis et ce que je fais, et tu m'aimes quand même.

— Tu n'es pas un monstre, me détrompa-t-il avec un large sourire. C'est vrai qu'il t'arrive d'être impitoyable. Mais j'aime ça chez une fille.

Il s'écarta de la porte et se dirigea vers la salle de bains, toujours tremblant mais un peu plus assuré sur ses jambes.

Je me rallongeai sur le lit pour attendre que mes cuisses et mes genoux soient en état de me porter. Autant me mettre à l'aise, parce que je risquais de patienter un bon moment.

Chapitre 9

Pour le peu que j'en avais vu, Philadelphie était une jolie ville. Jusqu'ici, ma visite s'était résumée à l'aéroport, une chambre d'hôtel et une fantastique partie de jambes en l'air. Nous aurions pu être n'importe où. Mais le cimetière me rappela que nous nous trouvions dans l'une des treize colonies originelles.

Il était vieux, ce cimetière. Il respirait l'Antiquité et l'âge de ses morts. Il la soufflait sur ma peau depuis le moment où nous étions descendus de la voiture de Fox.

Autrefois, un cimetière si ancien me serait apparu comme un endroit paisible. Il n'aurait plus abrité de fantômes – peut-être quelques tombes qui m'auraient fait frissonner si j'avais marché dessus, mais la plupart des défunts auraient déjà été inertes, poussière retournée à la poussière, cendres aux cendres, etc.

À présent, même à travers mon bouclier, les morts m'appelaient.

En théorie, nul ne peut relever une personne décédée depuis longtemps sans un sacrifice humain. Je détiens probablement le record du plus vieux zombie relevé avec seulement du sang d'animal, et malgré ça, des morts de plus de deux siècles auraient dû être hors de mon atteinte. Alors comment se fait-il que, depuis quelque temps, je les sente souffler du pouvoir le long de ma peau ?

Je frissonnai, et pas seulement à cause du froid de ce début novembre. En fait, j'avais presque trop chaud avec mon trois-quarts en cuir.

Micah apparut soudain près de moi. Il m'aida à ôter mon manteau en chuchotant :

— Tu vas bien ?

J'acquiesçai. J'allais mieux que bien. Me tenir debout dans les ténèbres frémissantes de pouvoir avait quelque chose d'enivrant, comme si ma peau buvait la magie de l'air même. Ce qui n'est pas possible avec la nécromancie.

Micah demanda à Fox si nous pouvions laisser mon manteau dans la voiture. Sans attendre la réponse, je m'éloignai dans l'obscurité, caressant distraitement du bout des doigts le sommet des pierres tombales entre lesquelles je passais.

Les vieux cimetières sont généralement très encombrés. Ici, le terrain plat et irrégulier à la fois n'aidait pas à faire la différence entre sol nu et tombes. D'un pas à l'autre, je pouvais aussi bien marcher sur l'un que sur les autres.

Vous connaissez l'expression : « C'était comme si quelqu'un avait marché sur ma tombe » ? Et bien, ça me faisait l'effet inverse. Je ne me sentais pas mal à l'aise, ébranlée ou effrayée. Bien au contraire. Chaque fois que mon pied se posait sur une tombe, je me sentais mieux, plus sereine et plus confiante. Je pompais un peu d'énergie à chaque corps sur lequel je marchais – quel que soit son âge et quel que soit son état de décomposition. J'aurais pu boire le pouvoir de tous ces morts et...

Et quoi ?

Cette pensée m'arrêta net. Ce dont je n'avais pas pris conscience, c'est que Franklin me suivait de très près – qu'il me collait littéralement aux basques. En fait, je ne m'étais même pas aperçue de sa présence.

Il faillit me rentrer dedans, et dut me saisir les bras pour éviter de me bousculer. Nous sursautâmes tous les deux, et il commença à s'excuser avant même que je me sois tournée vers lui.

—Je suis désolé, je ne m'attendais pas à ce que vous vous… arrêtiez.

Franklin semblait essoufflé, et beaucoup plus perturbé qu'il aurait dû l'être.

Je levai les yeux vers lui et le dévisageai en m'interrogeant sur les raisons de sa nervosité. Puis je vis ce qu'il faisait avec ses mains. Il les frottait le long des manches de son trench-coat, comme s'il avait touché quelque chose de gluant et tentait de s'en débarrasser.

Il ne cherchait pas à être insultant. À mon avis, c'était un geste machinal dont il n'avait pas conscience. J'aurais pu réagir de la même façon si j'avais accidentellement touché la magie de quelqu'un d'autre. C'est comme traverser une toile d'araignée métaphysique : vous vous sentez obligé de vous essuyer. Donc Franklin avait perçu au moins une partie du pouvoir que je recevais des tombes.

J'aurais pu lui demander pourquoi il dissimulait ses capacités psychiques, mais Fox et Micah nous rejoignirent à cet instant, et à mon avis, Franklin n'aurait pas apprécié que je révèle ce genre de choses devant eux.

Avait-il informé le FBI de ses dispositions ? J'aurais parié que non. Ce n'est devenu un avantage que depuis deux, trois ans maximum. Avant, les autorités considéraient que cela relevait du désordre psychologique. Et on ne devient pas agent fédéral dans ces conditions.

En tout cas, ça expliquait l'antipathie que je lui inspirais. Si Franklin cachait ce qu'il était, il répugnait sans doute à côtoyer une personne possédant des capacités similaires aux siennes. Quand vous vous planquez, vous fuyez les gens qui sont sortis du placard à balais, si je peux m'exprimer ainsi.

—Il y a un problème ? demanda Fox.

—Non, aucun problème, répondit Franklin un peu trop vite.

Je me contentai de secouer la tête sans le quitter des yeux.

À mon avis, Fox ne nous crut pas. Mais il laissa filer. Il n'avait pas le choix, vu qu'aucun de nous deux ne voulait rien dire. Il nous dévisagea tour à tour avant de lâcher :

—Alors, s'il n'y a pas de problème… On nous attend.

Je hochai la tête et pensai à demander :

—La sépulture de Rose est-elle la plus récente du cimetière ?

Fox réfléchit un instant avant d'acquiescer.

—Oui, pourquoi ?

Je lui adressai un sourire rêveur, comme si j'écoutais de la musique qu'il ne pouvait pas entendre.

—Je voulais juste savoir ce que je cherchais, c'est tout.

—Je peux vous conduire à la tombe, marshal. Vous n'avez pas besoin de la chercher.

Mais je voulais la chercher. Je voulais arpenter le cimetière en sondant ses tombes une par une et trouver moi-même celle de Rose.

Ce fut Micah qui répondit à ma place.

—Ça nous fera gagner du temps. Allez-y, Fox ; on vous suit.

Je lui jetai un coup d'œil que j'eus du mal à rendre amical. En retour, Micah me coula un regard d'avertissement.

Dans l'obscurité, avec tous les arbres qui se dressaient autour de nous, ça m'aurait étonnée que quelqu'un ait pu voir son expression aussi clairement que moi. Nous avons tous les deux une vision nocturne supérieure à la moyenne, même si je doute que la mienne puisse rivaliser avec ses yeux de félin – ses yeux que plus rien ne dissimulait à présent.

Il faisait trop noir pour que Micah garde ses lunettes de soleil, mais vous seriez surpris par le nombre de personnes qui ne remarquent pas l'étrangeté de son regard. Même en plein jour, la plupart d'entre elles ne se rendent compte de rien.

À moins qu'on les force à regarder la vérité en face, les gens ne voient que ce qu'ils veulent voir.

Je scrutai le regard de Micah et y vis de la peur, de l'inquiétude. Son regard me demandait si j'allais bien.

Est-ce que j'allais bien ? Oui et non. Je me sentais gonflée à bloc, mais d'une manière qui pouvait dégénérer très vite et de façon extrêmement dramatique. Le pouvoir n'est pas quelque chose de prévisible, ni de nécessairement bienveillant.

Je pris une grande inspiration et tentai de me concentrer comme j'ai appris à le faire. Mais mon professeur est une sorcière et une médium. Elle a un don de prophétie, et une empathie si exacerbée que parfois, ça ressemble à de la télépathie. Elle ne relève pas les morts. Elle ne comprend pas vraiment mes capacités.

Me rassembler au centre de mon propre corps m'aida à me stabiliser, à dissiper le tournis provoqué par l'afflux de pouvoir et à réfléchir de nouveau clairement. Mais à l'instant où je voulus projeter une partie de ce pouvoir dans le sol pour m'en débarrasser, il vira brusquement. Au lieu de s'enfoncer à la verticale sous mes pieds, il se dispersa dans toutes les directions.

Mon pouvoir lui donna la chasse, et je sentis les tombes qui m'entouraient, comme si je me trouvais au centre d'une grande roue dont elles formaient les rayons. J'avais conscience de chacune d'elles.

Je n'avais pas baissé le bouclier derrière lequel je m'abrite pour empêcher les morts de m'atteindre. Il n'était tout simplement pas dressé.

Depuis quelque temps déjà, je me rends compte que mon pouvoir augmente. Mais jusqu'à cette seconde, je n'avais pas vraiment compris ce que ça pouvait signifier.

Je connaissais les occupants de chaque tombe individuelle. Je savais lesquelles contenaient encore des vestiges d'énergie, lesquelles vous feraient frissonner si vous marchiez dessus – l'ultime manifestation d'un fantôme.

La plupart des tombes étaient silencieuses. Elles n'abritaient plus que des os, des haillons et de la poussière. Je suis capable de sentir ce genre de choses depuis des années. La nouveauté, c'était que : un, je ne le faisais pas exprès ; deux, le souffle de mon pouvoir déposait un peu d'énergie dans chaque tombe qu'il effleurait.

—Arrêtez, Blake, réclama Franklin d'une voix tendue par l'anxiété.

Je le regardai.

—Arrêtez quoi ? demandai-je.

Mais ma propre voix était ronronnante de pouvoir.

—Ne joue pas avec lui, Anita, intervint Micah.

—J'ai l'impression que quelque chose m'échappe, lança Fox, perplexe.

J'acquiesçai.

—Ce n'est pas seulement une impression.

J'aurais pu ouvrir la porte du placard dans lequel se planquait Franklin, mais je n'en fis rien. Je sais ce que c'est d'être différent et de ne vouloir rien tant au monde qu'être normal.

J'y ai renoncé depuis belle lurette : ce n'est pas possible pour moi, et ça ne l'a jamais été. Ça ne serait peut-être pas possible non plus pour Franklin, mais ce n'était pas à moi d'en décider. Alors, je fis la seule chose que je pouvais pour lui. Je mentis.

—Quand Franklin m'a bousculée, il a perçu le tranchant de mon pouvoir. Ç'arrive parfois quand mon bouclier est baissé.

En fait, ça n'arrive que si la personne qui me touche possède des pouvoirs similaires aux miens, ou des pouvoirs psychiques d'un genre différent, mais si développés qu'elle se rend compte quand quelqu'un fait usage d'autres pouvoirs à proximité d'elle. Donc, ou bien Franklin possédait un don en rapport avec les morts – la capacité de communiquer avec les défunts récents, par exemple – ou bien il était extrêmement puissant dans un autre domaine.

Non. S'il était si doué, il n'arriverait pas à le cacher, raisonnai-je. J'aurais plutôt parié qu'il y avait, quelque part dans son arbre généalogique, un grand-père ou une tante qui parlait avec les esprits. Sans doute quelqu'un que Franklin évitait au maximum. Ce qu'on déteste le plus chez les autres est toujours ce qu'on n'arrive pas à accepter chez soi-même.

—C'est vrai, Franklin ? Vous avez bousculé le marshal ? s'enquit Fox.

Son collègue acquiesça.

—Oui.

Un seul mot, totalement dénué d'inflexion. Mais le soulagement dans son regard était beaucoup trop vif. Il se détourna de Fox et de moi pour le dissimuler. Il savait que je savais, et il savait que j'avais menti pour lui. Il avait une dette envers moi ; j'espère qu'il s'en rendait compte.

Le regard de Fox fit la navette entre nous deux, comme s'il nous soupçonnait de mentir ou, au moins, de lui cacher quelque chose. Il jeta un coup d'œil à Micah et n'obtint de lui qu'un haussement d'épaules. Alors, il secoua la tête et dit :

—Très bien. (Il nous toisa encore quelques instants, puis parut capituler.) Nous serons les derniers à arriver près de la tombe, marshal Blake. Je ne veux pas faire attendre le juge fédéral et les avocats trop longtemps au milieu d'un cimetière. Alors, si vous voulez bien me suivre, je pense que ce sera plus rapide comme ça.

Je ne pouvais pas prétendre le contraire.

—Allez-y, agent spécial Fox, dis-je en l'invitant à me précéder d'un geste.

Il me dévisagea durement. C'était un bon regard de flic, mais s'il pensait que j'allais craquer et tout avouer juste pour ça, il se trompait lourdement. J'affichai mon expression la plus aimable et la plus conciliante – rien qui puisse l'aider, donc.

Avec un soupir, Fox roula des épaules comme si son holster le gênait. Puis il se remit en marche à travers le cimetière.

Franklin lui emboîta le pas sans un coup d'œil en arrière. Micah et moi les suivîmes docilement, mais à une distance suffisante pour que Micah puisse chuchoter sans qu'ils l'entendent :

— Tu as du mal à contrôler ton pouvoir ce soir, pas vrai ?

Je hochai la tête.

— Bien vu.

— Pourquoi ?

Je haussai les épaules.

— Je n'en suis pas sûre.

— Dans ces conditions, est-il bien sage de relever un mort ?

— Ce sera sans doute une des réanimations les plus faciles que j'aie jamais eu à faire. Il y a tant de pouvoir alentour…

Micah me saisit le bras.

— Te rends-tu seulement compte que tu touches chaque pierre tombale en passant à côté ?

Je restai plantée là, tandis qu'il agrippait la manche de ma veste, et le dévisageai sans comprendre.

— Je fais quoi ?

— Tu caresses le sommet des pierres tombales comme tu caresserais des fleurs dans un champ.

Son expression inquiète me disait qu'il n'inventait rien, mais…

— Je fais ça, vraiment ?

— Oui, dit-il en me serrant si fort que cela commençait à devenir douloureux.

— Tu me fais mal, protestai-je.

— Est-ce que ça t'aide ?

Je fronçai les sourcils, puis compris ce qu'il voulait dire. Si légère soit-elle, la douleur avait repoussé le pouvoir. Je pouvais de nouveau penser à autre chose qu'aux morts qui m'entouraient. Et ma première pensée lucide fut pleine de peur.

— Je ne sais pas ce qui se passe. Vraiment, je ne comprends pas. Je m'étais déjà rendu compte que les vampires me transmettaient une partie de leurs capacités, mais je ne pensais pas que ça déteindrait sur mes pouvoirs qui concernent les zombies. Je veux dire… Cette magie-là, c'est la mienne – pas celle de Jean-Claude ni de Richard. La mienne. Quoi qu'il puisse se produire entre nous d'un point de vue métaphysique, d'habitude, ça n'influe pas sur mes capacités de base.

— Il vaudrait peut-être mieux annuler cette réanimation, suggéra Micah.

Je m'humectai les lèvres, goûtant le rouge dont je m'étais remis une couche après que nous eûmes fait l'amour. Puis je secouai la tête, me blottis contre la poitrine de Micah et l'enlaçai.

— Si je suis passée au niveau de pouvoir supérieur, une réanimation de plus ou de moins ne fera pas de différence.

— Les nouvelles capacités ont toujours une courbe d'apprentissage, Anita, chuchota Micah dans mes cheveux. Même quand elles ne sont qu'une version amplifiée d'un pouvoir latent. Veux-tu vraiment faire tes classes aux dépens du FBI ?

Là, il marquait un point, et un bon. Mais…

— J'arriverai à relever ce zombie, Micah.

— Oui, et quoi d'autre avec ? insinua-t-il.

Je m'écartai suffisamment pour le dévisager.

— Pourquoi me demandes-tu ça ?

— C'est bien ce que tu crains, non ? Pas de ne pas pouvoir relever les morts, mais d'en relever plus que ce pour quoi on t'a payée ?

Surprise par sa perspicacité, je hochai la tête.

— Oui. (Je frissonnai et me dégageai de son étreinte pour pouvoir me frotter les bras.) C'est exactement ça.

— Le cercle de protection sert généralement à empêcher les choses de rentrer et de t'atteindre, pas vrai ?

J'acquiesçai de nouveau.

— Ce soir, il servira peut-être à empêcher ton pouvoir de sortir, suggéra Micah.

—Et d'atteindre d'autres tombes, achevai-je.

—Oui.

—Ils ont dû me préparer des poulets à égorger. Larry leur a certainement dit qu'il aurait besoin de volaille.

—Marshal, Callahan, vous venez? cria Fox un peu plus loin.

—Dans une minute, répondit Micah. (Puis il baissa la voix et posa les mains sur mes bras.) Penses-tu vraiment que du sang de poulet suffira à contenir tout ce pouvoir?

—Leur sang, non. Leur vie, oui.

—Je ne suis pas certain qu'ajouter une mort toute fraîche à ta magie soit une bonne idée ce soir.

—Je n'ai pas vraiment d'autre choix, fis-je valoir. Je pourrais me couper le bras et utiliser mon propre sang, mais j'ignore ce qui se passera quand il touchera la tombe. Tout ce pouvoir… Ça me tourne déjà la tête.

—Dans ce cas, utilise le mien, offrit Micah.

Je le dévisageai.

—Tu n'as encore jamais donné ton sang pour une réanimation.

—Non, mais je laisse Jean-Claude le boire. Quelle différence ça fait?

Il y avait de nombreuses réponses à cette question. J'optai pour:

—Une grande différence. Déjà, je ne peux pas embrumer ton esprit pour t'épargner la douleur.

—Ce n'est qu'une petite coupure, Anita. Je devrais pouvoir supporter.

Je soupirai et l'étreignis de nouveau.

Des tas d'hommes sont partants pour sortir ou coucher avec vous; quelques-uns d'entre eux acceptent même de passer après votre boulot. Mais combien seraient prêts à s'ouvrir les veines pour vous, au sens littéral du terme? À mon avis, pas des masses.

Je donnai un baiser rapide à Micah.

— Très bien. Allons relever M. Rose d'entre les morts.

Micah ramassa le sac contenant tout mon équipement. C'était lui qui le portait depuis notre arrivée au cimetière. Après tout, je l'avais présenté comme mon assistant. Il fallait bien qu'il se rende utile.

Je pris sa main libre et ne la lâchai pas avant que nous ayons rejoint les autres près de la tombe. Ce n'était peut-être pas professionnel, mais je m'en fichais maintenant. Une fois que Micah se serait entaillé le bras avec ma machette, personne n'oserait mettre son utilité en doute. Au contraire : tout le monde penserait qu'il avait bien mérité son salaire. Le fait que je le paie uniquement en nature resterait notre petit secret.

Chapitre 10

L'un des objets contenus dans le sac de gym que portait Micah était une machette plus longue que mon avant-bras. Même avec un insigne de marshal fédéral, j'aurais eu du mal à l'embarquer à bord de l'avion sans la nouvelle loi sur les artefacts. Les gens qui gagnent leur vie en exploitant leurs capacités magiques ne peuvent plus se voir refuser l'accès à leurs outils de travail. Ceux-ci doivent être considérés de la même façon que les crucifix ou les étoiles de David. Jusqu'à ce que la Cour suprême signe l'acte d'exclusion, je devais mettre ma machette en soute quand je prenais l'avion. C'est beaucoup plus pratique maintenant.

Micah et moi fûmes présentés à tout le monde. J'adressai un signe de tête plus appuyé à la greffière, la seule autre femme présente. Où que j'aille, je suis souvent l'unique nana au milieu d'un paquet de mecs. Et depuis quelque temps, je commence à apprécier la présence de mes consœurs. Elle m'aide à me sentir moins décalée – moins solitaire, aussi.

Les avocats d'un des deux camps me firent la gueule dès l'instant où ils me virent. Comme ils avaient dû être soulagés quand Rose était mort paisiblement de causes naturelles avant de pouvoir témoigner devant une cour fédérale ! Et voilà que je m'apprêtais à le relever de la tombe pour qu'il puisse témoigner quand même. Où va le monde si on ne peut plus compter sur le silence d'un défunt ?

Arthur Salvia était le chef des avocats mécontents de me voir. Son nom me semblait vaguement familier, comme si je l'avais lu dans les journaux ou entendu à la télé, mais je ne parvenais pas à le replacer.

— Votre Honneur, je me dois de protester une nouvelle fois. M. Rose est décédé avant de pouvoir témoigner devant la cour. Le témoignage d'un mort n'est pas recevable.

— C'est à moi qu'il appartient de décider ce qui est recevable ou non, maître Salvia. Vous aurez l'occasion de mener un contre-interrogatoire. (Les sourcils froncés, le juge se tourna vers moi.) Est-ce bien exact, marshal Blake ? Le zombie pourra répondre à un contre-interrogatoire ?

J'acquiesçai, pris conscience qu'il ne m'avait peut-être pas vue dans le noir et dis :

— Oui, Votre Honneur. Le zombie pourra répondre à toutes les questions qu'on lui posera, venant de n'importe quelle personne ici présente.

Le juge hocha la tête.

— Vous voyez, maître Salvia ? Aucune inquiétude à avoir.

— Mais M. Rose est mort, Votre Honneur, ce qui rend toute cette procédure hautement contest…

Le juge leva une main.

— Entendu et dûment noté, maître Salvia. Gardez donc le reste de vos objections pour la procédure d'appel.

Salvia se tut, mais il fulminait visiblement.

Micah se pencha à mon oreille et chuchota :

— Il sent la peur.

L'avocat de la défense avait le droit d'être nerveux, mais effrayé ? Ça me paraissait une réaction un peu trop forte. Était-il perturbé par le cimetière et la perspective d'assister à une réanimation de zombie, ou y avait-il une autre raison ?

Sur un côté de la tombe était posée une cage en grillage contenant un poulet. Celui-ci gloussait doucement, comme tous les poulets qui ont sommeil et qui se préparent à dormir. Il n'avait pas peur, lui. Il ne savait pas qu'on l'avait amené là pour servir de sacrifice. Larry aurait eu besoin de lui, mais ce n'était pas mon cas.

J'ai découvert que je pouvais utiliser quelques gouttes de mon propre sang pour relever les morts. À la base, c'était un accident ; c'est devenu une nécessité après que Marianne, la femme qui m'apprend à contrôler mes pouvoirs métaphysiques, s'est fait passer un savon par son chapitre.

Quand j'ai commencé à travailler avec elle, Marianne n'était pas wiccane : juste médium. Puis elle est tombée tête la première dans la religion, et elle s'est mise à me demander si je ne pourrais pas relever les morts sans tuer d'animaux. D'après son chapitre, parce qu'elle est mon professeur, elle risque d'hériter d'une partie du mauvais karma que je me crée en pratiquant une magie axée sur la mort.

Alors, j'ai essayé. Et il s'est révélé que je pouvais le faire. Les zombies que je relevais avec mon propre sang n'étaient pas toujours si présentables ni si éloquents, mais ils pouvaient tout de même parler et répondre à des questions. Ce qui était bien suffisant pour les autorités.

Mais du coup, je passais mon temps à me couper la main et le bras gauche, vu que je refusais d'abîmer le côté avec lequel je tiens mon flingue. Bientôt, je suis tombée à court d'endroits à entailler. Et puis ça faisait mal.

J'en ai vite eu marre. Alors, j'ai décidé que puisque je mangeais de la viande de toute façon, je pouvais bien égorger quelques bestioles pour des raisons strictement professionnelles. Mais toute cette expérience m'a appris qu'en cas de besoin je peux relever un défunt récent sans sacrifier d'animal. Et très récemment, j'ai découvert que parfois, je n'ai pas besoin de sang du tout pour sortir un zombie de sa tombe.

Je suppose que j'aurais dû m'en douter. Quand j'étais petite, il m'est arrivé de relever des morts par accident : ma chienne bien-aimée qui a rampé hors de terre pour me suivre à la maison ; un prof de fac qui s'était suicidé et qui m'a rendu visite dans mon dortoir une nuit.

Cela aurait dû me convaincre que le sang n'était pas absolument nécessaire. Mais j'ai été formée à la réanimation par un homme qui avait besoin de sang… qui avait besoin de procéder à un sacrifice, d'utiliser un onguent aux plantes et tout le tralala. Alors, pendant des années, je me suis contentée de faire comme il me l'avait appris.

Depuis ma prise de conscience, j'ai sauvé la vie d'un grand nombre de volatiles. Mais mes nerfs ont pas mal morflé.

D'une voix à la fois amicale et condescendante, le juge demanda :

— Pourriez-vous nous expliquer ce que vous allez faire afin que nous comprenions ce qui va se passer et qu'Elaine – Mlle Beck – puisse le retranscrire correctement ?

Il désigna la jeune femme brune assise sur un tabouret pliant derrière une petite table.

Sa requête me prit au dépourvu. Ça fait des années que je relève les morts, et personne ne m'a jamais demandé d'expliquer comment je m'y prends. La plupart des gens me traitent comme un secret honteux. Ils ont besoin de recourir à mes services, mais ils préfèrent en savoir le moins possible. C'est un peu comme quand vous mangez des saucisses : même si vous adorez le goût, vous n'avez pas envie de connaître trop de détails sur leur fabrication.

Je refermai la bouche et parvins à articuler :

— Bien sûr.

Évidemment, comme je n'avais encore jamais fait ça, je ne savais pas trop par où commencer. Comment expliquer la magie à des gens qui ne la pratiquent pas ? Comment expliquer les dons psychiques à des gens qui n'en possèdent pas ? Je n'en avais pas la moindre idée, mais il fallait bien que j'essaie.

— Tout d'abord, je vais tracer un cercle de protection.

— J'ai une question pour le marshal Blake, intervint Salvia.

—Ce n'est pas un témoin, maître Salvia, répliqua le juge.

—Mais sans ses capacités, le témoignage de M. Rose ne pourrait pas être recueilli, n'est-ce pas, Votre Honneur ?

Le juge parut réfléchir une seconde ou deux.

—En effet, mais tout ce que nous lui avons demandé pour le moment, c'est de nous expliquer ce qu'elle s'apprête à faire. Il ne s'agit pas d'un témoignage.

—Néanmoins, le marshal Blake intervient dans cette affaire en tant qu'experte légale.

—Je ne suis pas certain qu'une réanimatrice puisse être considérée comme une experte légale.

—Le marshal est une experte en réanimation, exact ? insista Salvia.

Le juge réfléchit de nouveau. Il voyait dans quel guêpier sa demande d'explication venait de nous fourrer. Si les informations que je fournissais étaient consignées par la greffière, elles pouvaient être remises en cause par les avocats. Et merde.

—Je vous concède que le marshal Blake est une experte en réanimation.

—Je pense que nous sommes tous d'accord sur ce point. Où veut en venir la défense ? demanda Laban, le chef des avocats.

—Si le marshal Blake est une experte légale, je devrais pouvoir l'interroger.

—Mais elle n'apporte pas de témoignage, objecta le juge. Elle explique simplement ce qu'elle va faire pour que nous puissions suivre.

—En quoi est-ce différent de la collecte de n'importe quelle autre preuve ? répliqua Salvia. Si elle était experte dans n'importe quel autre domaine, j'aurais le droit de l'interroger sur sa méthodologie.

Je devais admettre qu'il n'avait pas tort. Et que cela risquait de nous faire perdre des heures.

—Votre Honneur, demandai-je, puis-je poser une question à maître Salvia ?

Le juge me dévisagea longuement, puis opina.

—Allez-y.

Je me tournai vers l'avocat. Il n'était pas beaucoup plus grand que moi, mais il se tenait très droit pour tirer parti du moindre centimètre de sa stature. Je le comprenais : je fais la même chose. Mais sa posture était plus agressive, comme s'il se préparait à repousser une attaque. Ce qui était sans doute le cas, d'une certaine façon.

J'avais déjà témoigné devant un tribunal à plusieurs reprises, parce qu'un avocat plus retors que la moyenne avait tenté de gagner en appel dans une affaire de testament contesté par un zombie. La compagnie d'assurance avait décidé de casser le jugement sous prétexte que d'un point de vue juridique, les morts n'étaient pas considérés comme compétents pour témoigner.

Quand j'en avais eu marre de devoir me justifier, j'avais proposé d'amener le zombie au tribunal pour qu'il puisse être interrogé par les parties en présence. Mon offre avait été acceptée. Et c'était à l'époque où mes zombies ressemblaient plus à des cadavres ambulants qu'à des personnes vivantes.

Nous avions fait la une des journaux. Les médias s'en étaient donné à cœur joie, accusant la méchante compagnie d'assurance d'avoir traumatisé la famille du défunt une seconde fois. En fait, cette affaire avait débouché sur une contre-poursuite pour détresse mentale. La compagnie avait fini par verser plus de dommages et intérêts qu'il ne lui était réclamé d'argent au titre de l'assurance vie du défunt.

Tout le monde avait retenu la leçon. À partir de là, j'avais pu limiter mes interventions aux cimetières et me tenir à l'écart des tribunaux. Mais pendant des semaines on m'avait bombardée d'arguments visant à prouver que je n'étais pas une véritable experte légale. J'étais sur le point de tous les recracher à la figure de Salvia.

—Maître Salvia, diriez-vous que la plupart des preuves sont sujettes à l'interprétation de l'expert appelé à intervenir sur une affaire donnée ?

Salvia réfléchit un moment. En règle générale, les avocats prennent leur temps pour répondre aux questions, surtout devant un tribunal. Ils veulent être certains de ne pas se jeter tête la première dans un piège.

—Oui, je dirais cela.

—Si j'étais ici pour recueillir de l'ADN, mes faits et gestes seraient soumis à observation, parce que ma méthodologie de collecte pourrait affecter la fiabilité de cette preuve physique, exact ?

Micah me dévisageait. Je haussai les épaules. Je pouvais parler le langage des avocats jusqu'à un certain point, et à condition que ce soit pour une bonne cause. Ficher le camp d'ici avant 5 heures en était une.

Salvia finit par répondre prudemment :

—En effet. C'est pourquoi je me dois de vous interroger sur vos méthodes. Je dois les comprendre pour pouvoir correctement défendre mon client.

—Mais, maître, ce que je m'apprête à faire n'est sujet à aucune interprétation.

Salvia se tourna vers le juge.

—Votre Honneur, le marshal Blake refuse d'expliquer sa méthodologie. Si je ne comprends pas ce qu'elle fait, comment puis-je représenter convenablement mon client ?

—Marshal Blake, dit le juge, je suis navré d'avoir provoqué cette discussion avec ma requête initiale, mais la défense présente un argument valable.

—Votre Honneur, je le jugerais valable moi aussi s'adressant à la plupart des experts légaux. Mais avant que vous décidiez d'autoriser maître Salvia à questionner mes moindres faits et gestes, puis-je faire valoir un contre-argument ?

—Je ne l'autoriserai pas à questionner vos moindres faits et gestes, marshal, répliqua le juge avec un sourire qui, même dans la faible lumière dispensée par la lune, me parut plein d'autosatisfaction.

Ou peut-être que Salvia commençait juste à me gonfler. Je n'avais pas envie de passer la nuit à me justifier. Jamais encore je n'avais eu à relever un zombie tout en me soumettant à l'interrogatoire d'un avocat hostile. La perspective ne m'enchantait absolument pas.

— Mais je vous autorise à faire valoir votre contre-argument.

— Si je relève Emmett Leroy Rose d'entre les morts ce soir, vous serez là pour le voir, n'est-ce pas ?

— Est-ce à moi que vous vous adressez, marshal Blake ?

Je luttai pour éviter de laisser transparaître mon agacement.

— Oui, maître Salvia, c'est à vous que je m'adresse.

— Pourriez-vous répéter la question ?

Je le fis, et ajoutai :

— À l'inverse, si je ne parviens pas à relever Emmett Leroy Rose, vous serez également là pour le constater, pas vrai ?

Même dans l'obscurité fraîche que les arbres projetaient sur nous, je vis Salvia froncer les sourcils.

— Oui, répondit-il très lentement, comme s'il ne voyait pas le piège, mais soupçonnait sa présence.

— Ou bien je relèverai ce zombie de sa tombe, ou bien je ne le relèverai pas. Exact, maître Salvia ?

— Votre Honneur, où veut en venir le marshal Blake ? demanda l'avocat de la défense.

— Concédez-vous que mon intervention ne peut avoir que deux issues : ou bien Emmett Leroy Rose sort de sa tombe, ou bien il y reste ?

— Oui, oui, je vous le concède, s'impatienta-t-il, mais je ne vois toujours pas…

— Par conséquent, l'interrompis-je, diriez-vous qu'une réanimation est sujette à interprétation ?

Salvia ouvrit la bouche et la referma.

— Je ne suis pas sûr de comprendre la question.

—Le marshal Blake a pourtant été assez claire. Ou le zombie se relèvera, ou il ne se relèvera pas ; et nous serons tous là pour le voir se relever ou ne pas se relever. Donc, le résultat de l'intervention du marshal Blake n'est pas sujet à interprétation. Ou elle parvient à faire ce pour quoi elle a été payée, ou elle échoue. Ou ça marche, ou ça ne marche pas.

—Mais le rituel qu'elle emploiera pour relever M. Rose pourrait affecter sa capacité à fournir un témoignage intelligible, objecta encore Salvia.

—Est-ce vrai ? me demanda le juge. Marshal, la méthodologie employée peut-elle influer sur l'esprit d'un zombie ?

—Le rituel, non, Votre Honneur. Le talent du réanimateur, oui.

À peine ces mots avaient-ils franchi mes lèvres que je regrettai de les avoir prononcés. J'aurais dû m'arrêter après « Non, Votre Honneur ».

—Veuillez expliquer la seconde partie de votre réponse, réclama le juge.

Je savais bien que j'en avais trop dit. Je leur avais encore fourni un sujet de perplexité et donc de doute. Ce n'était pas malin de ma part.

—Plus un réanimateur est puissant – et, parfois, plus il a de pratique –, plus réussis sont ses zombies.

—« Plus réussis » ? C'est-à-dire ?

—Ils ont l'air plus vivant. Et ils conservent davantage de leur personnalité originelle.

Une fois de plus, je m'en voulus de n'avoir pas tenu ma langue. Mais qu'est-ce qui m'arrivait ce soir-là ?

À l'instant où je me posai la question, la réponse m'apparut clairement. Les morts chuchotaient pour moi. Pas avec leur voix – les véritables défunts n'en ont pas –, mais avec leur pouvoir. J'aurais dû dépenser de l'énergie pour relever l'un d'eux. Ils n'auraient pas dû m'offrir leur énergie comme un cadeau. Le pouvoir sur les morts a toujours un prix. Avec eux, rien n'est jamais gratuit.

Micah me toucha le bras. Je sursautai et le dévisageai.

—Tu vas bien ? me demanda-t-il doucement. (Je hochai la tête.) Le juge te parle.

Je pivotai vers ce dernier et m'excusai.

—Navrée, Votre Honneur. Pourriez-vous répéter ce que vous venez de dire ?

Il fronça les sourcils.

—Vous sembliez distraite à l'instant, marshal Blake.

—Je suis désolée. Je pensais juste au travail qui m'attend.

—Eh bien, nous aimerions que vous vous concentriez davantage sur cette partie de la procédure au lieu de vous précipiter au-devant de nous.

Je soupirai, retins une demi-douzaine de reparties cinglantes qui ne m'auraient pas aidée du tout et me contentai d'un aigre :

—Soit. Pouvez-vous répéter ce qui m'a échappé ?

Micah me toucha de nouveau le bras, comme pour me prévenir que je frisais l'insolence. Il avait raison. La moutarde me montait au nez. Une tension familière s'installait dans mes épaules et mes bras.

—Je disais, marshal, que j'avais l'impression que seul un sacrifice de sang permettait d'obtenir un zombie si… vivant.

Cela fit remonter le juge d'un cran dans mon estime. De toute évidence, il s'était renseigné… mais pas suffisamment.

—Relever les morts nécessite toujours de verser du sang, Votre Honneur.

—Nous avons cru comprendre que c'était la raison pour laquelle vous avez demandé au FBI de vous fournir une volaille.

Un être humain normal aurait juste conclu : « D'où la présence du poulet. » Mais devant un tribunal, le temps ne s'écoule pas de la même façon que dans la vraie vie. C'est un peu comme pendant un match de foot. Ce qui devrait prendre cinq minutes s'étire facilement sur une demi-heure.

—Oui, c'est pour ça que nous avons demandé au FBI de nous fournir une volaille.

Vous voyez ? Moi aussi, je peux faire des phrases de trois kilomètres là où trois mots suffiraient.

Quand on s'adresse à une cour de justice, il faut s'exprimer d'une certaine façon. Si un simple « oui » ou « non » suffit, ne pas en rajouter. Dans le cas contraire, expliquer les choses sans embellir ni digresser, mais en n'omettant aucun détail – parce que quelqu'un finira par vous les extorquer d'une façon ou d'une autre. Je préfère donner des réponses exhaustives d'entrée de jeu plutôt que de perdre du temps en contre-interrogatoires.

— De quelle façon exacte comptez-vous utiliser ladite volaille ?

— La procédure normale consiste à la décapiter et à se servir de son sang – son énergie vitale, si vous préférez – pour tracer un cercle de protection autour de la tombe du défunt à relever.

— Votre Honneur, intervint de nouveau Salvia, pourquoi le marshal Blake a-t-elle besoin d'un cercle de protection ?

Laban, le gentil avocat général, lança :

— Mon estimé collègue a-t-il l'intention de mettre en cause chaque étape du rituel ?

— Au nom de mon client, je pense avoir le droit de demander pourquoi le marshal Blake a besoin d'un cercle de protection. Une de mes objections à toute cette procédure était la crainte que quelque chose d'autre puisse animer le corps du défunt, et que ce qui se relève ne soit que le cadavre de M. Rose habité par un esprit errant ou…

— Maître Salvia, l'interrompit Laban, votre… imagination prolifique n'a pas réussi à convaincre le juge. Pourquoi nous en présenter de nouveau les fruits ?

En vérité, une des raisons d'être du cercle de protection, c'est justement d'empêcher un « esprit errant » – pour reprendre la formulation de Salvia – de s'emparer du corps du défunt.

Mais les esprits, vagabonds ou pas, n'étaient pas mon principal souci pour l'heure. Il existe bien des entités plus dangereuses susceptibles de prendre possession d'un cadavre. Elles se promènent avec jusqu'à ce que quelqu'un les force à l'abandonner, ou jusqu'à ce qu'il soit trop endommagé pour continuer à leur être utile.

Toutefois, je me gardai bien de mentionner cela à voix haute. À ma connaissance, aucun réanimateur n'évoque jamais cette raison spécifique d'utiliser un cercle de protection. Ça soulèverait trop de problèmes légaux, alors que nous nous battons encore pour que la réanimation soit acceptée comme une procédure standard devant un tribunal.

Aussi, quand on nous réclame des explications, nous nous en tenons à la principale raison d'être du cercle : conjurer du pouvoir. Le détournement de cadavre est assez rare pour qu'aucun des réanimateurs que je connais n'y ait jamais été confronté avec un de ses zombies. C'est une de ces histoires qui semblent toujours arriver à l'ami du cousin de votre oncle, que personne n'a jamais rencontré. Je n'allais pas fournir à Salvia un prétexte pour nous retenir ici jusqu'au lever du jour.

— Maître Laban a raison, dit le juge. Rien dans les textes dont nous disposons au sujet des zombies n'indique qu'ils puissent être possédés par une énergie extérieure.

Il s'était exprimé sur un ton vaguement dégoûté, comme si Salvia avait émis la possibilité d'un enlèvement par des extraterrestres.

Ce qui était peut-être le cas. J'imagine que si le témoin-clé de l'accusation peut être relevé d'entre les morts, la défense a elle aussi le droit de requérir une aide surnaturelle. Les extraterrestres, ça va peut-être chercher un peu loin, mais… Je gagne ma vie en relevant des morts et en butant des vampires. Je suis mal placée pour jeter la pierre.

— Marshal Blake, une fois votre cercle de protection tracé, qu'aurez-vous encore besoin de faire pour relever le défunt ?

À mon avis, le juge aussi commençait à s'impatienter. Tant mieux, parce que mon impatience ne servait pas à grand-chose, tandis que la sienne pouvait considérablement accélérer la procédure.

Je réfléchis à sa question et me réjouis qu'il l'ait formulée de la sorte. «Qu'aurez-vous encore besoin de faire pour relever le défunt?», ce n'était pas du tout la même chose que : «Qu'est-ce qui vient ensuite dans un rituel de réanimation?» Une fois le cercle tracé, je dévie tellement des pratiques de mes collègues que ça reviendrait à comparer des pommes et des pastèques.

— Pas grand-chose, Votre Honneur.

— Soyez plus exacte, je vous prie.

— J'appellerai Emmett Leroy Rose à sortir de sa tombe. Lorsqu'il se tiendra devant moi, je mettrai du sang sur ou à l'intérieur de sa bouche, et très peu de temps après, il sera en mesure de répondre à vos questions.

— Avez-vous bien dit que vous mettriez du sang sur la bouche du zombie?

Salvia, pour changer un peu.

— Oui.

— Vous allez faire sucer le cou du poulet au témoin? s'exclama l'un des agents qui attendaient avec le juge.

Nous le regardâmes tous, et il eut le bon goût de paraître embarrassé.

— Désolé.

— Non, je ne vais pas lui faire sucer le cou du poulet, le détrompai-je. Juste étaler du sang sur sa bouche.

— M. Rose était un bon chrétien. Le barbouiller de sang de poulet ne constitue-t-il pas une violation de sa liberté religieuse? interrogea Salvia.

— Pour autant que j'apprécie votre souci de respecter la foi du défunt, maître Salvia, je vous rappelle qu'il n'est pas votre client, et que les morts n'ont pas de droits susceptibles d'être violés.

Évidemment, il avait fallu que je la ramène. Je n'avais tout simplement pas pu m'en empêcher.

— Maître Salvia, sous-entendriez-vous qu'on ne peut pas être une bonne chrétienne si on sacrifie quelques poulets et relève un zombie de temps à autre ?

La colère qui crispait mes épaules commençait à transparaître dans ma voix.

Micah se mit à me frotter un bras comme pour me rappeler sa présence – et celle de mon foutu sale caractère. Mais ce contact m'éclaircit les idées. J'imagine que parfois j'ai bel et bien besoin d'un « assistant » pour des raisons qui n'ont rien à voir avec le sexe et le sang. Parfois, j'ai juste besoin que quelqu'un me surveille.

J'eus droit à quelques regards étonnés. Certaines des personnes présentes partageaient donc les préjugés de Salvia. J'ignore pourquoi ça me blesse systématiquement, mais c'est le cas.

— Vous pouvez répondre à la question du marshal Blake, dit le juge.

Apparemment, je n'étais pas la seule que les chicanes de Salvia commençaient à agacer.

— Je ne sous-entendais rien à propos de vos convictions religieuses personnelles, marshal. Je m'excuse d'avoir supposé que vous n'étiez pas une bonne chrétienne.

— Ne vous en faites pas pour ça. Des tas de gens supposent des tas de conneries à mon sujet.

— Anita, chuchota Micah.

Un seul mot, mais cela suffit.

J'aurais pu utiliser les morts comme excuse, et ç'aurait peut-être même été fondé. Le pouvoir qu'ils me renvoyaient était assez inhabituel pour me mettre sur les nerfs. Cela dit, la véritable raison, c'est que je n'ai pas de patience avec les trous du cul. Certaines fois, je m'emporte plus vite que d'autres, mais il ne me faut jamais très longtemps pour exploser.

Salvia était en train de me courir sur le haricot, et avec ses « Merci de nous expliquer l'inexplicable, marshal Blake », le juge n'était pas loin derrière dans mon hit-parade des casse-couilles du jour.

—Désolée, Votre Honneur, mais pourrions-nous en venir au fait ?

—Je ne suis pas certain de comprendre ce que vous voulez dire par « en venir au fait », marshal Blake.

—Emmett Leroy Rose est mort récemment. Pas hier, mais depuis moins d'un an. Pour moi, c'est récent. Il sera facile à relever, Votre Honneur. Quelques gouttes de sang, un peu de pouvoir, et « pouf ! » Vous aurez votre zombie. Il pourra répondre à toutes vos questions et faire tout ce que vous voudrez qu'il fasse. Pour avoir personnellement expérimenté la technique d'interrogatoire de maître Salvia, je suppute que ça risque d'être foutrement long. Donc, pour éviter que nous passions toute cette putain de nuit ici, auriez-vous l'amabilité de m'autoriser à procéder ?

Franklin poussa un grognement, et Fox secoua la tête. Je me rendais bien compte que je déconnais, mais je n'arrivais pas à m'arrêter. Je voulais ficher le camp de ce cimetière. Je voulais mettre le plus de distance possible entre moi, ces tombes et leur promesse de pouvoir.

J'avais besoin de dresser mon cercle de protection tout de suite, pas dans une heure, pour faire taire les échos qui résonnaient dans ma tête comme des murmures lointains ou une station de radio en sourdine. J'entendais presque ce que disaient les voix… ce que disaient les morts. Je n'aurais pas dû. Les cadavres qui reposaient dans ce cimetière n'étaient pas des fantômes : juste des cadavres.

—Je vous rappelle, marshal, que même si nous ne sommes pas dans un tribunal, ceci est une cour de justice. Je pourrais vous inculper pour outrage à magistrat.

Micah me fit pivoter vers lui et me prit dans ses bras. Son souffle était tiède contre ma joue.

—Anita, que se passe-t-il ?

Je me laissai aller contre lui. Il me serra très fort, presque farouchement, comme s'il voulait me faire passer au travers de son corps.

— Qu'est-ce qui ne va pas, Anita ? chuchota-t-il à mon oreille. Dis-le-moi.

Je m'agrippai à lui, me plaquai contre lui aussi étroitement que possible compte tenu de nos fringues. J'enfouis mon visage dans le creux de son cou et m'emplis les poumons de son odeur douce et chaude – résidus de savon, traces d'eau de Cologne et dessous, le parfum de sa peau. Et dessous encore, le musc léger mais persistant du léopard. Dès que je le humai, je me sentis mieux. Son odeur âcre m'aida à chasser les quasi-voix des défunts.

— Voulez-vous que je vous fasse inculper pour outrage à magistrat, marshal Blake ?

La voix du juge m'arracha à la peau de Micah, m'empêcha de m'abîmer dans sa chaleur palpitante.

Ce fut à peine si je tournai la tête pour le regarder, mais j'en éprouvai comme un déchirement physique. Dès l'instant où mon visage ne fut plus enfoui dans le cou de Micah, les voix revinrent à la charge. Les morts essayaient de me parler. Ils n'auraient pas dû. Les fantômes le font parfois quand ils ne parviennent pas à trouver un médium à qui s'adresser, mais une fois dans la tombe, personne n'est censé être si bavard.

Je regardai le juge et tentai de lui expliquer ce qui se passait sans fournir à Salvia davantage de munitions pour retarder la procédure.

— Votre Honneur...

Et je dus me racler la gorge pour que ma voix l'atteigne, alors qu'il ne se trouvait qu'à quelques mètres de moi.

Je fis une nouvelle tentative en me pressant contre Micah. Malgré tout ce qui était en train de se passer, je sentais son corps réagir à ma proximité. Nous nous faisons ce genre d'effet. Et contrairement à ce qu'on pourrait imaginer, cela ne conjura pas l'ardeur, et cela ne me déconcentra pas : cela m'aida à réfléchir et à me distancer des morts.

— Votre Honneur, j'ai besoin de dresser mon cercle de protection au plus vite.

— Pourquoi ?

— Elle tente juste de hâter cette procédure, protesta Salvia.

— Comme vous tentez de la retarder ? répliqua Laban.

Ce n'est jamais bon signe quand les avocats commencent à se chamailler.

— Assez, dit le juge. (Il reporta son attention sur moi.) Marshal Blake, pourquoi avez-vous besoin de dresser votre cercle de protection au plus vite ?

— Les morts perçoivent mon pouvoir, Votre Honneur. En ce moment même, ils essaient de…

Je cherchai un mot approprié. Si j'utilisais « parler », le juge me demanderait ce qu'ils disaient, et ce n'était pas vraiment ça.

Ce fut Micah qui répondit à ma place.

— Le cercle n'est pas destiné à protéger le zombie, Votre Honneur. Dans le cas présent, il servira à protéger Anita. Elle a baissé son bouclier psychique en entrant dans le cimetière, et les morts sont en train de la submerger.

— Merde, lâcha Fox comme s'il en savait beaucoup plus que la plupart des gens sur la notion de bouclier mental.

— Était-il bien sage, marshal Blake, de baisser votre protection si prématurément ?

— Ce cimetière est très ancien, Votre Honneur. Comme j'ai remplacé le marshal Kirkland à la dernière minute, je n'ai pas eu le temps de me renseigner. Dans ce genre d'endroit, il existe toujours une infime possibilité que des anomalies affectent une réanimation. La prudence me commandait donc de baisser mon bouclier et de laisser mon pouvoir sonder le sol en quête de problèmes éventuels.

Ce n'était qu'à moitié vrai, mais je n'allais pas avouer que mon bouclier m'avait été arraché par mes propres pouvoirs grandissants.

—Quel genre de problèmes ? s'enquit le juge.

—Certains cimetières très anciens – notamment ceux qui n'ont pas servi depuis un certain temps, comme celui-ci – peuvent redevenir des lieux profanes. Ils ont besoin d'être bénis de nouveau pour retrouver leur statut de lieux consacrés.

—Et en quoi cela affecterait-il un zombie ?

Micah desserra légèrement son étreinte. Nous étions toujours enlacés, mais moins fougueusement. Il avait raison : nous en avions encore pour un moment. Je me détendis dans ses bras.

—Cela pourrait signifier que des goules sont passées par ici ; or, les goules sont attirées par les morts récents. Elles auraient pu creuser la tombe de M. Rose et le manger en totalité ou en partie. Auquel cas, il ne resterait pas forcément assez de lui pour vous répondre.

—Des goules, vraiment ? (Le juge voulut poser une autre question, mais ce devait être uniquement par curiosité et pas en rapport avec l'affaire, car il secoua la tête et fronça les sourcils.) Et en avez-vous perçu ?

—Non, Votre Honneur.

Le fait que j'aie baissé mon bouclier sans le vouloir resterait mon petit secret. J'avais dit la vérité au sujet des goules, mais ce n'était pas la raison pour laquelle mon pouvoir dansait sur les tombes alentour.

—Tout cela est très intéressant, marshal Blake, commenta Salvia, mais votre bouclier baissé ne change rien au fait que vous tentez de précipiter la procédure.

Je pivotai dans les bras de Micah, juste assez pour lancer à l'avocat le regard qu'il méritait. Il devait avoir une mauvaise vision nocturne, car il ne frémit même pas. Contrairement à Franklin – alors que ce n'était pas lui que je fusillais du regard.

—Et qu'espérez-vous gagner en retardant la procédure, maître Salvia ? Quelle différence cela fait-il pour votre client que Rose se relève maintenant ou dans deux heures ? Je vais quand même le sortir de sa tombe cette nuit.

Micah approcha sa bouche de mon oreille et murmura, dans un souffle si ténu que j'eus du mal à l'entendre :

—Il vient d'avoir un brusque accès de peur. Il a une bonne raison de jouer la montre.

Je tournai la tête vers lui et chuchotai :

—Qu'espère-t-il changer en gagnant du temps ?

Micah frotta son nez contre ma joue et répondit :

—Je ne sais pas.

—On vous dérange ? lança Laban.

—Prenez une chambre, marmonna un des agents.

Génial. Nous étions en train de nous mettre tout le monde à dos. Si j'avais travaillé avec des flics que je connaissais bien, je leur aurais peut-être dit que le métamorphe qui m'accompagnait savait que Salvia mentait et cherchait à gagner du temps. Mais il n'est pas toujours sage de révéler trop de choses aux autorités, fussent-elles fédérales.

Fox n'avait pas de raison de nous croire, et même s'il nous croyait, à quoi cela nous avancerait-il ? Salvia pouvait très bien avoir peur des zombies – comme beaucoup de gens. Il pouvait très bien redouter le moment où Emmett Leroy Rose sortirait de sa tombe, et rien de plus.

—Votre Honneur, dis-je, pivotant juste assez pour qu'il voie mon visage, mais gardant mon corps pressé contre celui de Micah.

Sa chaleur, son pouls m'aidaient à réfléchir. Les murmures des morts ne parvenaient pas à franchir le barrage de son énergie vitale. Il était devenu mon bouclier humain.

—Votre Honneur, j'aimerais vraiment que vous cessiez de discuter et que vous me laissiez relever M. Rose d'entre les morts. Mais si ce n'est pas possible, permettez-moi au moins de dresser mon cercle de protection. Ça n'empêchera pas maître Salvia de m'interroger, et ça m'évitera de devoir m'agripper de la sorte à M. Callahan.

—Ooooooooh, chuchota Micah.

Cela me fit sourire, ce qui n'aida sans doute pas à convaincre le juge que j'étais sérieuse. Mais cela me réconforta quelque peu.

— Quel rapport entre votre cercle de protection et le fait que vous vous agrippez à M. Callahan ? s'enquit le juge.

— C'est difficile à expliquer.

— Essayez quand même. Il n'y a personne de stupide ici, mademoiselle Blake.

Lui aussi commençait peut-être à en avoir ras la casquette.

— Les morts me harcèlent. Me coller à mon assistant m'aide à me souvenir des vivants.

— Mais vous êtes vivante vous-même, marshal. Cela ne vous suffit-il pas ?

— Apparemment, non, Votre Honneur.

— Je n'ai pas d'objection à ce que vous dressiez votre cercle de protection, marshal.

— Moi, j'en ai une, intervint Salvia.

— Fondée sur quoi ?

— Ce n'est qu'une nouvelle stratégie pour hâter cette procédure.

Le juge soupira si fort que nous l'entendîmes tous.

— Maître Salvia, je pense que cette procédure a déjà été suffisamment retardée. Aucun de nous ne peut plus être accusé de précipitation. (Il consulta sa montre, qui avait des aiguilles phosphorescentes.) Il est plus de 3 heures. Si nous ne nous dépêchons pas, l'aube se lèvera avant que le marshal ait pu faire son travail. Et nous aurons tous perdu une nuit pour rien. (Il reporta son attention sur moi.) Dressez votre cercle, marshal Blake.

Le sac de gym se trouvait par terre, à l'endroit où Micah l'avait laissé tomber pour me prendre dans ses bras. Je lâchai le métamorphe pour m'agenouiller. Et, dès que mon corps ne fut plus pressé contre le sien, cette présence qui soufflait sur ma peau et chuchotait dans ma tête s'intensifia.

Les morts me donnaient du pouvoir, mais ils me prenaient quelque chose en retour. Je ne comprenais pas vraiment quoi ; je devinais juste qu'il fallait y mettre un terme. Le cercle de protection me le permettrait.

La seule chose dont j'avais besoin pour le tracer, c'était ma machette. Je la sortis du sac, et, à l'instant où le clair de lune se refléta sur sa lame nue, des gens hoquetèrent autour de moi. Je sais, c'est un très gros couteau. Mais j'aime les très gros couteaux.

Je posai la machette sur le dessus du sac de gym et ôtai ma veste de tailleur. Micah la prit sans que j'aie besoin de le lui demander. Il ne m'avait encore jamais assistée pendant une réanimation, mais il m'avait entendue quand j'avais expliqué la procédure au juge et aux avocats.

C'est drôle, non ? Micah joue un rôle très important dans ma vie ; pourtant, j'avais complètement oublié qu'il ne connaissait pas du tout cet autre aspect très important que représente mon boulot de réanimatrice. Le tenais-je pour acquis ? J'espérais bien que non…

En ôtant ma veste de tailleur, j'avais révélé mon holster. Avec d'autres clients, j'aurais peut-être gardé ma veste – la vue d'un flingue met la plupart des gens mal à l'aise. Mais là, mes clients travaillaient pour le FBI. Ils avaient l'habitude des armes à feu.

J'aurais dû frissonner avec les bras nus par cette nuit d'automne, d'autant que l'air vibrait de magie et que la nécromancie est un pouvoir froid par nature. Mais ce soir-là, elle était chaude… presque autant que les autres types de pouvoir.

— Vous avez besoin d'une arme pour relever les morts ? demanda Salvia.

Même quand on bosse pour le FBI, on doit composer avec un certain nombre de civils. Je jetai à l'avocat un coup d'œil que je ne parvins pas à rendre amical.

— Je suis un marshal fédéral et une exécutrice de vampires, maître Salvia. Je ne vais nulle part sans un flingue.

Je saisis la machette de ma main droite et tendis mon bras gauche devant moi, mais Micah me prit le poignet. Je levai les yeux vers lui.

— Qu'est-ce que tu fais ? demandai-je un peu sèchement, sur un ton limite hostile.

Il se pencha vers moi.

— On en a déjà discuté tout à l'heure, non ? Tu es censée utiliser mon sang pour tracer le cercle, tu te souviens ?

Je clignai des yeux.

Il me fallut quelques secondes pour comprendre de quoi parlait Micah. Ce n'était pas normal. Quelque chose interférait avec mes capacités mentales, quelque chose qui avait un rapport avec les défunts enterrés ici. En se propageant à travers le cimetière lorsque j'étais arrivée, mon pouvoir avait fait quelque chose aux tombes.

Si je répandais mon sang sur le sol, quelles en seraient les conséquences ? À quel point cette connexion se renforcerait-elle ?

Une partie de moi – ou du moins une partie de mon pouvoir – brûlait de le découvrir. Ma magie aspirait à un lien plus profond, plus intense. Elle voulait verser mon sang et l'utiliser pour ramener les morts à une sorte de demi-vie. Cela ferait-il d'eux des fantômes ? des zombies ? des goules ?

Que diable se passait-il ? Depuis quelque temps, je ne contrôlais plus mon pouvoir. Et personne ne pouvait m'aider ; personne ne pouvait me fournir de réponses, parce qu'il ne restait personne à qui poser de questions.

Les vampires ont pris l'habitude de tuer les nécromanciens. Oh ! ils tolèrent les réanimateurs qui relèvent un zombie par-ci, par-là, et les médiums qui discutent avec les esprits. Mais les nécromanciens des légendes pouvaient contrôler tous les types de morts-vivants... vampires y compris. Voilà pourquoi ces derniers nous craignent.

Debout avec la main de Micah autour de mon poignet, je sentais l'énergie qu'exhalaient les tombes ; je la voyais presque danser dans l'air. Cette énergie avait soif de mon sang, soif de ce qui arriverait si je le répandais à terre.

La voix étranglée de Franklin s'éleva dans l'obscurité.

— Ne faites pas ça, Blake.

Je tournai la tête vers lui. Il se frottait les bras comme si lui aussi sentait le souffle du pouvoir. Fox le dévisageait. Je n'avais pas poussé Franklin hors de son placard, mais s'il n'y prenait pas garde, il allait en sortir tout seul ce soir.

— Je n'en ai pas l'intention, répondis-je.

Franklin avait les yeux écarquillés. La dernière fois que je l'avais vu, il était penché sur les restes ensanglantés de la victime d'un tueur en série. Les morts récents lui parlaient-ils? Était-il lui aussi capable de voir les âmes? Peut-être n'était-ce pas moi qui avais provoqué son hostilité au Nouveau-Mexique. Peut-être était-ce ses propres pouvoirs qu'il ne maîtrisait pas.

Je reportai mon attention sur Micah.

— À toi de jouer.

Je vis ses épaules se relâcher. Il lâcha mon poignet, et je laissai la machette pointer vers le sol.

— Quel bras veux-tu? me demanda-t-il.

Je souris et secouai la tête.

— Tu es droitier; donc, le gauche. Tant qu'à t'amocher, mieux vaut que ce ne soit pas de ton côté directeur. (Par-dessus mon épaule, je jetai un coup d'œil à Fox.) Vous voulez bien tenir nos vestes?

Il s'avança pour les prendre sans un mot. Je le trouvais très coopératif, surtout pour un agent du FBI. La plupart de ses collègues discutent sans fin, et même quand ils acceptent de faire quelque chose, ce n'est qu'après avoir posé un tas de questions.

Micah ôta sa propre veste de costard et la posa sur la mienne dans les bras de Fox. Sa chemise avait des poignets mousquetaire; il dut donc défaire son bouton de manchette pour pouvoir retrousser sa manche gauche jusqu'à son coude. Il glissa le bouton de manchette dans la poche de son pantalon.

— Que faites-vous, marshal Blake ? l'interrogea le juge.

— Je vais utiliser le sang de M. Callahan pour tracer mon cercle.

— Utiliser son sang ? s'exclama la greffière d'une voix plusieurs octaves plus aiguë que quand elle nous avait salués.

Le juge la foudroya du regard comme si elle venait de commettre une faute impardonnable. Elle lui présenta ses excuses sans que ses doigts cessent de taper sur sa petite machine. J'imagine qu'elle retranscrivait sa propre exclamation de surprise. Et je me demandai si elle noterait également le regard assassin que lui avait lancé le juge, ou si seuls les mots prononcés à voix haute comptaient.

— J'ai cru comprendre que si vous utilisiez le poulet, vous le décapiteriez, reprit le juge de sa voix grave de magistrat.

— C'est exact.

— Je suppose que vous n'avez pas l'intention de décapiter votre assistant, plaisanta-t-il.

Mais sous son ton léger, je crus percevoir un préjugé tenace. Si vous relevez les morts, de quelles autres horreurs êtes-vous capable ? un sacrifice humain, peut-être ?

Je ne le pris pas mal. Il s'était montré poli ; peut-être étais-je juste trop sensible.

— Je vais lui faire une petite coupure au bras, enduire ma lame de son sang et décrire un cercle. Je lui demanderai peut-être de marcher à côté de moi pour pouvoir reprendre du sang à sa plaie au fur et à mesure, mais c'est tout.

Le juge sourit.

— Je préférais que les choses soient claires, marshal.

— C'est généralement mieux, acquiesçai-je.

Et j'en restai là. Il fut un temps où je me vexais quand quelqu'un insinuait que tous les réanimateurs faisaient des sacrifices humains. Mon boulot effraie les gens. Il leur fait imaginer le pire. Je monnaie un don qui touche à des choses taboues; donc, je suis forcément quelqu'un d'horrible et d'immoral.

J'avais déjà coupé d'autres personnes et utilisé leur sang pour m'aider ou pour le combiner avec le mien, mais jamais je ne leur avais tenu la main en même temps. Debout à gauche de Micah, j'entrelaçai mes doigts avec les siens et plaquai ma paume contre la sienne. Puis je tendis son bras et posai le tranchant de ma lame sur sa peau bronzée.

À voir l'intérieur de mon bras gauche, on pourrait me prendre pour une création du docteur Frankenstein. Mais celui de Micah était lisse et parfait. Je ne voulais pas que ça change.

—Je guérirai, me dit-il doucement. Ce n'est pas de l'argent.

Il avait raison, mais… Je ne voulais pas lui faire mal.

—Y a-t-il un problème, marshal? s'enquit le juge.

—Non. Aucun problème.

—Alors, pouvons-nous procéder? Il ne fait pas franchement chaud, et ce n'est pas en train de s'arranger.

Je me tournai vers lui. Il était emmitouflé dans son manteau long. Je baissai les yeux vers mes bras nus. Je n'avais même pas la chair de poule. Micah non plus, alors qu'il était en manches de chemise. Mais les métamorphes n'ont pas la même température interne que les humains.

Je jetai un coup d'œil à la ronde. La plupart des gens avaient boutonné leur veste ou leur pardessus, et certains avaient fourré les mains dans leurs poches comme le juge. Trois d'entre eux seulement s'étaient abstenus. Fox roulait même des épaules pour ôter son trench-coat.

Les deux autres étaient Franklin et Salvia. Pour le premier, je m'y attendais. Pas pour le second. Mais s'il était sensible à la magie, ça pouvait expliquer sa peur. Rien de tel qu'un minuscule don psychique pour vous donner envie de prendre vos jambes à votre cou avant un rituel. Relever les morts est devenu une activité routinière pour moi. Mais d'un point de vue magique, c'est énorme d'insuffler la vie à un cadavre, fût-ce temporairement.

—Marshal Blake, s'impatienta le juge. Je vous le demande une dernière fois : y a-t-il un problème ?

Je le regardai fixement.

—Vous voulez vous ouvrir une veine pour moi, monsieur le juge ?

Il parut surpris.

—Non, non, je n'y tiens pas.

—Alors, ne me bousculez pas quand je tiens le bras de quelqu'un d'autre sous ma lame.

Fox et Franklin manquèrent tous deux de s'étouffer. Je crois que Fox tentait de ne pas éclater de rire. Quant à Franklin… Il secoua la tête, mais pas forcément d'un air désapprobateur.

Les doigts d'Elaine Beck continuèrent à voler sur les touches de sa machine sans faillir. La greffière était apparemment décidée à tout retranscrire. Je me demandai si elle avait mentionné les bruits inarticulés faits par les deux agents du FBI.

Je devrais probablement faire attention à ce que je dis, mais ça ne servirait à rien. Oh ! je pourrais essayer, mais en règle générale, j'ai du mal à tenir ma langue. À un moment ou à un autre, une repartie acerbe finit toujours par m'échapper. Je me sentirais peut-être d'humeur plus affable après avoir dressé mon cercle de protection. Peut-être.

Micah me toucha la joue de sa main libre et tourna mon visage vers lui. Il m'adressa son sourire le plus paisible.

—Fais-le, Anita, et qu'on n'en parle plus.

Je posai le tranchant de ma lame sur sa peau immaculée et chuchotai :

—« Si lorsque ce sera fait c'était fini, le plus tôt fait serait le mieux. »

—Tu cites *Macbeth* ? s'étonna-t-il.

—Oui.

Et je le coupai.

Chapitre 11

Au clair de lune, le sang avait l'air noir.

Tandis qu'il s'échappait de la plaie et que je déplaçais la lame pour en rattraper les lourdes gouttes, Micah garda un silence absolu. Il était calme, si calme – aussi serein qu'il l'est presque toujours, comme si rien ne pouvait le déstabiliser. Et plus j'en apprenais sur son passé, plus je mesurais à quel point cette sérénité avait été durement acquise.

Mon calme est celui du métal ; la sérénité de Micah est celle de l'eau. Il est semblable à un lac de forêt. Jetez-y une pierre, et une fois les ondulations évanouies, sa surface redeviendra telle qu'auparavant. Mais jetez une pierre sur du métal, et elle y laissera une trace.

Certains soirs, j'ai l'impression d'être couverte d'éraflures et de marques, cabossée de partout. Mais là, je tenais la main de Micah, et tandis que son sang s'accumulait contre l'éclat froid de ma lame, je percevais l'écho de son calme liquide.

La nuit d'automne s'emplit brusquement de l'odeur douceâtre et cuivrée du sang frais. Autrefois, cette fragrance était synonyme de boulot pour moi : réanimation de zombie ou examen de scène de crime. Mais de par mes liens avec Jean-Claude, Richard et les léopards-garous, elle a pris une nouvelle signification.

Levant les yeux vers Micah, je croisai le regard de ses prunelles de félin si claires, et je compris que je n'avais pas besoin d'aller chercher jusqu'à Saint Louis la raison pour laquelle je me délectais de cette odeur très particulière.

Son pouls battait contre ma paume tel un deuxième cœur, expulsant son sang plus vite qu'il ne l'aurait dû comme si mon pouvoir – ou nos deux pouvoirs combinés – l'appelait. L'entaille n'était pas très profonde ; pourtant, le sang de Micah dégoulinait sur nos mains jointes en un flot vif et presque brûlant.

—Oh mon Dieu !

Une voix de femme. La greffière, donc.

Plusieurs hommes jurèrent, et quelqu'un émit des bruits étranglés comme s'il allait rendre son dîner. Si la vue d'un peu de sang les perturbait à ce point, ils ne tiendraient jamais pendant la réanimation proprement dite. À la vue du zombie, ils s'enfuiraient à toutes jambes.

Je lâchai la main de Micah, et à l'instant où le contact entre nous se rompit, le flot de son sang ralentit. Il redevint ce qu'il aurait dû être. D'une façon que je ne m'expliquais pas, nos énergies combinées le faisaient couler plus vite et plus chaud.

Micah me regarda m'écarter de lui, la machette dégoulinante à la main. Je me mis à marcher, décrivant un cercle et faisant goutter son sang sur le sol sans jamais le quitter des yeux.

À présent, les morts ne chuchotaient plus dans ma tête. La nuit était trop vivante pour ça. Soudain, j'eus douloureusement conscience de tout ce qui m'avait échappé jusque-là. Je sentais la caresse frémissante du vent sur ma peau, et tant d'odeurs que j'avais l'impression d'être une aveugle qui recouvre brusquement la vue. L'odorat n'est pas une perception sur laquelle les humains se reposent beaucoup en temps normal – en tout cas, pas de cette façon.

Je savais qu'une petite créature poilue était perchée dans l'arbre qui surplombait la tombe de Rose. Jusque-là, je n'avais senti que l'odeur sèche des feuilles mortes. Je distinguais désormais le parfum individuel de chaque sorte de feuilles. J'étais incapable de les identifier, mais je pouvais différencier des dizaines d'arbres, de buissons et d'autres plantes.

Même la terre sous mes pieds exhalait tout un bouquet de parfums. Et ce n'était pas une nuit particulièrement fragrante – il faisait trop froid pour ça. Mais nous pouvions chasser. Nous pouvions…

— Anita, dit Micah sur un ton brusque, qui me fit sursauter.

Je trébuchai et revins à moi. C'était comme si je m'éveillais d'un rêve.

Récemment, nous nous sommes aperçus que même si elles proviennent de marques vampiriques, mes nouvelles capacités se rapprochent davantage de celles des lycanthropes. Et les lycanthropes infectés depuis peu ne se maîtrisent pas toujours aussi bien qu'ils le souhaiteraient en public.

J'étais presque revenue jusqu'à Micah. Sans que je m'en rende compte, mon corps avait décrit un cercle entier tandis que mon esprit essayait de gérer les milliers de stimuli sensoriels qui l'assaillaient.

C'est dans des moments comme celui-là que mon cœur se serre pour les chiens privés d'odorat. Oh ! ils peuvent toujours s'en remettre à leur ouïe, mais le nez d'un chien fonctionne tellement mieux que toutes ses autres perceptions ! Il les oblitère littéralement. Pour lui, seule compte la piste à suivre. À quel genre de créature appartient cette odeur ? Où se cache-t-elle ? Est-il possible de l'attraper ? Est-il possible de la manger ?

— Anita ?

Cette fois, Micah m'avait appelée sur un ton interrogateur, comme s'il savait ce que je sentais. Évidemment, puisque c'était son odorat que j'empruntais involontairement.

J'avais le cœur dans la gorge, et un flot d'adrénaline chantait dans mes veines. Baissant les yeux vers le sol, je m'aperçus qu'il ne me manquait que quelques gouttes de sang pour refermer le cercle.

Mais je ne m'étais pas concentrée du tout. J'avais effectué le rituel en pilote automatique. Le sang seul suffirait-il à le rendre efficace ? Il n'y avait qu'un moyen de le découvrir.

La machette pointée vers le sol, je fis les derniers pas. Mais ce furent les dernières gouttes du sang de Micah qui scellèrent le cercle. Tel le souffle chaud d'une énorme bête, leur pouvoir nous balaya tous les deux et se répandit dans la nuit.

J'eus cette sensation qui me vient parfois dans les cas d'urgence, lorsque tout ralentit et que le monde devient dur et tranchant, comme découpé dans du cristal – douloureusement réel et plein de bords coupants.

En cet instant figé, je me rendis compte que je n'avais encore jamais utilisé le sang d'un métamorphe pour tracer un cercle de protection, et que la seule fois où j'avais utilisé le sang d'un vampire, ç'avait affreusement mal tourné.

Mais ce vampire était mort pour refermer le cercle, et Micah était vivant. Je ne l'avais pas sacrifié ; je m'étais juste servi de son sang. Cela dit… Entre les deux, il n'y a pas autant de différence que nous aimerions tous le croire. Chaque coupure est une petite mort.

Il me semblait que le cercle était un verre, et que le pouvoir se trouvait contenu à l'intérieur comme par des parois invisibles. Le jour où j'ai accidentellement tué un vampire, ce pouvoir n'était que de la nécromancie. Cette fois-là, il était plus chaud, plus vivant. J'avais l'impression de me noyer dans l'eau de mon bain. Le pouvoir emplissait l'air, rampait sur ma peau et me submergeait. Je criai.

La voix de Micah me fit écho.

Je pivotai dans l'air lourd et le vis tomber à genoux. Jamais encore il ne s'était trouvé à l'intérieur d'un cercle de pouvoir. D'un autre côté, jamais je ne m'étais trouvée à l'intérieur d'un cercle de ce genre de pouvoir. On aurait dit un hybride entre le froid de la tombe et la chaleur des lycanthropes.

Voilà ce qui clochait depuis l'instant où j'avais pénétré dans le cimetière. Voilà pourquoi les morts m'avaient paru plus vivants qu'ils l'auraient dû. Oui, ma nécromancie devenait plus puissante, mais c'était mon lien avec Micah qui avait provoqué les chuchotements sur ma peau et la sensation d'une activité anormale.

À présent, nous nous noyions dans ce pouvoir vivant. À l'intérieur du cercle, l'air devenait plus épais, plus solide, comme s'il allait bientôt se changer en quelque chose de plastique et d'irrespirable. Je devais lutter pour inspirer, et la pression sur mes épaules s'accentuait à chaque seconde. Je tombai à genoux sur la tombe – et soudain, je sus quoi faire de tout ce pouvoir.

Je plongeai les mains dans la terre molle et appelai Emmett Leroy Rose à se relever. Je voulus crier son nom, mais l'air était trop épais ; alors, je me contentai de le chuchoter ainsi qu'on chuchote le nom d'un amant dans le noir. Et ce fut suffisant.

Le sol frissonna comme les flancs d'un cheval quand une mouche se pose dessus. Je sentis la présence d'Emmett Leroy Rose sous moi, sentis son corps pourrissant dans son cercueil, à l'intérieur du métal de son caveau – prisonnier sous plus de six pieds de terre. Mais ça n'avait pas la moindre importance. Je l'appelai, et il vint.

Il vint à moi tel un nageur qui émerge d'une eau noire et profonde, en me tendant les deux bras. Je plongeai mes mains dans la terre qui remuait. D'habitude, je me tiens sur la tombe, pas dedans. Jamais encore je n'avais pénétré le sol de ma chair pendant qu'il faisait des choses qu'il n'était pas censé faire.

Je savais que ma peau nue touchait de la terre, mais la sensation ne concordait pas. On aurait plutôt dit un liquide tiède et très épais – mais ce n'était pas tout à fait ça non plus. Sous mes mains, la terre semblait être devenue mi-eau mi-air, de sorte que malgré son aspect solide, je pus y enfoncer mes bras incroyablement loin.

Des doigts effleurèrent les miens. Je m'en saisis comme s'ils étaient ceux d'un noyé. En retour, ils m'agrippèrent avec une force issue du désespoir, comme si leur propriétaire s'était cru perdu et que mes mains étaient la seule chose encore solide dans un monde devenu liquide.

Je retirai mes bras de cette terre mouvante. Et tandis que je tirais, quelque chose poussa – un pouvoir, une magie irrésistible qui me fit presque partir à la renverse.

Le défunt jaillit de sa tombe dans une explosion frissonnante de terre et d'énergie. Certains zombies rampent péniblement hors du sol, mais d'autres (la plupart des miens, depuis quelque temps) apparaissent brusquement debout à l'aplomb de leur sépulture.

Non seulement celui-ci était dressé, mais il me tenait encore les mains. Il n'avait pas de pouls ; aucune vie ne l'animait. Pourtant, quand il me toisa, je vis quelque chose dans ses yeux noirs, quelque chose d'incongru : une intelligence et, une personnalité qui n'auraient dû refaire surface qu'après que j'aurais déposé du sang sur sa bouche. Les morts ne parlent pas sans l'aide des vivants, sous une forme ou une autre.

Emmett Leroy Rose était grand et large d'épaules, avec une peau couleur de chocolat au lait. Il me sourit comme aucun zombie ne devrait être capable de sourire sans avoir d'abord goûté du sang.

Je baissai les yeux sur nos mains entrelacées et me rendis compte que les miennes étaient toujours couvertes du sang de Micah quand je les avais plongées dans le sol. Était-ce pour cette raison que le zombie semblait inhabituellement alerte ?

Autour de moi, des gens parlaient, hoquetaient, s'exclamaient, mais leurs voix étaient lointaines, beaucoup moins réelles que l'homme mort qui me tenait les mains. Je me doutais qu'il aurait l'air très vivant à cause de la quantité de pouvoir qui avait servi à le relever. Mais la seule chose qui lui manquait, c'était un pouls. Même pour moi, c'était du sacré bon boulot.

—Emmett Leroy Rose, pouvez-vous parler? demandai-je.

Salvia m'interrompit.

—Marshal, tout cela est hautement irrégulier! Nous n'étions pas prêts à ce que vous releviez M. Rose de la tombe.

—Nous étions prêts, répliqua Laban, parce que vous mis à part, nous voulons tous rentrer chez nous avant l'aube.

Entendant la voix de Salvia, Rose tourna lentement la tête vers lui, et ses premiers mots furent:

—Arthur, c'est toi?

Salvia s'étrangla au beau milieu de ses protestations et écarquilla les yeux si grands que je pus voir le blanc autour de ses iris.

—C'est normal qu'il fasse ça? C'est normal qu'il reconnaisse les gens?

—Oui, ça peut arriver, répondis-je.

Rose lâcha mes mains, et je ne cherchai pas à l'en empêcher. Il se dirigea vers Salvia.

—Pourquoi, Arthur? Pourquoi as-tu dit à Jimmy de mettre le corps du gamin dans ma voiture?

—J'ignore de quoi parle ce monstre. Je n'ai rien fait. C'était un pédophile. Aucun de nous ne le savait.

Mais Salvia avait parlé un peu trop vite. À présent, je comprenais pourquoi il avait tenté de retarder la procédure. Par culpabilité.

Rose s'avança d'un pas lent et légèrement hésitant, comme s'il ne se sentait pas aussi vivant qu'il en avait l'air.

—Moi, un pédophile? Espèce de salopard. Tu savais que le fils de Georgie molestait des enfants. Tu le savais, et tu lui as évité de se faire prendre. Tu l'as même aidé à se procurer des gamins jusqu'à ce qu'il devienne trop brutal et qu'il tue le dernier.

—Vous avez fait quelque chose à son cerveau, marshal. Il délire.

—Non, maître Salvia, les morts ne mentent pas. Ils disent la vérité absolue telle qu'ils la connaissent.

Micah me rejoignit, tenant son bras blessé en l'air et appuyant sur sa plaie. Il semblait aussi fasciné que le reste de l'assemblée. Il n'avait sans doute jamais vu de zombie avant ce soir-là – mais d'un autre côté, le zombie qu'il voyait cette nuit-là n'avait pas grand-chose de commun avec ce que la plupart des réanimateurs font sortir de la tombe.

Rose était arrivé au bord du cercle.

—À l'instant où tu as ordonné à Jimmy de mettre le gamin dans ma voiture, j'étais mort, Arthur. Tu aurais aussi bien pu me tirer une balle dans la tête.

Il tenta de faire un autre pas vers Salvia. Le cercle le retint, mais je le sentis pousser contre la barrière invisible. Ça n'aurait pas dû être possible. Si réussi que soit un zombie, un cercle de protection est censé être sacro-saint et inviolable. Quelque chose clochait.

Je haussai la voix.

—Fox, selon votre rapport, M. Rose est décédé de causes naturelles.

Fox se rapprocha du cercle en faisant bien attention à garder ses distances avec le zombie, comme si celui-ci le perturbait.

—C'est le cas. Crise cardiaque. Pas de poison ni rien de ce genre. Une simple crise cardiaque.

—Vous me le jurez ?

—Je vous le jure.

—Pourquoi avoir mis la dernière victime de Georgie dans ma voiture, Arthur ? poursuivit Rose. Qu'est-ce que je t'avais fait pour mériter ça ? J'avais une femme et des enfants, et tu me les as enlevés dès l'instant où ce corps a été déposé dans ma voiture.

—Oh, merde ! chuchotai-je.

—Quoi ? voulut savoir Micah.

—Rose tient Salvia pour responsable de sa mort. Salvia, et pas le pédophile qui a tué le gamin.

Mon estomac se noua, et je me mis à prier. *Mon Dieu, faites que ça ne tourne pas mal.*

—Ce serait plus logique qu'il blâme le type qui a mis le corps dans la voiture, fit remarquer Fox.

—Il blâme Salvia parce que c'est lui qui a donné l'ordre, expliquai-je.

—Tu as peur, dit doucement Micah. Pourquoi ?

Je répondis à voix basse pour ne pas attirer l'attention du zombie.

—Quand on relève une victime d'assassinat, elle n'a qu'une seule idée en tête : tuer son assassin. Jusqu'à ce qu'elle y soit parvenue, personne ne peut la contrôler… pas même moi.

De l'autre côté du cercle, Fox écarquilla les yeux. Franklin avait reculé pour ménager une distance respectable entre lui et le zombie – ou entre lui et moi.

—Rose n'a pas été assassiné, chuchota Fox. Il est mort d'une crise cardiaque.

—Je ne suis pas certaine qu'il le voie de cet œil, répliquai-je.

—Pourquoi, Arthur ? glapit Rose.

Il tenta de sortir du cercle. Celui-ci aurait dû lui opposer la même résistance qu'un mur ; pourtant, je le sentis céder comme un bout de plastique étiré par la poussée d'une main.

—Emmett Leroy Rose, je vous ordonne de rester ici ! hurlai-je.

Mais le simple fait que je doive hausser la voix signifiait que nous étions dans la merde.

Rose s'obstinait à avancer, et le cercle à s'incurver vers l'extérieur. Alors, je projetai ma volonté et mon pouvoir non pas vers le zombie, mais à l'intérieur du cercle.

—NON ! m'époumonai-je.

Et ce refus exprimé avec tant de force parut consolider le cercle, lui apporter une respiration dont il avait désespérément besoin. Mais jamais encore je n'avais essayé de faire une chose pareille. J'ignorais combien de temps cela suffirait à retenir le zombie.

L'homme mort se tourna vers moi et réclama :

— Laissez-moi sortir.

— Je ne peux pas.

— Il m'a tué.

— Non. S'il vous avait tué, vous seriez déjà à l'extérieur de ce cercle. Si vous étiez un juste assassiné, aucun de mes efforts ne parviendrait à vous retenir.

— Un « juste assassiné ». (Rose partit d'un rire si amer que l'entendre me blessa les oreilles.) Non, je n'étais pas un juste. J'acceptais de l'argent sale en toute connaissance de cause. Je me disais que tant que je ne faisais rien d'illégal moi-même, ce n'était pas grave. Mais ça l'était.

Il baissa les yeux vers le cercle et les releva très vite pour les fixer de nouveau sur Salvia.

— Je n'étais peut-être pas un juste, mais je ne savais pas ce que Georgie fabriquait avec ces gamins. Je le jure devant Dieu : je ne savais pas. Et tu as fait mettre le corps dans ma voiture. Tu l'as vu avant que Jimmy le déplace, Arthur ? Tu as vu ce que Georgie lui avait fait ? Il l'avait ouvert en deux. Ouvert en deux !

Il frappa le cercle, le frappa du plat des mains comme s'il tentait de passer ses bras au travers. Et le cercle céda. Je le sentis se déchirer comme du papier.

— Non ! hurlai-je. Ce cercle est mien ! À l'intérieur de ses limites, c'est moi qui commande. Moi, et pas vous. Et je dis « non ». Non, Emmett Leroy Rose, vous ne franchirez pas ce cercle !

Le zombie tituba en arrière.

— Laissez-moi sortir !

— Non ! Fox, emmenez Salvia loin d'ici ! ordonnai-je.

Alors, quelque chose me frappa le bras, me frappa si fort que je fis un quart de tour sur moi-même et tombai à quatre pattes. Je ne sentais plus mon bras, mais je voyais que je saignais.

J'eus une seconde pour penser : *Quelqu'un m'a tiré dessus.* Puis Micah bondit devant moi, s'interposant entre moi et la direction dont la balle était venue. Il tendit un doigt. Avec un claquement sec, une deuxième balle s'écrasa sur la pierre tombale derrière moi.

—Ne la descends pas ! s'époumonait Salvia. Ne la descends pas, espèce d'abruti ! Le zombie est debout ! Ne la descends pas maintenant ! Ça ne servira à rien.

Je me traînai derrière la pierre tombale pour me mettre à l'abri. Mon bras droit arrivait encore à soutenir une partie de mon poids, et mes sensations revenaient peu à peu, ce qui était bon signe : ça voulait dire que la blessure n'était pas grave.

Le problème, c'est que j'étais blessée quand même, et que mon corps s'en rendait compte. La balle n'avait fait que m'érafler, mais elle était d'un calibre suffisant pour dévoiler des choses qui ne sont pas censées être visibles à l'œil nu. Je déteste voir mes propres muscles et mes ligaments. Ça veut dire que c'est la merde et que je suis en train de patauger dedans.

D'autres détonations résonnèrent – mais cette fois, elles s'éloignaient de nous et s'enfonçaient dans la nuit. Les agents du FBI ripostaient. Bravo. J'utilisai ma main gauche valide pour déplacer la droite et pouvoir accéder à mon flingue. Je ne tire pas aussi bien de la main gauche, mais c'est mieux que rien.

—Micah ! criai-je.

Si ça défouraillait dans tous les sens, je préférais l'avoir près de moi.

Mais ce ne fut pas Micah qui apparut au-dessus de la pierre tombale. La silhouette massive de Rose se pencha vers moi.

—Ne me touchez pas, ordonnai-je.

—Laissez-moi sortir, réclama le zombie.

—Non.

Et j'appuyai sur la détente, même si j'étais bien placée pour savoir que les balles ne font rien à un mort : les zombies ne sentent plus la douleur.

Rose m'empoigna et me souleva de terre tandis que je lui tirais dans la poitrine à bout portant. Son corps tressauta sous l'impact, mais rien de plus.

Des griffes jaillirent de sa gorge un instant avant que je prenne conscience que Micah lui avait sauté sur le dos. Il n'avait transformé que ses mains, comme seuls les métamorphes vraiment puissants peuvent le faire. Mais même ces derniers ne peuvent pas tuer un mort.

Rose me projeta à terre de toute la force de son corps plus qu'humain. Je m'écrasai sur la pierre tombale. Des étoiles blanches explosèrent à l'intérieur de ma tête. Puis elles virèrent à l'écarlate ; des ténèbres veloutées me submergèrent, et ce fut tout. Des ténèbres veloutées, puis plus rien.

Chapitre 12

J'ouvris les yeux sur un plafond blanc. Micah se tenait à mon chevet ; les yeux baissés sur moi, il me souriait. *À mon chevet ?*

Mon bras gauche était attaché à une sorte de planche, avec des aiguilles et des tubes plantés dedans. Mon bras droit était bandé comme celui d'une momie. Quelqu'un avait ouvert une échoppe de fleuriste dans le coin près de la fenêtre ; il y avait même une grappe de ces stupides ballons gonflés à l'hélium.

— Combien de temps ? articulai-je d'une drôle de voix.

J'avais l'impression d'avoir du papier de verre à la place de la gorge.

— Quarante-huit heures, répondit Micah.

Il saisit un gobelet duquel dépassait une paille coudée et me le présenta. L'eau avait un goût métallique, presque croupi et assez désagréable, mais l'avaler me fit du bien.

La porte s'ouvrit. Un docteur, une infirmière et Nathaniel entrèrent dans la chambre. La présence des deux premiers ne me surprit guère. Je voulus tendre la main au troisième et découvris que mon bras droit fonctionnait. Youpi.

Nathaniel m'adressa son merveilleux sourire, mais celui-ci ne monta pas jusqu'à ses yeux. Il avait le regard hanté, et je savais que c'était ma faute. Parce que j'avais été blessée.

Le docteur s'appelait Nelson et l'infirmière Debbie. Pas de nom de famille… juste Debbie. Je ne protestai pas. Si ça ne la dérangeait pas, ça ne me dérangeait pas non plus.

Le docteur Nelson était petit et rondouillard. Ses cheveux bruns se faisaient la malle autour d'un visage qui semblait trop jeune pour ce degré de calvitie, comme pour ce degré d'embonpoint.

— C'est bon de vous voir réveillée, marshal. (Et il éclata de rire comme s'il venait de raconter une bonne blague.) Désolé, mais chaque fois que je dis ça, je ne peux pas m'empêcher de penser à *Police des Plaines*, la série préférée de mon père.

— Ravie de vous amuser à ce point, dis-je.

Et je dus de nouveau m'éclaircir la voix.

Micah me fit boire encore un peu, et Nathaniel le rejoignit à mon chevet. Il me toucha la joue, et le contact de ses doigts suffit pour que je me sente mieux.

L'infirmière Debbie jeta un rapide coup d'œil aux deux hommes, puis reprit son expression toute professionnelle.

— D'abord, vous allez vous rétablir complètement, annonça le docteur Nelson.

Il demanda à l'infirmière de me tenir le bras pendant qu'il coupait mes bandages.

— Tant mieux, répondis-je d'une voix qui commençait à me ressembler de nouveau.

— Ensuite, du diable si je sais pourquoi, vous avez reçu une balle de fusil de très gros calibre dans le bras droit. Vous devriez avoir des dommages musculaires, mais ce n'est pas le cas.

Il ôta les bandages et les tendit à l'infirmière pour qu'elle s'en débarrasse. Puis il prit ma main dans la sienne et leva mon bras afin que je puisse le voir. Une cicatrice rose se détachait sur le côté extérieur ; à son point le plus large, elle devait mesurer un peu moins de quatre centimètres.

— Ça ne fait que quarante-huit heures, marshal. Vous pouvez m'expliquer comment vous guérissez aussi vite ?

Je soutins son regard avec mon expression la plus neutre.

Nelson soupira et reposa mon bras sur le lit. Puis il prit une de ces petites lampes de poche et me la braqua dans les yeux.

—Vous avez mal quelque part ?

—Non.

Il me fit suivre ses doigts des yeux : vers la gauche, la droite, le haut et le bas.

—Votre tête a heurté une pierre tombale en marbre, d'après ce que m'a raconté le FBI. Nos examens ont révélé une commotion cérébrale. Nous avons d'abord pensé que votre boîte crânienne était fendue, et que vous aviez une hémorragie interne. (L'air grave, il me dévisagea.) Nous avons effectué une deuxième série d'examens avant de programmer votre opération, et devinez quoi ? Plus d'hémorragie interne. Disparue. Envolée. Nous nous sommes dit que nous avions mal interprété les premières radios, mais non. Je peux vous montrer ce que nous avons vu la nuit où on vous a amenée ici. Votre crâne était bien fendu, et vous saigniez à l'intérieur. Mais plus tard dans la matinée, l'hémorragie avait cessé. En fait, la deuxième série d'examens révèle que votre fracture était déjà en voie de guérison… tout comme votre bras.

Son regard se fit intense.

—Vous savez, les seules personnes que j'ai vu récupérer si vite étaient des lycanthropes.

—Vraiment ? dis-je sans me départir de mon impassibilité.

—Vraiment.

Nelson jeta un coup d'œil à Micah. Ce dernier portait ses lunettes de soleil, mais quelque chose dans la façon dont le docteur le regardait me fit penser qu'il l'avait probablement vu sans.

—Nous avons dû vous faire un bilan sanguin pré-opératoire. Par mesure de précaution, nous recherchons toujours certaines choses dans le sang de nos patients – c'est une procédure de routine. Devinez ce que nous avons trouvé dans le vôtre ?

— Je n'en ai pas la moindre idée.

— Des saloperies foutrement bizarres.

J'éclatai de rire.

— Dois-je m'inquiéter ? Et, en tant que docteur, êtes-vous censé dire à vos patients qu'ils ont « des saloperies foutrement bizarres » dans le sang ? Ça n'est ni très scientifique ni très rassurant, non ?

Nelson haussa les épaules et sourit, mais il était trop tard pour revenir à son déguisement de gentil docteur grassouillet et affable. Cet homme avait un esprit affûté ; il ne daignait se montrer jovial avec ses patients que parce que c'était ce qu'on attendait de lui.

Mal à l'aise, l'infirmière Debbie se rapprocha de Nelson.

— Vous n'êtes pas une lycanthrope, mais vous êtes porteuse du virus, ce qui est théoriquement impossible. Plus incroyable encore : vous êtes porteuse de quatre souches différentes : loup, léopard, lion et un dernier que nous ne parvenons pas à identifier, ce qui est encore plus impossible. Personne ne peut contracter plusieurs sortes de lycanthropie, parce qu'une fois que vous en avez chopé une elle vous immunise aux autres.

Nelson me toisait comme si son regard pouvait suffire à me briser et à m'arracher une confession.

Je me contentai de cligner des yeux sans répondre. Pour le loup et le léopard, je m'en doutais. Mais la seule fois où un lion-garou m'avait touchée, il ne m'avait infligé que des blessures minuscules. C'était Chimère, l'ancien chef de Micah, sous sa forme intermédiaire. Et il m'avait fait saigner, mais c'est très rare de contracter une forme de lycanthropie féline à partir de simples égratignures. Je suis vraiment une petite veinarde.

— Vous m'avez entendu, marshal ? Vous êtes porteuse de quatre sortes différentes de lycanthropie, insista Nelson en continuant à me dévisager avec un air menaçant.

Du coup, je continuai à cligner des yeux sans répondre. S'il pensait m'impressionner suffisamment pour me faire parler, c'est qu'il n'avait jamais rien vu de vraiment effrayant de toute sa vie. Je soutins son regard sans broncher.

— Pourquoi ai-je l'impression de ne rien vous apprendre ?

Je haussai les épaules, et les aiguilles et les tubes tirèrent sur mon bras gauche, ce qui me fit plus mal que tout le reste.

— J'ai été attaquée par des métamorphes il y a quelques années, mais par chance, je n'ai rien attrapé.

— Ne comprenez-vous pas ? Je suis en train de vous dire que si, vous l'avez attrapé. Quatre fois. Ça flotte dans votre sang en ce moment même. Mais vous n'êtes pas une lycanthrope, n'est-ce pas ?

Je secouai la tête.

— Non.

— Pourquoi ?

— Honnêtement, docteur, je n'en sais rien.

— Si nous pouvions trouver un moyen d'inoculer le virus à d'autres gens sans qu'ils se transforment, nous les rendrions quasiment indestructibles !

— Je vous dirais comment ça fonctionne si je le savais.

Nelson me dévisagea durement.

— Comment se fait-il que je ne vous croie pas ?

Je souris.

— Si je connaissais un moyen d'aider des millions de gens, je vous jure que je vous le dirais. Mais je crois que je suis une sorte de miracle métaphysique.

— Je lis les journaux. Je regarde les informations. Je sais que vous êtes la servante humaine du Maître de la Ville de Saint Louis. Est-ce pour cela que vous guérissez si vite ?

— Je vous le répète : honnêtement, je n'en suis pas sûre. Je sais juste que ça me rend plus difficile à blesser.

— Et pour la lycanthropie ?

— Sur ce point, je ne peux pas vous répondre, docteur.

— Vous ne pouvez pas, ou vous ne voulez pas ?

— Je ne peux pas.

Nelson poussa un grognement exaspéré.

—Très bien. Vous êtes en état de rentrer chez vous. Je vais préparer vos papiers de sortie.

Il se dirigea vers la porte et se retourna, une main sur la poignée.

—Si jamais vous découvrez comment fonctionnent vos capacités de guérison, ça m'intéresse.

—Si c'est quelque chose qui peut être dupliqué, rassurez-vous, je ne le garderai pas pour moi.

Il s'en fut en secouant la tête.

Je regardai l'infirmière, qui détourna les yeux.

—Il faut que je vous enlève les perfs. (Elle hésita.) Un peu d'intimité, peut-être ?

Elle avait dit ça comme si elle doutait que les garçons nous l'accordent. Pourquoi était-elle si nerveuse ?

Micah et Nathaniel me consultèrent du regard. Je haussai les épaules. Nathaniel m'adressa un sourire malicieux. Micah secoua la tête, sourit aussi, et ils sortirent tous les deux.

Debbie se montra aussi douce que possible. L'arrachage du scotch me fit plus mal que le retrait de l'aiguille. Lorsque mon bras fut débarrassé de tout ce bazar, elle demanda d'un air embarrassé :

—Lequel est votre petit ami ?

—Vous voulez dire, entre Micah et Nathaniel ?

—Oui.

—Ils le sont tous les deux.

Elle me dévisagea.

—C'est M. Callahan qui vous a dit de nous répondre ça, pas vrai ? M. Graison et lui ont passé leur temps à nous taquiner. Ils sont vraiment incorrigibles, ces deux-là.

—À vous taquiner ? répétai-je sur un ton interrogateur.

—Ils nous ont raconté que vous viviez ensemble tous les trois. Et ils ont essayé de nous faire deviner avec lequel des deux vous sortiez. (Debbie rougit.) On a pris des paris. Celle d'entre nous qui serait là à votre réveil devait vous poser la question.

—Vous avez pris des paris à quel sujet?

—Pour savoir lequel des deux est votre petit ami. Certaines pensent même qu'ils le sont tous les deux, et d'autres, que vous ne sortez avec aucun des deux. (Elle semblait tellement gênée que j'avais presque pitié d'elle.) Il fallait que je vous demande.

—Je vis avec eux deux, répondis-je.

De nouveau, elle me dévisagea comme si elle ne me croyait pas.

—Je vous le jure. Croix de bois, croix de fer, si je mens… Vous connaissez la suite.

Elle secoua la tête.

—Et quel est le métier de M. Graison?

Je fus forcée de sourire.

—Il est stripteaseur.

Exaspérée, Debbie posa les mains sur ses hanches et faillit taper du pied.

—Tout ne peut pas être vrai.

La porte s'ouvrit derrière elle. C'était l'agent spécial Fox et mes deux hommes. Debbie leur jeta un coup d'œil et se dépêcha de sortir.

—Qu'est-ce que vous avez raconté aux infirmières pendant que j'étais dans les vapes? demandai-je sévèrement.

—Au début, elles essayaient juste d'être gentilles. Mais quand on leur a dit la vérité, elles n'ont pas voulu nous croire, se justifia Micah.

—Personne ne vit avec deux hommes, dit Nathaniel, singeant quelqu'un que je ne me souvenais pas d'avoir entendu. Et les marshals fédéraux ne sortent pas avec des stripteaseurs.

—Quand on a su que tu allais t'en sortir, Nathaniel s'est mis à les taquiner un peu, avoua Micah.

Fox éclata de rire.

—Un peu, hein?

Je tendis ma main gauche à Nathaniel, qui la prit en souriant.

—Tu m'en veux? demanda-t-il.

—Non. C'est parce qu'elles t'ont provoqué en te disant qu'un marshal fédéral ne pouvait pas sortir avec un stripteaseur, pas vrai?

Il haussa les épaules.

—Peut-être.

—Les infirmières semblaient plus intéressées par vos petits amis que par vous, fit remarquer Fox.

—C'est impossible de gagner face à des mecs si craquants, grimaçai-je.

Micah fit le tour du lit et prit mon autre main. Du bout du doigt, il caressa ma nouvelle cicatrice.

—Finalement, tu en as une aussi sur le bras droit.

Je soupirai.

—Le seul que j'avais réussi à préserver jusqu'à maintenant. Et merde.

—Je suis venu jusqu'ici pour vous raconter ce que vous avez loupé, et j'ai l'impression que vous vous en fichez complètement, dit Fox.

Je lui souris.

—Franchement, je suis juste contente d'être en vie. Quand j'ai heurté cette pierre tombale, j'ai su que c'était du sérieux.

Fox redevint grave.

—Oui, vous étiez salement amochée. Nous avons tous cru… (Il agita la main.) Peu importe ce que nous avons cru. Quand vous vous êtes écroulée, le zombie a attaqué Salvia. Nous n'avons pas réussi à l'en empêcher. Sans compter que Salvia avait un tireur embusqué au cimetière.

—Je me rappelle qu'il a crié à quelqu'un de ne pas me descendre, que le zombie était debout et que ça ne servirait à rien.

—Il ne retardait pas la procédure juste pour nous emmerder, mais pour donner à son nouveau tireur le temps d'arriver au cimetière. Si vous aviez été morte ou grièvement blessée, ils auraient eu plus de temps pour mettre au point un plan C.

—Un plan C ? Qu'était-il arrivé au A et au B ?

Micah se mit à frotter mes jointures en décrivant de petits cercles avec son pouce. Nathaniel pressa mon autre main contre sa poitrine. Quoi que Fox s'apprête à me dire, je devinais que ça n'allait pas me plaire.

—Après que Micah et vous fûtes descendus au *Four Seasons*, la chambre que nous avions réservée pour le marshal Kirkland a été attribuée à un VRP. Il a été abattu au pied de son lit. Puis l'assassin a accroché la pancarte « Ne pas déranger » à la poignée de la porte, et a sans doute quitté le pays en avion dans l'heure qui a suivi. C'était du boulot soigné – du travail de pro. Les aspirations romantiques de Micah vous ont peut-être sauvé la vie.

Micah continuait à me caresser une main et Nathaniel à presser l'autre contre sa poitrine comme si ce n'était pas tout.

—Salvia a dû avoir le choc de sa vie en apprenant que le marshal Anita Blake venait relever Emmett Leroy Rose. Il a paniqué et engagé à la va-vite un tueur beaucoup moins professionnel que le précédent.

—Mais ç'a failli marcher quand même, fit remarquer Micah.

—J'ai fini par me souvenir d'où je connaissais le nom de Salvia, dis-je. C'est l'avocat d'un parrain de la Mafia, un vieux de la vieille, le genre de type avec qui on ne plaisante pas.

Fox acquiesça.

—Si j'ai bien compris le sujet de sa dispute avec Rose, Georgie est le fils du parrain en question. C'est un pédophile, et Salvia faisait partie des gens qui le couvraient, résumai-je.

—C'est ça.

—Jésus-Marie-Joseph, Fox, ça ne vous est pas venu à l'idée que la famille de ce salopard tenterait d'empêcher Rose de témoigner ?

—Les parrains à l'ancienne ne s'attaquent pas aux agents fédéraux. C'est mauvais pour les affaires.

—Mais si la Mafia découvrait qu'un de ses chefs dissimulait un pédophile violent, fût-il son propre fils, le FBI deviendrait le dernier des soucis de la famille de Georgie. Parce que les autres parrains feraient le ménage dans leurs rangs bien avant qu'une date de procès soit fixée et que les assignations à comparaître soient envoyées.

—Rétrospectivement, vous avez raison, admit Fox.

—Rétrospectivement, vous auriez pu faire tuer Anita, lui reprocha Micah.

Fox prit une grande inspiration et la relâcha lentement.

—Vous avez raison, Callahan. J'ai failli foutre votre vie en l'air une deuxième fois.

Je fronçai les sourcils en les regardant tour à tour.

—De quoi parlez-vous maintenant ?

—Quand Micah était à l'hôpital comme vous aujourd'hui, je lui ai dit que je voulais donner l'alerte deux jours avant que lui, son oncle et son cousin soient attaqués. Je voulais interdire le bois aux chasseurs, mais je n'étais pas chargé de l'enquête. J'étais juste l'Indien qui avait eu du bol parce que les premières victimes avaient été découvertes à l'intérieur d'une réserve. Tous les autres étaient contre, et je tenais plus à ma carrière qu'à sauver des vies. J'ai dit à Micah que j'avais une dette envers lui à cause de ça. Et aujourd'hui, j'en ai une deuxième, parce que nous aurions dû prendre davantage de précautions pour garantir votre sécurité.

Je dévisageai Fox.

—Je ne pensais pas que les Fédéraux étaient autorisés à admettre qu'ils avaient eu tort.

Il sourit, mais d'un sourire pas franchement heureux.

—Si vous le répétez à qui que ce soit, je nierai.

Je portai la main de Micah à mes lèvres et l'embrassai. Cela dissipa partiellement sa colère. J'embrassai aussi la main de Nathaniel et les serrai toutes deux contre moi.

—Je suis juste contente d'être en vie, agent spécial Fox.
Il hocha la tête.

—Moi aussi, je suis content que vous soyez en vie,
marshal.

Et il se dirigea vers la porte.

Quand il fut sorti, Micah poussa un gros soupir.

—Chaque fois que ma route croise celle de cet homme,
il se passe quelque chose d'affreux dans ma vie.

Je tirai sur son bras pour qu'il me regarde.

—Qu'est devenu le zombie ?

Il se renfrogna à tel point que je vis les rides autour de
ses yeux malgré les lunettes de soleil.

—Je sais que Salvia a essayé de te tuer, mais c'est du
zombie que tu t'inquiètes en premier ?

—Salvia est mort, déclarai-je.

Micah acquiesça.

—Je croyais que tu étais inconsciente quand il a été tué.

—Je l'étais. Mais, à partir du moment où je n'ai plus
pu contenir Rose, il l'a taillé en pièces, n'est-ce pas ?

—Oui.

—Il méritait de mourir, intervint Nathaniel avec une
expression si impitoyable que j'en fus presque choquée.

J'avais déjà vu beaucoup de choses sur son visage, mais
jamais une telle férocité.

—Les Fédéraux ont tiré sur le zombie, rapporta Micah,
et ils l'ont attaqué à l'arme blanche, mais ils n'ont pas pu
l'empêcher de bousiller Salvia.

—Est-ce qu'ils ont eu le tireur ?

—Oui. Il est mort, lui aussi.

—Le juge a pu recueillir le témoignage de Rose ?
demandai-je.

Micah baissa ses lunettes juste assez pour me faire
sentir tout l'impact de son regard vert doré – un regard très
éloquent. Nathaniel éclata de rire. Micah lui jeta un coup
d'œil sévère avant de reporter son attention sur moi.

—Tu penses vraiment qu'il allait procéder à un interrogatoire alors que tu étais mourante, que Salvia gisait en morceaux et qu'un assassin venait d'être abattu?

—Pourquoi pas? Il a bien dû attendre l'ambulance, non?

Micah secoua la tête. Nathaniel rit de nouveau et se pencha pour déposer un baiser sur mon front. Levant les yeux vers Micah, il dit:

—Si elle avait été consciente, elle aurait interrogé le zombie quand même.

—D'accord. Si personne n'a interrogé Rose, qu'est-il devenu? Je n'étais pas là pour le remettre dans sa tombe.

—Larry est venu en avion, expliqua Micah.

Nathaniel désigna l'énorme grappe de ballons dans le coin.

—C'est de sa part et de celle de Tammy.

Alors, je me rendis compte de ce que la mort du VRP signifiait. Si je n'avais pas remplacé Larry dans cette affaire, c'est lui que l'assassin envoyé par Salvia aurait abattu dans sa chambre de motel.

—Il était bouleversé, Anita. Il s'en voulait terriblement.

—Ce n'était pas sa faute. (Je pressai la main de Micah.) Mais du coup, merci pour ton romantisme et pour avoir réservé au *Four Seasons*. Qui aurait cru que ça nous sauverait la vie?

—Habille-toi, dit-il, et rentrons à la maison.

Nathaniel m'embrassa la main et se mit à chercher mes vêtements. Où les infirmières avaient-elles bien pu les planquer? De son côté, Micah se dirigea vers la porte pour voir si le docteur Nelson avait besoin d'aide pour les formalités de sortie. Il s'arrêta sur le seuil et me lança:

—Tu m'as fichu une trouille bleue. Ne recommence jamais.

—Je ferai de mon mieux, promis-je.

Il appuya son front contre le chambranle quelques instants et me dévisagea.

—Je t'aime, Anita.

Une boule se forma dans ma gorge.

— Moi aussi, je t'aime.

Soudain, Nathaniel bondit. J'eus une demi-seconde pour pousser un « hiiiiiii ! » aigu, puis il atterrit à quatre pattes au-dessus de moi.

— Tu as mal quelque part ? demanda-t-il.

— Non, répondis-je en riant, le souffle court.

— Tant mieux, se réjouit-il.

Et il s'allongea sur moi, pressant son corps contre le mien avec tant de force que je dus écarter les jambes pour ménager nos parties les plus sensibles.

Ma blouse d'hôpital, un drap et les vêtements de Nathaniel nous séparaient encore, mais son regard était plus intime que si nous avions été nus. Parce que dans ses yeux se lisait une émotion plus vive et plus réelle que le désir, si vive et si réelle qu'on ne pouvait la désigner que par le mot de cinq lettres.

Nathaniel m'embrassa. Il m'embrassa comme si ma bouche était son air, son eau et sa nourriture, et comme s'il avait failli mourir faute de pouvoir y goûter. Ce fut à cet instant que Debbie et ses collègues qui avaient parié entrèrent dans la chambre. Elles piaillèrent comme des étudiantes pendant leur première soirée universitaire. Et moi qui croyais que les infirmières étaient blasées…

Ceux qui cherchent le pardon

Cette nouvelle marque la première apparition d'Anita sur le papier. Le cimetière qui lui sert de cadre s'inspire de celui où ma mère est enterrée : un endroit que je connais bien, parce que ma grand-mère, qui m'a élevée, m'y emmenait souvent. J'imagine qu'il était inévitable que je finisse par écrire sur les morts, puisqu'ils ont hanté mon enfance. Je ne parle pas de vrais fantômes, mais des spectres du souvenir et du deuil.

Dans cette histoire, Anita relève les morts ; au début, je n'imaginais rien d'autre pour elle. L'idée qu'elle soit également exécutrice de vampires ne m'est venue qu'assez tard pendant l'écriture du premier roman de la série. Cette nouvelle montre Anita exerçant la seule activité professionnelle que je pensais lui donner : relever des zombies. Comme les choses seraient différentes aujourd'hui si je m'en étais tenue à mon plan originel ! Pas de Jean-Claude, pas de Richard, pas grand monde à part Anita. Ce monde aurait été bien lugubre si Anita et moi avions été seules à le peupler…

— La mort est une affaire très sérieuse, madame Fiske. Les gens qui l'ont connue ne sont plus jamais les mêmes.

La femme se pencha en avant, le visage enfoui dans ses mains. Pendant quelques minutes, des sanglots silencieux secouèrent ses épaules minces. Je lui passai une nouvelle boîte de mouchoirs en papier. Elle la prit à l'aveuglette, puis leva les yeux vers moi.

— Je sais que vous ne pouvez pas le ramener, pas exactement.

Elle voulut essuyer deux larmes, qui lui échappèrent et coulèrent le long de ses pommettes saillantes.

Le sac à main posé sur ses genoux était en python et coûtait au moins deux mille dollars. Tous ses accessoires, depuis la broche qui ornait le revers de sa veste jusqu'à ses escarpins à talons hauts, en passant par son chapeau et ses gants, étaient noirs comme son sac. Son tailleur était gris, et aucune des deux couleurs ne lui allait bien, mais elles soulignaient ses cernes et la pâleur de sa peau.

Elle était le genre de femme qui me donne toujours l'impression d'être trop petite, trop mate de peau, et l'envie pressante de perdre cinq kilos. Si elle n'avait pas été en proie à un chagrin aussi vif, j'aurais facilement pu la trouver antipathique.

—Il faut que je parle à Arthur. C'est mon mari, expliqua-t-elle avant de se corriger : *C'était* mon mari. (Elle prit une grande inspiration et recommença.) Arthur est mort subitement. Un gros infarctus. (Elle souffla délicatement dans un mouchoir.) Il y avait des antécédents de maladies cardiovasculaires dans sa famille, mais il a toujours eu une si bonne hygiène de vie… (Elle hoqueta.) Je veux lui dire « au revoir », mademoiselle Blake.

Je lui adressai un sourire compatissant.

—Quand la mort frappe si brutalement, nous regrettons tous de ne pas avoir pu dire certaines choses. Pour autant, de relever le défunt dans cet objectif, n'est pas toujours une bonne idée.

Ses yeux bleus me fixaient intensément à travers le voile de ses larmes. J'allais tenter de la dissuader comme je tente de le faire avec tous mes clients, mais elle irait jusqu'au bout, je le voyais dans son regard. C'était une femme déterminée.

—Le processus est soumis à certaines restrictions.

Mon patron ne nous autorise pas à montrer de photos ou à faire des descriptions trop détaillées, mais nous sommes quand même censés dire la vérité, et toute la vérité. Un bon cliché d'un zombie en voie de décomposition aurait fait fuir la plupart de mes clients.

—Des restrictions ?

—Oui, nous pouvons relever votre mari. Vous êtes venue nous voir très vite ; ça aide. Il n'est enterré que depuis trois jours. Mais en tant que zombie, il n'aura qu'un usage limité de son corps et de son esprit. Et plus les jours passeront, plus cela empirera.

La veuve éplorée se redressa.

—J'espérais que vous pourriez le ramener en tant que vampire, révéla-t-elle, les larmes séchant sur son visage.

Je pris grand soin de garder une expression neutre.

—Les vampires sont illégaux, madame Fiske.

— Un ami m'a dit que… que vous étiez capable de faire ce genre de chose, dit-elle très vite en me scrutant.

Je la gratifiai de mon sourire le plus professionnel.

— Nous ne faisons pas dans les vampires. Et même si c'était le cas, il est impossible de transformer un cadavre ordinaire en vampire.

— Comment ça, « un cadavre ordinaire » ?

Très peu des gens qui s'adressent à nous ont ne serait-ce qu'une vague idée de la rareté des vampires, et des raisons de cette rareté.

— Il aurait fallu que le défunt soit mordu par un loup-garou, un vampire ou une autre créature surnaturelle de son vivant. Et si possible, qu'il ait été enterré dans un sol non consacré. Votre mari, Arthur, n'a jamais été mordu par un vampire de son vivant, n'est-ce pas ?

Elle eut un petit rire.

— Non. Juste par mon yorkshire, une fois.

Je souris pour encourager son changement d'humeur.

— Ça ne suffira pas. Votre époux peut être relevé en tant que zombie, un point c'est tout.

Elle redevint grave.

— D'accord, je prends, dit-elle tout bas.

— Je préfère vous prévenir que la plupart des familles décident de remettre le zombie en terre au bout d'un certain temps.

— Pourquoi ?

« Pourquoi ? » Je revis les proches du défunt étreignant avec bonheur celui qu'ils avaient aimé et perdu. Puis je les revis, malades de dégoût, me ramener le zombie putréfié pour que je le remette en terre : leur mari, leur père ou leur fils changé en horreur ambulante.

— Que voulez-vous exactement qu'Arthur fasse quand il se relèvera ?

Mme Fiske baissa les yeux et déchiqueta un autre mouchoir en papier.

—Je veux lui dire « au revoir ».

—Oui, mais que voulez-vous qu'il fasse, lui ?

Elle garda le silence un long moment. Je décidai de l'aider.

—Par exemple… Une fois, j'ai reçu une femme qui voulait que je relève son mari le temps qu'il prenne une assurance vie. Je lui ai répliqué que la plupart des compagnies refuseraient d'assurer un mort-vivant. (Cela la fit grimacer.) Et c'est exactement ce que sera Arthur : un mort-vivant.

Son sourire s'évanouit, et ses larmes se remirent à couler.

—Je veux qu'Arthur me pardonne. (Enfouissant son visage dans ses mains, elle se remit à sangloter.) Je l'ai trompé pendant plusieurs mois. Il l'a découvert ; il a eu un infarctus, et il est mort. (Ces paroles parurent lui redonner des forces, et le flot de ses larmes se tarit.) Vous comprenez pourquoi il faut que je lui parle une dernière fois ? Je dois lui dire que je l'aime, que je n'aime que lui. Je veux qu'il me pardonne. Pourra-t-il faire cela en tant que… zombie ?

—D'après mon expérience, les morts se montrent très indulgents envers les vivants lorsqu'ils sont décédés de causes naturelles. Votre mari aura les capacités cérébrales nécessaires pour parler. Au début, il sera lui-même, mais au fil des jours, il perdra la mémoire. Il commencera à se décomposer, d'abord mentalement, puis physiquement.

—Se décomposer ?

—Oui. Lentement, mais… après tout, il est mort. C'est un processus naturel.

Les proches ne veulent jamais croire qu'un zombie tout frais n'est pas vivant. Savoir, d'un point de vue intellectuel, qu'une personne qui parle, marche et sourit reste quand même morte est une chose. L'accepter d'un point de vue émotionnel en est une autre. Mais ils finissent tous par y venir quand le défunt commence bel et bien à ressembler à un cadavre ambulant.

—Donc, ce que vous faites est temporaire ?

—Pas exactement. (Je contournai mon bureau et vins m'asseoir près d'elle.) Votre mari pourrait rester un zombie à jamais. Mais son état mental et physique se détériorerait jusqu'à ce qu'il ne soit plus qu'un automate habillé de lambeaux de chair.

— De lambeaux de chair, chuchota-t-elle.

Je lui touchai la main.

— Je sais que c'est dur à entendre, mais c'est la réalité.

« Lambeaux de chair » ne rend pas bien la vision des os blancs et luisants sous la chair en putréfaction, mais ça fait partie des expressions autorisées par notre patron.

Mme Fiske agrippa ma main et me sourit.

— Merci de m'avoir dit la vérité. Je veux quand même ramener Arthur, ne serait-ce que pour lui demander pardon.

Donc, elle allait le faire, comme je le soupçonnais depuis le début.

— Vous ne comptez pas le garder pendant plusieurs jours ou plusieurs semaines : juste le temps de lui dire quelques mots, c'est bien ça ?

— Je crois, oui.

— Je ne veux pas vous bousculer, madame Fiske, mais j'ai besoin de le savoir avant que nous prenions rendez-vous. Comprenez qu'il faut plus de temps et d'énergie pour relever un zombie, puis le remettre en terre dans la foulée.

Mais cela permettrait à sa veuve de se souvenir d'Arthur sous son meilleur jour.

— Bien sûr. Si c'est possible, j'aimerais quand même le garder quelques heures, pour avoir le temps de lui parler.

— Dans ce cas, mieux vaut que vous l'emmeniez chez vous pour la nuit. Nous pouvons convenir de le remettre en terre demain soir.

J'insistais peut-être lourdement, mais je tenais à ne pas trop tarder. À mon avis, Mme Fiske n'apprécierait pas de voir son mari se décomposer sous ses yeux.

— Ça me paraît bien. (Elle prit une grande inspiration. Je savais ce qu'elle s'apprêtait à dire. Elle avait l'air si courageuse, si résolue !) Je veux être là quand vous le relèverez.

—Votre présence est requise de toute façon, madame Fiske. Voyez-vous, un zombie n'a pas de volonté propre. Au début, votre mari arrivera à penser par lui-même, mais au fil du temps, il aura de plus en plus de mal à prendre des décisions. Alors, ce sont les personnes qui l'auront relevé qui le contrôleront.

—Vous et moi ?

—Oui.

Elle pâlit encore, et crispa sa main libre sur son sac.

—Madame Fiske ? (J'allai lui chercher un verre d'eau.) Buvez lentement.

Quand elle parut s'être ressaisie, je demandai :

—Vous êtes sûre de vouloir le faire ce soir ?

—Dois-je amener quelque chose de particulier ?

—Une tenue pour votre mari, ce serait bien. Peut-être un objet auquel il était attaché – chapeau, trophée sportif… – pour l'aider à s'orienter. Je fournirai le reste. (J'hésitai parce qu'elle commençait juste à reprendre des couleurs, mais elle devait savoir à quoi s'attendre.) Il y aura du sang.

—Du sang, souffla-t-elle.

—De poulet, précisai-je. Que j'apporterai. Il y aura aussi de l'onguent à étaler sur nos mains et notre visage. Il est légèrement phosphorescent et il a une odeur bizarre, mais pas désagréable.

Je m'attendais à sa question suivante : c'est celle que posent tous les clients.

—Que ferons-nous avec le sang ?

Ma réponse fut la même que d'habitude.

—Nous en répandrons sur la tombe et sur nous.

Ma cliente déglutit avec difficulté. Je la trouvais toujours un peu grisâtre.

—Vous pouvez faire marche arrière maintenant, mais plus tard, ce sera impossible, la prévins-je. L'avance que vous nous verserez n'est pas remboursable. Et une fois le rituel commencé, briser le cercle serait très dangereux.

Elle baissa les yeux et réfléchit. Cela me plut. La plupart des gens qui acceptent immédiatement le regrettent plus tard. Les vrais courageux mettent du temps à se décider.

—Oui. (Elle semblait très convaincue.) Pour faire la paix avec Arthur, je le supporterai.

—Tant mieux pour vous. Ce soir, ça vous convient ?

—Aux environs de minuit ? demanda-t-elle sur un ton plein d'espoir.

Je souris. Tout le monde croit que minuit est l'heure parfaite pour relever les morts. En vérité, la seule chose indispensable, c'est l'obscurité. Certains de mes collègues accordent beaucoup d'importance aux phases de la lune, mais ça ne m'a jamais paru nécessaire.

—Disons plutôt 21 heures.

—Vingt et une heures ?

—Si ça vous convient. J'ai déjà deux rendez-vous ce soir. C'est le seul créneau qui me reste.

Elle hocha la tête.

—D'accord.

D'une main tremblante, elle signa un chèque pour la moitié du montant convenu. Elle me verserait l'autre après que j'aurai relevé son mari.

Nous nous serrâmes la main, et elle dit :

—Appelez-moi Carla.

—Et je suis Anita.

—On se voit ce soir à 21 heures au cimetière de Wellington.

—Entre les deux grands arbres et face à la seule colline, achevai-je à sa place.

—C'est ça. Merci.

Elle m'adressa un sourire frémissant et s'en fut.

Je me rassis derrière mon bureau et sonnai notre réceptionniste.

—Mary, mon agenda est plein pour cette semaine. Je ne reçois plus de clients jusqu'à mardi prochain.

— Entendu, Anita.

Je me radossai à mon fauteuil et m'imprégnai du silence ambiant. Trois réanimations par nuit, c'est ma limite.

Les cas de ce soir-là s'annonçaient tous assez routiniers. J'allais relever mon premier scientifique. Ses trois collègues n'arrivaient pas à déchiffrer ses notes, et la date de remise de leurs conclusions – dont dépendait le maintien de leur bourse de recherche – approchait à toute allure. Donc, le cher professeur Richard Norris allait sortir de sa tombe pour leur filer un coup de main. J'avais rendez-vous avec eux à minuit.

Puis, à 3 heures, je rejoindrai Mme Stiener, qui souhaitait que son époux défunt clarifie quelques détails surprenants de son testament.

Quand on exerce le métier de réanimatrice, on n'a guère de vie nocturne… sans mauvais jeu de mots. Comme tous mes collègues – et nous ne sommes guère nombreux –, je passe mes après-midi à recevoir des clients et mes nuits à relever des morts.

Certes, nous sommes très populaires dans certaines soirées : le genre dont les hôtes aiment se vanter de connaître des gens célèbres, ou pire, veulent juste satisfaire une curiosité morbide. Je n'aime pas jouer les bêtes de foire, et je n'assiste jamais à ce genre d'événement à moins d'y être forcée. Ce qui, hélas, arrive plus souvent qu'on pourrait le croire. Notre patron aime nous exhiber en public pour dissiper les rumeurs selon lesquelles nous serions des sorciers ou des gobelins.

C'est toujours assez pitoyable. Nous restons ensemble dans notre coin, à parler boutique comme un groupe de professeurs. À cela près que les docteurs ne se font jamais traiter de monstres. Très peu de gens nous appellent simplement par notre titre de réanimateurs. Pour la plupart d'entre eux, nous sommes un sujet de plaisanterie macabre. « Je vous présente Anita. Elle fabrique des zombies, et non, je ne parle pas de cocktails. » Alors, tout le monde se met à rire tandis que je souris et calcule à partir de quelle heure je peux m'éclipser.

Ce soir-là, je n'aurais à me soucier d'aucune petite sauterie… juste de mon job. Un boulot fondé sur un pouvoir surnaturel, une magie ténébreuse qui vous pousse à relever bien davantage que le défunt qu'on vous a payé pour le sortir de sa tombe.

Cette nuit-là serait sans nuages ; la lune et les étoiles brilleraient distinctement dans le ciel, je le sentais. Nous les réanimateurs, nous sommes différents du commun des mortels. Les ténèbres nous attirent, et la mort sous toutes ses différentes formes ne nous impressionne pas, parce que nous avons une affinité naturelle avec elle.

Cette nuit-là, je relèverai les morts.

Le cimetière de Wellington était récent. Toutes les pierres tombales faisaient à peu près la même taille ; carrées ou rectangulaires, elles s'alignaient en rangées presque parfaites. De jeunes arbres et des buissons à feuillage persistant impeccablement taillés bordaient les allées de gravillon.

La lune se découpait nettement dans le ciel, nimbant la scène d'une lueur argentée à la fois vivace et mystérieuse. Une poignée de très grands arbres se dressaient çà et là. Ils paraissaient déplacés au milieu de toute cette nouveauté. Et comme me l'avait dit Carla, seuls deux d'entre eux poussaient côte à côte.

L'allée par laquelle j'arrivai faisait le tour de la « colline » : un monticule de terre recouvert d'herbe, si parfaitement arrondi qu'il ne pouvait qu'avoir été créé par la main de l'homme. Trois autres allées convergeaient vers cette butte. Les deux arbres se tenaient un peu plus loin dans celle qui filait vers l'ouest.

Alors que le gravier crissait sous les pneus de ma voiture, j'aperçus une silhouette vêtue de blanc. Une flamme orangée indiqua qu'elle venait de craquer une allumette. Un point rouge incandescent troua la nuit – le bout d'une cigarette. Puis la flamme s'éteignit.

J'arrêtai ma voiture, bloquant l'allée par laquelle j'étais arrivée. Mais peu de gens honnêtes rendent visite à leurs chers disparus après le coucher du soleil.

Carla était arrivée avant moi. Bizarre. La plupart de mes clients préfèrent passer le moins de temps possible dans un cimetière en pleine nuit. Avant de décharger mon équipement, je me dirigeai vers elle pour la saluer.

Plusieurs mégots jonchaient le sol à ses pieds, tels de petits cafards blancs écrasés. Elle devait être là depuis plusieurs heures – toute seule dans le noir, attendant que son défunt mari sorte de terre. Ou bien elle cherchait à se punir, ou bien elle aimait ça. Du diable si je pouvais dire laquelle des deux hypothèses était la bonne.

Elle était adossée à un arbre dont le tronc noir soulignait la blancheur immaculée de sa robe, de ses chaussures et même de ses bas. Quand elle tourna la tête vers moi, ses boucles d'oreilles en argent étincelèrent au clair de lune. Celui-ci faisait paraître ses yeux presque gris. Elle arborait une drôle d'expression que je ne parvenais pas à déchiffrer, mais qui n'était pas du chagrin.

— C'est une très belle nuit, n'est-ce pas ?

J'en convins, puis demandai avec un peu d'inquiétude :

— Vous allez bien, Carla ?

La veuve me dévisagea avec un calme terrible.

— Je me sens beaucoup mieux que cet après-midi.

— Je suis ravie de l'entendre. Avez-vous pensé à apporter des vêtements et un souvenir ?

Elle me désigna un petit tas sombre au pied de l'arbre.

— Parfait. Je vais chercher mes affaires.

Elle ne proposa pas de m'aider, ce qui n'avait rien d'inhabituel. La plupart du temps, c'est la peur qui retient mes clients.

Je me rendis compte que mon Oméga était la seule voiture en vue.

— Comment êtes-vous venue jusqu'ici ? lançai-je doucement. (Mais les sons portent par les nuits d'été tranquilles.) Je ne vois pas d'autre voiture.

— J'ai pris un taxi. Il m'attend à l'entrée.

Un taxi. J'aurais adoré voir la tête du chauffeur quand il l'avait déposée devant le portail du cimetière.

Mes trois poulets noirs gloussaient doucement sur la banquette arrière. Il n'était pas obligatoire qu'ils soient noirs, mais c'était la seule couleur que j'avais pu trouver pour ce soir-là. Je commençais à penser que notre fournisseur de volaille avait le sens de l'humour.

Arthur Fiske était décédé récemment. De la caisse rangée dans mon coffre, je ne sortis donc qu'une machette et un bocal d'onguent. Celui-ci était blanc cassé avec des paillettes vertes phosphorescentes – de la moisissure de pierre tombale comme on ne peut pas en trouver à Wellington : elle ne pousse que dans les cimetières qui ont au moins un siècle. L'onguent contenait également les indispensables toiles d'araignées et d'autres ingrédients peu ragoûtants, ainsi que des herbes et des épices pour dissimuler l'odeur et renforcer l'effet de la magie. Si tant est qu'il s'agisse de magie.

Je badigeonnai la tombe et appelai Carla.

— À votre tour.

La veuve écrasa son mégot et me rejoignit. J'étalai un peu d'onguent sur son visage et ses mains avant de lui ordonner :

— Placez-vous derrière la pierre tombale, et restez-y pendant toute la cérémonie.

Elle obtempéra sans un mot pendant que j'enduisais mes propres mains et mon propre visage. Romarin pour la mémoire ; cannelle et clou de girofle pour la conservation ; sauge pour la sagesse ; verveine pour lier tout le reste… Leurs parfums combinés parurent imprégner ma peau.

Je saisis le plus gros des trois poulets et le fourrai sous mon bras. Carla resta à sa place, les yeux baissés vers la tombe.

Décapiter une volaille sans quelqu'un pour la tenir, c'est tout un art. Je l'exerçai debout au pied de la tombe. Le sang éclaboussa les chrysanthèmes, les roses et les œillets à demi fanés.

Je me mis à marcher, décrivant un cercle d'acier et de sang avec la lame dégoulinante de ma machette. Carla ferma les yeux en sentant un peu de liquide chaud lui gicler dessus.

Je me badigeonnai de sang de poulet et déposai le corps encore frémissant au milieu des fleurs. Puis je regagnai ma place au pied de la tombe. À présent, nous nous tenions à l'intérieur du cercle de protection, seules avec la nuit et nos pensées. Je vis briller le blanc des yeux de Carla au moment où j'entamais l'incantation.

—Entends-moi, Arthur Fiske. Je t'ordonne de sortir de ta tombe. Avec cet acier, ce sang et ce pouvoir, je t'appelle. Relève-toi, Arthur Fiske. Viens à nous. Viens à moi. (Carla joignit sa voix à la mienne comme je le lui avais demandé.) Viens à nous, Arthur. Viens à nous. Relève-toi.

Nous continuâmes à l'appeler de plus en plus fort.

Soudain, les fleurs frissonnèrent. Le monticule de terre se souleva, et le poulet décapité glissa sur le côté.

Une main d'une pâleur spectrale jaillit du sol. Lorsque la deuxième apparut, la voix de Carla défaillit. Elle contourna la pierre tombale pour venir s'agenouiller sur la gauche. Avec une expression stupéfaite et émerveillée, elle regarda son défunt époux se relever.

Les deux bras du mort étaient déjà libres, tout comme le sommet d'un crâne aux cheveux bruns. Il n'y avait pas grand-chose à voir en dessous. Le croque-mort avait fait de son mieux, mais les funérailles d'Arthur avaient probablement eu lieu à cercueil fermé.

Tout le côté droit de son visage avait disparu, arraché ou emporté. On voyait l'os blanc de la mâchoire et les petits morceaux de fil de fer argenté qui servaient à la maintenir en place. Le nez n'était plus que deux trous nus. Autour, la peau déchiquetée avait été coupée à ras pour faire plus propre. L'œil gauche roulait follement dans son orbite, et je voyais la langue s'agiter entre les dents brisées.

Arthur Fiske luttait pour s'extirper de sa tombe. Je tentai de garder mon calme. Ce pouvait être une erreur.

— C'est bien votre mari ? demandai-je à Carla.

— Oui, répondit-elle dans un chuchotement rauque.

— Il n'est pas mort d'un infarctus, constatai-je.

— Non, admit-elle avec un calme presque surnaturel. Non, je lui ai tiré dessus à bout portant.

— Vous l'avez tué, et vous m'avez demandé de le relever.

Arthur avait du mal à dégager ses jambes. Je courus vers Carla et tentai de la mettre debout, mais elle ne voulait pas bouger.

— Levez-vous ! Levez-vous, bordel ! Il va vous tuer !

— Si c'est ce qu'il souhaite, répliqua-t-elle d'une voix incroyablement normale.

— Que Dieu me vienne en aide ! Un suicide.

Je l'obligeai à détacher son regard de la chose qui s'extirpait de sa tombe.

— Carla, un zombie mort assassiné commence toujours par tuer son assassin. Il ne pardonne pas – c'est la règle. Je ne pourrai pas le contrôler tant qu'il n'aura pas accompli sa vengeance. Vous devez vous enfuir, tout de suite !

La veuve me dévisageait, et il me semblait qu'elle comprenait. Pourtant, elle dit :

— C'est le seul moyen de me débarrasser de ma culpabilité. S'il me pardonne, je serai libre.

— Vous serez morte ! la détrompai-je désespérément.

Arthur avait réussi à dégager ses jambes. Il s'assit sur les fleurs renversées et couvertes de terre. Il lui faudrait un peu de temps pour rassembler ses esprits, mais pas tant que ça.

— Carla, il vous tuera. Il n'y aura pas de pardon. (Elle fixait de nouveau le zombie, et je la giflai avec force – deux fois.) Carla, vous allez mourir ici, et pour quoi faire ? Arthur est mort, vraiment mort. Vous ne voulez pas le rejoindre.

Arthur se redressa maladroitement. Son œil unique se posa enfin sur nous. Il ne lui restait pas grand-chose avec quoi exprimer une émotion ; pourtant, je crus déceler de la joie sur son visage fracassé. Un sourire fit frémir le coin de sa bouche alors qu'il se dirigeait vers nous d'un pas chancelant.

J'essayai d'entraîner Carla plus loin. Elle ne se débattit pas, mais elle ne coopéra pas non plus. C'est très dur de déplacer quelqu'un qui ne veut pas bouger. Alors, je la lâchai et la laissai retomber mollement par terre.

Je me tournai vers le zombie balourd, mais résolu, et décidai de tenter quand même. Je me plantai face à lui, l'empêchant d'atteindre Carla, et conjurai mon pouvoir tout en lui parlant.

— Arthur Fiske, écoute-moi. N'écoute que moi.

Il s'immobilisa et me toisa. Ça marchait ! Ça n'aurait pas dû, mais ça marchait !

Ce fut Carla qui gâcha tout.

— Arthur, geignit-elle. Arthur, pardonne-moi.

Le zombie tenta de se diriger vers elle. Je posai une main sur sa poitrine pour l'arrêter.

— Arthur, je t'ordonne de ne pas bouger. C'est moi qui t'ai relevé, et tu dois m'obéir.

Carla l'appela de nouveau, et il n'en fallut pas davantage. Il me repoussa distraitement. Je basculai en arrière, et ma tête heurta la pierre tombale.

L'impact ne fut pas très violent ; mon sang ne jaillit pas comme à la télévision, mais je restai étourdie l'espace d'une minute. Allongée parmi les fleurs, je tâchai de m'entendre respirer. Ça me paraissait très important tout à coup.

Lentement, Arthur se pencha vers sa femme. La moitié intacte de son visage frémit, et sa langue émit un gargouillement qui aurait pu signifier « Carla ».

Ses mains maladroites lui caressèrent les cheveux. Il tomba plus qu'il s'agenouilla près d'elle. Effrayée, elle eut un mouvement de recul.

Secouant la tête pour m'éclaircir les idées, je me mis à quatre pattes pour me traîner vers eux. Il était hors de question que Carla se suicide avec mon aide.

Le zombie caressait son visage, à présent. Elle recula de quelques centimètres. Le mort-vivant la suivit. Elle recula encore, plus vite cette fois. Avec une rapidité surprenante, il la cloua sous lui, et elle se mit à hurler.

Je me laissai tomber sur le dos du zombie. Il fit glisser ses mains le long du corps de Carla et atteignit ses épaules. Elle m'aperçut et roula de grands yeux effrayés.

—Aidez-moi!

J'essayai. Je bandai mes muscles et tirai. Quoi que les médias tentent de vous faire croire, les zombies n'ont pas une force surnaturelle, mais Arthur était grand et costaud de son vivant. S'il avait éprouvé de la douleur, j'aurais peut-être réussi à lui faire lâcher prise. En l'état, je ne voyais aucun moyen de le distraire.

—Anita, par pitié!

Les mains du zombie entourèrent le cou de Carla et se mirent à serrer.

En tâtonnant, je trouvai la machette que j'avais laissé tomber. La lame était bien affûtée, et elle fit de gros dégâts, mais Arthur ne sentit rien. Je le frappai à la tête et dans le dos. Il m'ignora. Même décapité, il continuerait à s'acharner sur sa meurtrière.

Le problème, c'étaient ses mains. Je m'agenouillai et visai son avant-bras – je n'osais pas m'approcher davantage de la tête de Carla. La lame jeta un éclair argenté tandis que je l'abattais de toutes mes forces. Je dus m'y reprendre à cinq fois avant de briser l'os.

La main tranchée continua à serrer comme si elle était toujours rattachée au corps du zombie. Je lâchai la machette et entrepris de déplier un doigt après l'autre. Mais c'était long, beaucoup trop long.

Carla cessa de se débattre. Hurlant ma rage et mon impuissance, je m'obstinai à déplier les doigts du zombie. Mais ses mains puissantes serrèrent jusqu'à ce qu'un craquement résonne – pas un bruit sec comme celui d'une jambe ou d'un bras qui se casse, mais une sorte de crépitement indiquant qu'il venait de broyer les vertèbres de Carla.

L'air satisfait, Arthur s'écarta du corps de sa femme et se redressa. En un clin d'œil, son expression redevint vacante. Il n'avait plus de volonté propre. Il attendait mes ordres.

Je retombai parmi les fleurs, ne sachant pas si je devais pleurer, crier ou prendre mes jambes à mon cou. Alors, je restai assise là, tremblant de tout mon corps. Mais je devais réagir. Je devais m'occuper du zombie. Je ne pouvais pas le laisser errer au hasard.

Je voulus lui dire de regagner sa tombe. Aucun son ne sortit de ma bouche. Il me suivit du regard comme je titubais jusqu'à ma voiture.

Je revins avec une poignée de sel. Dans ma main libre, je pris un peu de la terre fraîchement retournée de sa tombe. Le zombie continua à m'observer sans la moindre expression tandis que je me plaçais à la lisière extérieure du cercle.

—Arthur Fiske, je te renvoie à la terre dont je t'ai tiré.

Je lui jetai la terre dessus. Il pivota vers moi.

—Avec ce sel, je te lie à ta tombe.

Les grains de sel crépitèrent sur son costume comme des grêlons. Avec la pointe de la machette, je traçai un signe de croix.

—Avec cet acier, je te lie à ta tombe.

Je pris conscience que j'avais commencé le rituel sans prendre un deuxième poulet. Je me penchai pour ramasser celui que j'avais déjà décapité et l'ouvris en deux. Ses entrailles étaient encore chaudes ; elles luisaient faiblement au clair de lune. Je les sortis de son ventre.

—Avec cette chair et ce sang, Arthur, je t'ordonne de te rendormir et de ne plus te relever.

Le zombie se coucha sur sa tombe. Ce fut comme s'il s'était allongé dans des sables mouvants. Le sol l'engloutit purement et simplement. Les fleurs remuèrent une dernière fois, puis la tombe redevint telle qu'elle était une heure auparavant… ou presque.

Je jetai le poulet éventré et m'agenouillai près du corps de Carla. Son cou était tordu selon un angle pas franchement naturel.

Je me levai et allai fermer le coffre de ma voiture. Le claquement parut résonner trop fort dans l'obscurité. Il me semblait que le vent rugissait dans les branches. Les feuilles bruissaient et chuchotaient. Les arbres ressemblaient à des ombres chinoises, ou à des silhouettes découpées dans du papier noir. Rien n'avait plus de profondeur. Tous les sons étaient trop forts. Le monde était devenu un décor de carton-pâte en deux dimensions.

J'étais choquée. Mon engourdissement me protégeait pour le moment. Rêverais-je de Carla cette nuit ? Essaierais-je de la sauver encore et encore dans mes songes ? J'espérais bien que non.

Quelque part au-dessus de moi, des engoulevents filèrent en poussant des cris aigus et lugubres. Je détaillai le cadavre qui gisait près de la tombe, ses vêtements blancs désormais souillés de terre. Je pouvais faire une croix sur l'autre moitié de mes émoluments.

Je remontai en voiture, barbouillant le volant et la clé de contact avec le sang qui me couvrait les mains. J'avais des coups de fil à passer. Je devais appeler mon patron, la police, et annuler le reste de mes rendez-vous. Et aussi, renvoyer le taxi de Carla. Je me demandai quelle somme était inscrite au compteur, depuis le temps qu'il attendait.

J'étais choquée et effrayée. Des pensées lugubres tournaient en rond dans ma tête. Je me mis à trembler violemment. Des larmes brûlantes jaillirent de mes yeux. Pendant de longues minutes, je sanglotai et hurlai dans l'intimité de ma voiture.

Lorsque je pus de nouveau respirer sans m'étrangler et que mes tremblements s'apaisèrent, je démarrai. Je savais déjà que je reverrais Carla et Arthur cette nuit-là. Qu'est-ce qu'un cauchemar de plus ?

Je laissai Carla seule sur la tombe – une jambe enfouie dans les fleurs avec le pardon qu'elle n'avait pas pu obtenir de son époux.

Maison à vendre

*C*ette nouvelle se déroule dans le monde d'Anita, mais ni Anita, ni aucun des personnages (même mineurs) de la série n'y font d'apparition.

Un jour, je me suis demandé : Quelles sont les conséquences de la légalisation des vampires pour les gens qui font un métier moins dangereux que celui d'Anita ? En quoi cela a-t-il changé leur vie professionnelle ? Prenons par exemple un agent immobilier…

Tapie au milieu de son petit lopin, la maison avait l'air maussade, presque vaincue. Elle semblait ramassée sur elle-même comme si elle venait de recevoir une raclée.

Abbie secoua la tête pour chasser ces idées bizarres de son esprit. La bâtisse ressemblait à toutes les autres du lotissement. Certes, elle avait une élévation de première classe – ce qui, en jargon immobilier, signifiait qu'elle était dotée d'un toit en pente, de deux verrières et d'une cheminée dans le salon. Les Garner avaient spécifiquement réclamé certaines de ces caractéristiques.

C'était une jolie maison avec son revêtement extérieur en cèdre de qualité supérieure, et sa façade à moitié en brique. Elle se dressait sur un terrain de taille modeste, mais pas plus que celui de ses voisines, à l'exception de celles qui occupaient les coins de rue. Pourtant…

D'un pas vif, Abbie remonta l'allée qui traversait le jardin.

Des jonquilles se balançaient gaiement le long du porche, formant une bande de couleur éclatante contre le brun rougeâtre des murs. Le souffle court, Abbie déglutit. Elle n'avait jamais rencontré Marion Garner et ne lui avait parlé au téléphone que deux fois – et, chaque fois, Marion lui avait fait part de ses idées pour aménager le jardin de son nouveau logis.

C'était Sandra qui avait conclu la vente, mais elle ne voulait plus rien avoir affaire avec cette maison. Elle avait un peu trop d'imagination pour retourner sur le lieu où ses clients avaient été massacrés.

Abbie avait hérité du dossier parce qu'elle se spécialisait dans les biens difficiles à placer. N'avait-elle pas réussi à fourguer cette monstrueuse demeure victorienne qui tombait en ruine à un jeune couple désireux de la remettre en état ? Et la villa épouvantablement crasseuse des Peterson : elle avait passé des journées entières à la nettoyer pour la rendre plus attrayante. Au final, elle l'avait vendue – plus cher, même, que le prix espéré par les Peterson. Elle était bien décidée à ne pas échouer avec la maison des Garner.

Elle devait pourtant admettre qu'un meurtre collectif perpétré sur les lieux était un point noir dans son argumentaire de vente. Et un meurtre collectif pour cause officielle de possession démoniaque… N'en parlons pas.

La maison avait été exorcisée, mais même Abbie, qui n'était pas médium, le sentait encore. Ce crime maléfique était pareil à une tache qui refusait de partir complètement. Et si les prochains propriétaires succombaient à une attaque démoniaque, Abbie et son agence seraient tenus pour responsables. Donc, Abbie avait l'intention de veiller à ce que la maison soit nettoyée correctement – qu'elle redevienne aussi pure et immaculée qu'une vierge le jour de son mariage. Il le fallait.

Le véritable problème, c'est que les journaux avaient monté l'affaire en épingle pour en faire un horrible scandale. Personne à des kilomètres à la ronde n'ignorait ce qui s'était passé ici, et il faudrait en informer tout acheteur potentiel. Non, Abbie n'essaierait pas de dissimuler quoi que ce soit, mais elle éviterait d'en dire trop avant d'avoir déjà bien appâté ses futurs clients.

Arrivée devant la porte, elle hésita et dit à voix haute :

—Allons, ce n'est qu'une maison. Il n'y a rien qui puisse te faire de mal là-dedans.

Ses propres paroles sonnèrent creux à ses oreilles, mais elle introduisit la clé dans la serrure, et le battant pivota vers l'intérieur.

Tout était si ordinaire qu'Abbie en fut presque surprise. Elle s'attendait à trouver une différence, même si elle aurait été bien en peine de dire laquelle… un détail distinctif. Mais le salon était petit avec un plafond voûté et une cheminée en brique. Avant le drame, le sol était recouvert de cette moquette beige-brun qui va à peu près avec n'importe quoi. Abbie avait vu des photos de la pièce prises à l'époque. À présent, le sous-plancher était nu, comme inachevé.

Au milieu de la pièce on distinguait une zone pâle et décolorée, comme si on avait frotté trop fort pour faire partir une tache de café – une *très grande* tache de café. C'était là que Marion Garner avait été retrouvée. Selon les journaux, elle avait été poignardée plus de vingt fois avec un couteau de boucher.

Une nouvelle moquette permettrait de dissimuler cette souillure.

Le soleil de l'après-midi entrait à flots par la fenêtre située à l'ouest, illuminant un trou de la taille d'un poing au centre du mur blanc cassé. En s'approchant de celui-ci, Abbie distingua des traces d'éclaboussures. L'équipe de nettoyage faisait du meilleur boulot que ça, en principe : là, on aurait dit qu'elle n'avait même pas essayé. Abbie réclamerait qu'elle finisse le travail ou qu'elle rembourse une partie de ses honoraires.

Les traces n'étaient plus que des ombres brun pâle, mais elles feraient fuir n'importe quelle famille normale. Si la moquette et la peinture devaient être refaites, le prix de la maison s'en trouverait augmenté, et Abbie n'était même pas sûre de pouvoir la vendre au prix original.

— C'est quoi, cette attitude défaitiste ? se morigéna-t-elle à voix basse. Tu vendras cette maison.

Et elle y arriverait, d'une façon ou d'une autre.

La cuisine/salle à manger était une pièce très gaie avec sa verrière et sa porte blanche donnant sur l'arrière de la maison. Il y avait une trace sur le battant, tout près de la poignée mais pas dessus. Abbie se pencha pour l'examiner et se redressa très vite. Elle ne savait pas si l'équipe de nettoyage n'avait pas vu la salissure ou avait juste décidé de ne pas y toucher. Peut-être était-il temps de faire appel à une autre entreprise. Tant de négligence était inexcusable.

Il s'agissait d'une minuscule empreinte de main faite de sang séché. Sans doute appartenait-elle au petit garçon, alors âgé de cinq ans. Était-il venu dans la cuisine pour s'échapper ? Avait-il tenté d'ouvrir la porte et échoué ?

Abbie se pencha au-dessus de l'évier et ouvrit la fenêtre. Tout à coup, l'atmosphère lui semblait étouffante, irrespirable. Une fraîche brise printanière agita les rideaux blancs, brodés de feuilles aux teintes automnales – orange, brun et doré – qui se mariaient à la perfection avec le carrelage marron et ivoire.

Abbie devait choisir par où poursuivre sa visite. La porte donnant sur le garage adjacent se découpait sur sa droite. L'escalier qui conduisait à la cave venait juste après. Décidant qu'elle n'avait pas grand-chose à craindre du garage, Abbie ouvrit la porte et descendit une petite marche. Ici, il faisait plus frais que dans la maison, un peu comme dans un cellier. Une autre porte donnait sur le jardin. Les seules taches visibles étaient celles d'huile de moteur.

Regagnant la cuisine, Abbie ferma la porte et s'y adossa un moment. Son regard se posa sur la porte de la cave, au pied de l'escalier voisin. C'était là que l'avaient mené les derniers pas du petit Brian Garner. Avait-il été poursuivi ? S'était-il caché au sous-sol, et avait-il quand même été découvert ?

Abbie décida de remettre l'inspection de la cave à plus tard.

Les chambres à coucher et leur salle de bains se succédaient le long du couloir de gauche. La première était la nursery. Quelqu'un avait peint des animaux de cirque sur les murs ; ils paradaient joyeusement autour de la pièce vide. D'après Sandra, Jessica Garner était morte deux semaines avant son deuxième anniversaire.

La salle de bains se trouvait en face. De bonne taille, elle était décorée en blanc avec quelques touches de brun çà et là. Le miroir au-dessus du lavabo avait disparu ; l'équipe de nettoyage avait emporté le verre brisé, ne laissant qu'un vide noir dans un cadre d'argent. Pourquoi remplacer quoi que ce soit tant qu'ils ne seraient pas certains que la maison n'allait pas être démolie ? Il en fallait parfois moins que ça…

Le papier peint, ivoire avec un motif de rayures rose pâle et de petites fleurs marron, était ravissant et ne semblait pas abîmé. Mais en passant la main dessus, Abbie découvrit des déchirures – au moins six trous qui semblaient avoir été faits par un couteau. Pourtant, il n'y avait pas de sang. Qui pouvait dire ce que Phillip Garner avait cru faire en poignardant le mur de sa salle de bains ?

La chambre des parents se trouvait juste à côté, avec son cabinet de toilette attenant et son ventilateur au plafond. Ici, la tapisserie était beige avec un petit motif oriental brun, sobre et de bon goût. Une tache plus petite que celle du salon s'étendait sur la moquette. Personne ne savait pourquoi la fillette se trouvait dans cette pièce, mais c'était là qu'elle avait été assassinée. Les journaux étaient restés assez vagues sur les circonstances de sa mort – probablement parce qu'elles étaient trop affreuses pour qu'on les couche par écrit. Autrement dit, Jessica Garner avait traversé un enfer avant de périr à son tour.

Plusieurs petites taches semblables à des empreintes de main se devinaient au bas d'un des murs. Ici, au moins, l'équipe de nettoyage avait tenté de les faire disparaître – pas comme dans la cuisine. Plus Abbie y pensait, plus elle sentait grandir sa colère. Pourquoi laisser des traces d'un drame si atroce ?

Le cabinet de toilette était blanc et argent, immaculé à l'exception de quelque chose de sombre entre les carreaux au pied du lavabo. Abbie faillit se baisser pour regarder, mais elle savait déjà ce que c'était : du sang. La tache avait été lessivée, mais un peu de liquide brunâtre était resté incrusté dans les joints, comme de la terre sous un ongle. Jamais encore l'équipe de nettoyage ne s'était montrée si négligente.

La chambre du petit garçon se trouvait dans l'angle. Ici, le papier peint était bleu clair, orné de voitures rouges, vertes, jaunes ou bleu marine dont les conducteurs minuscules faisaient la course sur les murs. Et contrairement à celle des autres pièces, la moquette n'avait pas une teinte passe-partout : elle était bleu roi. Peut-être était-ce la couleur préférée de l'enfant.

Les portes coulissantes de la penderie avaient été lacérées. Le vernis laissait voir des cicatrices de bois nu. Un des battants, arraché à sa glissière, reposait contre le mur du fond. Brian Garner s'était-il caché là-dedans ? Son père l'y avait-il débusqué, ou avait-il seulement cru que le petit garçon se trouvait à l'intérieur ? Car une chose semblait certaine : Brian n'était pas mort dans la penderie. Il n'y avait aucune trace de sang, aucune petite empreinte pitoyable.

Abbie ressortit dans le couloir. Depuis le début de sa carrière, elle avait visité des centaines de maisons vides, mais jamais elle n'avait rien ressenti de pareil. Les murs même semblaient retenir leur souffle comme s'ils attendaient – mais attendaient quoi ? Ce n'était pas le cas quelques instants plus tôt, Abbie en aurait mis sa main à couper.

Elle tenta de se défaire de cette impression ; en vain. La meilleure chose à faire, c'était de finir rapidement la visite et de quitter cette maison.

Malheureusement, il ne lui restait plus que la cave à inspecter.

Plus tôt, déjà, Abbie avait répugné à descendre au sous-sol. Maintenant que quelque chose d'étrange frémissait dans l'air, elle appréhendait davantage. Mais comment pouvait-elle espérer vendre une maison si elle était incapable d'en faire le tour ?

Elle rebroussa chemin d'un pas décidé, faisant très attention à ne pas regarder la moquette tachée de sang ni l'empreinte de main sur la porte. Mais en les ignorant, elle en avait d'autant plus conscience. Chasser la mort de son esprit n'est pas chose aisée… surtout si cette mort a été violente.

Les marches étaient couvertes d'une moquette couleur rouille. Et pour une raison qu'Abbie ne s'expliquait pas, la porte qui se dressait en bas lui semblait menaçante. Mais elle se força à descendre l'escalier.

La main sur la poignée, elle hésita un instant avant de l'ouvrir très vite. La fraîcheur qui l'enveloppa n'avait rien d'anormal pour un sous-sol. En fait, la cave ressemblait à n'importe quelle autre cave, à ceci près qu'elle n'avait pas de soupiraux. M. Garner avait beaucoup insisté sur ce point ; personne ne savait pourquoi.

Le sol de ciment gris et nu s'étendait entre des murs de ciment gris et nu. Des tuyaux traversaient le plafond et disparaissaient sous le plancher. La pompe de puisard qui se dressait dans un coin fonctionnait encore, mais la chaudière était froide et attendait que quelqu'un la rallume.

Abbie tira sur les trois chaînettes suspendues pour chasser les ombres du sous-sol. Mais les ampoules nues en projetèrent d'autres en se balançant sur son passage.

Ce fut dans un coin du fond qu'elle découvrit la première tache. Petite, mais bien assez grosse si on considérait qu'elle avait été faite par un enfant de cinq ans. Des traces brunâtres contournaient l'escalier et passaient derrière, comme si quelqu'un avait traîné le petit Brian sur le sol pendant qu'il saignait.

La dernière tache avait la forme d'un pentacle, grossier mais identifiable. Un sacrifice, donc. Plus haut sur le mur, des éclaboussures désignaient sans doute l'endroit où Phillip Garner avait collé un flingue contre sa tempe et tiré.

Abbie éteignit deux des ampoules et s'immobilisa, tenant la dernière chaînette – la plus proche de la porte.

L'impression que la maison attendait quelque chose s'était dissipée. Abbie pensait se sentir plus mal au sous-sol, l'endroit où le petit garçon avait été brutalisé et assassiné, mais ce n'était pas le cas. La cave semblait plus vide et plus normale que le rez-de-chaussée. Sans savoir pourquoi, Abbie en prit mentalement note. Elle le mentionnerait au médium quand il viendrait.

Éteignant la dernière ampoule, elle sortit et referma doucement la porte derrière elle. L'escalier n'était pas différent de l'escalier de toutes les autres maisons avec cave qu'elle avait visitées au fil des ans. Et la cuisine paraissait très lumineuse avec ses murs blanc cassé. Abbie referma la fenêtre au-dessus de l'évier ; il ne faudrait pas qu'il pleuve à l'intérieur.

Elle venait de passer au salon quand elle se retourna malgré elle. Cette tache sur la porte de derrière la perturbait – cette prière muette, désespérée et ultimement vaine.

—Oh ! je ne supporte pas de la laisser là, chuchota Abbie dans le silence ensoleillé.

Sortant un Kleenex de sa poche, elle fit couler un peu d'eau du robinet dessus, puis s'agenouilla près de la porte et frotta la tache brunâtre. Celle-ci s'étala, écarlate et liquide comme du sang frais.

Abbie hoqueta et eut un mouvement de recul si brusque qu'elle faillit tomber à la renverse. Son Kleenex était imbibé de sang. Elle le lâcha comme si elle venait de se brûler.

Lentement, l'empreinte se mit à couler le long de la porte.

—Brian, souffla Abbie.

Elle entendit un bruit de course. De petits pieds s'engouffrèrent dans l'escalier de la cave, et la moquette assourdit leur impact sur les marches. La porte du bas s'ouvrit et se referma avec un léger cliquetis.

Le silence qui suivit fut si lourd que, l'espace d'un instant, Abbie eut du mal à respirer. Puis l'atmosphère lourde se dissipa brusquement. Abbie se releva et se dirigea vers le salon. *Bon, il y a un fantôme,* se dit-elle. *La belle affaire. Tu as déjà vendu des maisons hantées.* Mais elle ne ramassa pas le Kleenex souillé, et elle ne regarda pas derrière elle pour voir jusqu'où le sang coulerait avant de s'arrêter.

Elle sortit de la maison et verrouilla la porte d'entrée derrière elle aussi vite qu'il lui fut possible sans abdiquer toute dignité. Si les voisins voyaient l'agent immobilier s'enfuir de la maison en courant, ça n'arrangerait pas ses affaires. Aussi se força-t-elle à descendre calmement les marches du porche, entre les jonquilles d'un jaune éclatant. Mais quelque chose la démangeait entre les omoplates, comme si quelqu'un l'observait.

Abbie regardait droit devant elle. Elle ne prendrait pas ses jambes à son cou, mais elle n'avait aucune envie de voir le visage de Brian Garner pressé contre une vitre. En fin de compte, l'équipe de nettoyage avait peut-être fait de son mieux. Il faudrait qu'elle demande si toutes les autres taches saignaient aussi.

La maison devrait être bénie une nouvelle fois. Et il faudrait décidément faire venir un médium pour informer le fantôme qu'il était mort. Beaucoup de gens s'enorgueillissaient de vivre dans une maison hantée – mais pas par n'importe qui. Personne n'appréciait les poltergeists ; personne n'aimait voir saigner les murs de sa chambre, être surpris par une apparition hideuse ou entendre des hurlements au beau milieu de la nuit. Mais une petite lumière flottant au bout d'un couloir ou un spectre arpentant une bibliothèque en costume du XVIIIe siècle constituaient une raison de se réjouir – et de lancer des invitations pour fêter ça.

C'était la dernière mode. Les gens qui n'avaient pas la chance de vivre dans une maison hantée pouvaient observer le fantôme de quelqu'un d'autre tout en buvant un verre et en se goinfrant de canapés. Mais Abbie devinait que personne ne voudrait du fantôme de Brian chez lui. Un explorateur de jadis assassiné, ça pouvait être romantique. Une victime récemment massacrée – un enfant, de surcroît… Les gens préféraient que leur fantôme sorte d'un livre d'histoire plutôt que de leur journal du matin.

Abbie espérait juste que Brian Garner n'aurait pas trop de mal à trouver le repos. Parfois, le disparu avait juste besoin qu'on lui dise qu'il était mort. Mais d'autres fois, des mesures plus radicales se révélaient nécessaires – surtout dans les cas de meurtre. Abbie avait lu dans un magazine une théorie intéressante selon laquelle les enfants, incapables d'appréhender le concept de mort, devenaient plus facilement des fantômes : ils croyaient qu'ils continuaient de vivre. Ce qui avait le mérite d'expliquer pourquoi les fantômes d'enfants étaient proportionnellement si nombreux.

Abbie laissait aux experts le soin d'élucider ces mystères. Elle n'était qu'un simple agent immobilier.

Dès que sa voiture eut démarré, elle alluma la radio. Elle avait besoin de bruit. C'était l'heure des informations. Les mots soigneusement articulés emplirent l'habitacle alors qu'Abbie s'éloignait de la maison des Garner.

« La Cour suprême a rendu son verdict aujourd'hui, confirmant en appel la décision d'un tribunal du New Jersey selon laquelle Mitchell Davies, le célèbre banquier et investisseur, est toujours légalement vivant bien qu'il soit devenu un vampire. Ce jugement abonde dans le sens de la Loi de Vie votée l'an dernier, qui a élargi la définition de ce qu'est un être vivant pour y inclure certaines espèces de morts-vivants. Maintenant, les sports… »

Abbie changea de station. Elle n'était pas d'humeur à écouter des résultats de matchs, ni quelques autres nouvelles que ce soit. Elle avait eu sa dose de réalité pour aujourd'hui, et elle voulait juste rentrer chez elle. Mais d'abord, elle devait passer au bureau.

Il était tard quand elle arriva à l'agence. Même la réceptionniste était partie. Trois rangées de bureaux étaient disposées en diagonale d'un bout à l'autre de la pièce.

Quelqu'un avait éteint la plupart des lampes, laissant les ombres de l'après-midi envahir l'agence. Mais au centre, une mince bande de lumière blanche éclairait encore le bureau de Sandra. Celle-ci était assise dans sa chaise, les mains croisées devant elle. Elle ne faisait même plus semblant de travailler.

Quand Abbie entra, Sandra leva brusquement ses yeux bleus vers elle. Ses épaules s'affaissèrent, et une expression de soulagement intense se peignit sur ses traits. Abbie lui sourit. Sandra lui adressa une petite grimace en retour et demanda :

— Comment ça s'est passé ?

Abbie se dirigea vers son propre bureau, situé deux emplacements plus loin à gauche de celui de sa collègue. Elle se mit à trier des papiers tout en cherchant la meilleure façon de répondre.

— Il va y avoir du boulot avant de pouvoir la faire visiter.

Les talons de Sandra cliquetèrent sur le sol, et Abbie sentit sa collègue s'immobiliser derrière elle.

— Ce n'est pas ce que je voulais dire ; tu le sais très bien.

Abbie lui fit face. Sandra avait les yeux trop brillants, le visage trop crispé.

— Sandra, s'il te plaît. C'est fini. Tourne la page.

Mais sa collègue lui agrippa le bras si fort que ses ongles s'enfoncèrent dans la chair d'Abbie.

— Dis-moi comment c'était.

— Tu me fais mal.

Sandra laissa retomber mollement sa main et chuchota :

— S'il te plaît, dis-moi. J'ai besoin de savoir.

— Tu n'as rien fait de mal. Ce n'était pas ta faute.

— C'est moi qui leur ai vendu cette maison.

— Phillip Garner jouait avec une planche ouija. C'est lui qui a ouvert la porte à… à cette chose.

— Mais j'aurais dû m'en douter. J'aurais dû comprendre que quelque chose clochait. J'ai remarqué des détails étranges quand Marion m'a contactée. J'aurais dû réagir.

—Comment?

—J'aurais pu appeler la police.

—Pour leur dire que tu avais un mauvais pressentiment au sujet d'un de tes clients? Tu n'es pas une médium licenciée; les flics t'auraient ignorée. Et, Sandra… Tu n'as eu aucune prémonition. Tu t'es convaincue que tu savais avant que le drame se produise, mais c'est faux. Tu n'en as jamais parlé à personne au boulot. (Abbie tenta de faire sourire sa collègue.) Sois réaliste : tu es tellement bavarde que si tu avais su quelque chose, tu n'aurais pas pu le garder pour toi. Tu ne sais pas tenir ta langue. Tu es pleine de bonnes intentions, mais tu ne sais pas tenir ta langue.

Sandra ne sourit pas, mais elle hocha la tête.

—C'est vrai que je ne suis pas douée pour garder les secrets, admit-elle.

Abbie passa un bras autour de ses épaules et l'étreignit.

—Cesse de te tourmenter pour quelque chose qui n'a aucun rapport avec toi. Tu n'as pas de raison de culpabiliser.

Sandra se laissa aller contre elle et se mit à pleurer.

Les deux femmes restèrent ainsi jusqu'à ce qu'il fasse complètement noir et que Sandra n'ait plus de larmes à verser.

—Je t'ai mise en retard, renifla-t-elle.

—Charles ne m'en voudra pas.

—Tu es sûre?

—Oui, j'ai un mari très compréhensif, lui assura Abbie.

Sandra acquiesça et souffla dans le dernier Kleenex qui restait à l'agence.

—Merci.

—C'est à ça que servent les amies. Maintenant, rentre chez toi et repose-toi. Tu l'as bien mérité.

Abbie appela son mari avant de fermer l'agence, pour le prévenir qu'elle rentrait tout de suite. Charles était compréhensif, mais il avait tendance à s'inquiéter pour elle. Puis elle accompagna Sandra jusqu'à sa voiture et la regarda s'éloigner.

Plusieurs semaines s'étaient écoulées lorsque Abbie pénétra de nouveau dans l'ancien salon des Garner. Une moquette neuve recouvrait le sol. Des symboles de contre-malédiction avaient été tracés au-dessus des portes et des fenêtres. Un prêtre avait béni la maison. Un médium était venu informer le fantôme du petit Brian qu'il était mort. Abbie ne savait pas – et ne voulait pas savoir – si l'enfant s'en était allé docilement ou non.

La maison semblait propre et fraîche comme si elle venait juste d'être bâtie. Un médium licencié aurait peut-être pu percevoir quelques rémanences de maléfices, mais Abbie, elle, ne sentait rien.

La porte au fond de la cuisine était de nouveau d'un blanc immaculé. Il ne restait pas la moindre tache où que ce soit ; tout avait été dissimulé et réparé. Et miracle des miracles, un acheteur potentiel s'était manifesté.

M. Channing connaissait l'histoire de la maison, mais sa famille et lui avaient leurs propres difficultés. Personne ne voulait leur vendre un endroit où habiter. Abbie ne voyait aucune objection à traiter avec eux. Après tout, c'étaient des gens comme les autres, selon la loi.

Abbie avait allumé les lampes du salon et de la cuisine ; leur éclat jaune chaleureux repoussait l'obscurité. Charles n'avait pas été content d'apprendre que sa femme devait rencontrer les Channing seule après la tombée de la nuit. Mais Abbie savait que pour vendre à des gens, ceux-ci devaient avoir l'impression que vous leur faisiez confiance et que vous les trouviez sympathiques. Aussi attendait-elle les Channing en s'efforçant de ne pas trop penser aux vieilles superstitions. Pour leur prouver sa bonne foi, elle n'avait emporté aucune protection.

À 22 heures précises, on sonna à la porte d'entrée. Abbie n'avait pas entendu de voiture arriver.

Elle alla ouvrir en affichant son sourire le plus professionnel. Et elle n'eut pas de mal à le conserver, parce que les Channing avaient l'air d'une famille parfaitement normale. L'homme dépassait largement le mètre quatre-vingts ; il avait d'épais cheveux châtains et des yeux bleu clair. La femme était à peine plus petite que lui, et blonde. Ils ne souriaient pas, contrairement à l'adolescent qui les accompagnait.

Âgé d'environ quatorze ans, il avait les cheveux châtains de son père et des yeux marron foncé – la couleur la plus parfaite qu'Abbie ait jamais contemplée, pensa-t-elle, incapable d'en détacher son regard. Elle se sentit tituber. Une main la retint. S'arrachant à sa fascination, elle vit que l'adolescent l'avait saisie par le bras, mais qu'il ne la regardait plus en face.

Les Channing demeurèrent plantés sur le seuil comme s'ils attendaient quelque chose tandis que, face à eux, Abbie se cramponnait à la porte. Finalement, elle comprit.

— Si vous voulez bien vous donner la peine d'entrer...

Ses clients parurent se détendre. Les parents entrèrent derrière leur fils. Abbie tendit la main à l'homme en souriant.

— Ravie de vous rencontrer, monsieur Channing.

Les trois visiteurs échangèrent un coup d'œil et partirent d'un rire poli.

— Je ne suis pas Channing, la détrompa l'homme. Appelez-moi Rick.

— Oh ! Bien sûr.

Abbie tenta de dissimuler sa confusion tandis que la femme se présentait simplement comme « Isabel ».

Cela ne laissait qu'un acheteur potentiel. Malgré sa surprise, Abbie lui tendit la main sans se départir de son sourire.

— Monsieur Channing.

L'adolescent lui serra la main avec une poigne surprenante et dit :

— Enchanté de faire vous connaissance, madame McDonnell. Et je vous en prie : c'est Channing tout court.

— Comme vous voudrez. Dans ce cas, appelez-moi Abbie.

—Très bien, Abbie. Pouvons-nous visiter la maison ?

Son visage était franc, ouvert et très adulte. Abbie trouvait déconcertant de déceler tant d'intelligence et d'assurance dans les yeux d'un garçon de quatorze ans.

—Je suis beaucoup plus vieux que j'en ai l'air, Abbie, expliqua-t-il comme s'il avait lu dans ses pensées.

—Hum, oui. Désolée ; je ne voulais pas vous dévisager.

—Ne vous excusez pas. Je préfère que vous nous dévisagiez plutôt que vous refusiez de nous voir.

—Certes, bredouilla Abbie. Euh… Laissez-moi donc vous montrer la maison.

Éteignant les lumières, elle désigna la lune qui brillait à travers les verrières. La cheminée en brique plut énormément aux visiteurs – beaucoup plus qu'Abbie s'y attendait. Elle croyait que les vampires n'aimaient pas le feu.

Elle ralluma pour leur montrer les chambres et la salle de bains. Ils étaient peut-être capables de voir dans le noir, mais ne seraient sûrement pas impressionnés si elle était obligée de tâtonner ou butait contre quelque chose et s'étalait de tout son long.

La femme, Isabel, tourna sur elle-même au milieu de la chambre des parents.

—Ça fera un superbe atelier, s'extasia-t-elle.

—Vous êtes une artiste ? s'enquit poliment Abbie.

Isabel lui jeta un bref coup d'œil.

—Je peins. Surtout à l'huile.

—J'aurais adoré peindre, mais je ne sais même pas dessiner, grimaça Abbie.

La femme ne parut pas l'entendre. Abbie savait depuis longtemps qu'on ne fait pas la conversation à un client qui ne souhaite pas parler. Aussi poursuivirent-ils la visite en silence, ou presque.

Quand ils entrèrent dans le cabinet de toilette attenant à la chambre des parents, ils se retrouvèrent serrés les uns contre les autres, et, en pivotant, Abbie heurta l'homme – Rick.

Elle recula comme s'il l'avait frappée. Pour dissimuler sa peur, elle se détourna et faillit hoqueter. Ils avaient un reflet. Elle les voyait dans le miroir aussi clairement qu'elle se voyait elle-même.

Abbie se ressaisit et entraîna les visiteurs dans la pièce voisine. Mais elle savait que Channing au moins avait remarqué sa réaction. Un sourire entendu flottait sur ses lèvres.

Puisqu'ils avaient un reflet, Abbie leur montra la cuisine plus en détail qu'elle n'en avait eu l'intention. Après tout, si un des mythes les concernant était faux, d'autres pouvaient l'être aussi. Peut-être les vampires pouvaient-ils manger.

Comme elle le faisait presque toujours, elle garda la cave pour la fin. Elle précéda ses visiteurs dans l'escalier, chercha à tâtons la chaînette de l'ampoule la plus proche, mais n'alluma pas tout de suite.

— Vous remarquerez l'absence de fenêtres, dit-elle lorsqu'elle les entendit piétiner dans le noir à côté d'elle. Dans ce sous-sol, vous jouirez d'une intimité absolue.

Elle se garda d'ajouter qu'ils n'auraient pas à craindre la lumière du soleil, car, après le coup du miroir, elle n'était plus certaine que ce soit pertinent.

La voix basse et douce de Channing s'éleva dans l'obscurité.

— Ça nous va très bien.

Ce n'était pas ce qu'il convient d'appeler un enthousiasme délirant, mais Abbie avait fait de son mieux. Allumant l'ampoule, elle montra à ses visiteurs la chaudière et la pompe à puisard.

— Et vous avez ici l'arrivée d'eau pour un lave-linge et un sèche-linge. Il ne vous manque que les appareils, conclut-elle.

Channing acquiesça.

— Parfait.

— Voulez-vous que je vous laisse quelques minutes pour discuter entre vous ? suggéra Abbie.

—S'il vous plaît, oui.

Abbie sortit de la cave en laissant la porte ouverte. Elle remonta au rez-de-chaussée et passa au salon pour que ses clients sachent qu'elle n'avait pas l'intention de les espionner. Elle se demanda comment réagiraient les voisins en apprenant que les nouveaux propriétaires de la maison étaient des vampires. Mais ce n'était pas son problème. Elle était juste agent immobilier.

Elle ne les entendit pas remonter ; pourtant, ils se trouvèrent soudain dans le salon face à elle. Le cœur battant la chamade, Abbie déglutit et demanda :

—Alors, que pensez-vous de la maison ?

Channing sourit, révélant ses crocs.

—Je crois que nous allons la prendre.

Ce fut avec un sourire très sincère qu'Abbie s'avança pour leur serrer la main à tous les trois.

—Quand souhaitez-vous emménager ?

—Dès la semaine prochaine, si possible. Nous avons notre apport initial depuis plusieurs mois, et notre banque est prête à approuver notre demande de crédit.

—Excellent. Dès que nous aurons signé les papiers, la maison sera à vous.

Isabel laissa courir une main possessive le long du mur.

—À nous, murmura-t-elle.

—Et si certains de vos amis cherchent à se loger eux aussi, n'hésitez pas à me le faire savoir. Je suis certaine que j'arriverai à leur trouver quelque chose.

Avec un large sourire, Channing posa sa main froide sur celle d'Abbie.

—Je n'en doute pas, Abbie. Je n'en doute pas.

Après tout, vivants ou morts, les gens avaient besoin d'un endroit où habiter. Et Abbie était justement agent immobilier.

La fille qui était fascinée
par la mort

Cette dernière nouvelle montre Anita solidement installée dans son univers, tel qu'il apparaît dans les romans de la série. Vous y trouverez aussi Jean-Claude dans son élément, une mère en détresse, une adolescente disparue, et un vampire qui est sur le point de se faire tuer mais qui ne le sait pas encore. L'histoire se passe avant Narcisse Enchaîné, à l'époque où Anita lutte encore pour ne pas craquer chaque fois qu'elle s'approche trop de son petit ami vampire. Plus dure sera la chute !

C'était cinq jours avant Noël, à minuit moins le quart. J'aurais dû être dans mon lit, en train de dormir et de rêver à une avalanche de chocolats pralinés. Au lieu de ça, j'étais assise derrière mon bureau, sirotant un café et tendant une boîte de Kleenex à ma cliente.

Rhonda Mackenzie pleurait pratiquement depuis le début de notre entretien, si bien qu'elle avait déjà essuyé le plus gros de son maquillage. Ses paupières pâles et nues la rajeunissaient ; ils la faisaient ressembler à la lycéenne qu'elle avait dû être autrefois. Son rouge à lèvres foncé, toujours intact, lui donnait l'air encore plus vulnérable.

— Je ne suis pas comme ça d'habitude, mademoiselle Blake. Je suis une femme très forte.

Le ton de sa voix suggérait qu'elle en était persuadée, et qu'elle avait peut-être même raison.

Elle leva ses yeux bruns vers moi. Ses prunelles étincelaient d'une rage qui aurait fait frémir quelqu'un de plus impressionnable. J'ai beau être une chasseuse de vampires endurcie, j'eus du mal à soutenir son regard.

— Ne vous en faites pas, madame Mackenzie, vous n'êtes pas la première cliente qui ait pleuré devant moi. C'est toujours dur quand on vient de perdre quelqu'un.

Elle sursauta.

— Je n'ai perdu personne. Pas encore.

Je reposai la tasse sur mon bureau sans avoir bu et dévisageai ma cliente.

— Je suis une réanimatrice, madame Mackenzie. Je relève les morts si on me donne une bonne raison de le faire. En voyant à quel point vous sembliez bouleversée, j'ai cru que vous veniez me demander de ramener un de vos proches.

Elle secoua la tête, faisant danser ses boucles brunes. Ses cheveux étaient décoiffés comme si elle avait passé les mains dans une permanente impeccable à la base.

— Ma fille, Amy, est tout ce qu'il y a de plus vivante, affirma-t-elle. Et j'entends bien qu'elle le reste… grâce à vous.

Là, je ne pigeais plus.

— Je suis une réanimatrice et une exécutrice de vampires licenciée, madame Mackenzie. De quelle manière ces qualifications peuvent-elles me permettre de garder votre fille en vie ?

— Je veux que vous m'aidiez à trouver Amy avant qu'elle se suicide.

Je la dévisageai avec une expression soigneusement neutre, mais par-devers moi, je maudissais mon patron. Je lui ai déjà expliqué maintes fois en quoi consiste mon boulot, et le sauvetage d'adolescentes suicidaires ne figure pas dans la description.

— Vous êtes allée trouver la police ? demandai-je.

— Ils ne feront rien avant vingt-quatre heures. Et d'ici là, il sera peut-être trop tard.

— Une de mes amies est détective privé. Ça me paraît davantage de son ressort que du mien, madame Mackenzie. (Déjà, je tendais la main vers le téléphone.) Je vais l'appeler chez elle.

— Non, objecta ma cliente. Vous seule pouvez m'aider.

Je soupirai et croisai les mains sur le dessus de mon bureau. Celui-ci était complètement dégagé : normal, je ne m'en sers presque jamais. Le plus gros de mon travail se fait sur le terrain.

— Votre fille est vivante, madame Mackenzie. Donc, vous n'avez pas besoin que je la relève. Et ce n'est pas une vampire renégate ; donc, vous n'avez pas besoin que je l'exécute. En quoi pourrais-je bien vous aider ?

Elle se pencha en avant, le Kleenex roulé en boule dans sa main, le regard de nouveau flamboyant.

—Si vous ne la retrouvez pas cette nuit, d'ici à demain matin, Amy sera devenue une vampire.

—Comment ça ?

—Elle est décidée à se transformer ce soir.

—Il faut trois morsures pour changer un humain, madame Mackenzie, et toutes trois doivent avoir été infligées par le même vampire. Personne ne peut être transformé en l'espace d'une seule nuit, ou en se faisant mordre une seule fois par plusieurs vampires différents.

—Amy a déjà deux morsures sur les cuisses. Sans faire exprès, je suis rentrée dans la salle de bains alors qu'elle sortait de la douche, et j'ai vu.

—Vous êtes sûre qu'il s'agissait de morsures vampiriques ?

Ma cliente hocha la tête.

—Je lui ai fait une scène. Je l'ai empoignée et immobilisée pour pouvoir les examiner de près. Ce sont les mêmes plaies que sur les photos qu'on nous a montrées à la dernière réunion de parents d'élèves, quand quelqu'un est venu nous faire un exposé sur les monstres et la manière de dire si un de nos enfants a eu affaire à eux.

J'acquiesçai. Je voyais très bien de quoi elle parlait. Une partie des informations dispensées par ces gens est intéressante, voire précieuse. Le reste n'est qu'un ramassis d'exagérations racistes destinées à faire peur au grand public.

—Quel âge a votre fille ?

—Dix-sept ans.

—Elle sera majeure dans un an, madame Mackenzie. Si elle veut toujours devenir un vampire d'ici là, vous n'aurez plus le droit de l'en empêcher.

—Vous dites ça si calmement. Dois-je en déduire que vous approuvez ?

Je pris une grande inspiration et la relâchai lentement.

— Je suis prête à parler à votre fille, à tenter de la dissuader. Mais comment pouvez-vous savoir qu'elle compte le faire ce soir ? Les trois morsures doivent se succéder rapidement ; sans quoi, le corps combat l'infection… ou quelque nom qu'on puisse lui donner.

Les scientifiques débattent encore de la nature exacte du processus qui change les humains en vampires. Bien sûr, la transformation entraîne des différences biologiques, mais elle implique aussi un certain niveau de mysticisme qui sort complètement du champ de compétences des chercheurs.

— Les morsures étaient récentes, mademoiselle Blake. J'ai téléphoné à l'homme qui était venu nous parler au lycée de ma fille, et c'est lui qui m'a conseillé de venir vous voir.

— Comment s'appelle-t-il ?

— Jeremy Ruebens.

Je fronçai les sourcils.

— J'ignorais qu'il était sorti de prison.

Mme Mackenzie écarquilla les yeux.

— De prison ?

— Bien sûr, j'imagine qu'il n'a pas mentionné dans son discours qu'il avait été condamné pour conspiration et participation à des dizaines, voire des centaines de meurtres. Il était le chef des Humains d'Abord à l'époque où ils ont tenté d'éliminer tous les vampires et certains des métamorphes de Saint Louis.

— Il nous a parlé de cette histoire. Il a dit qu'il n'aurait jamais approuvé une telle violence, et que les meurtres avaient été commis à son insu.

J'affichai un sourire déplaisant.

— Un jour, Jeremy Ruebens s'est assis dans la chaise que vous occupez en ce moment, et il m'a annoncé que l'objectif des Humains d'Abord était de nettoyer les États-Unis de tous les vampires qui s'y trouvaient.

Ma cliente me regarda sans répondre, et je laissai filer. Elle croirait ce qu'elle voulait, comme la plupart des gens.

—Madame Mackenzie, que vous, moi ou Jeremy Ruebens approuvions ou non, les vampires sont des citoyens à part entière de ce pays, avec les mêmes droits que les humains. C'est comme ça.

—Amy a dix-sept ans. Si ce monstre la transforme avant sa majorité, ce sera un meurtre. Je le poursuivrai en justice, et je veillerai à ce qu'il soit exécuté.

—Vous êtes certaine qu'il s'agit d'un vampire mâle ?

Elle baissa les yeux.

—Les morsures étaient situées très haut à… à l'intérieur des cuisses d'Amy.

J'aurais bien écarté l'hypothèse d'une femelle, mais je ne pouvais pas. Je commençais enfin à comprendre ce que Mme Mackenzie attendait de moi, et la raison pour laquelle Jeremy Ruebens me l'avait envoyée.

—Vous voulez que je retrouve votre fille avant qu'elle reçoive la troisième et dernière morsure, c'est bien ça ?

Elle opina.

—M. Ruebens semblait penser que si quelqu'un en était capable, ce serait vous.

Dans la mesure où les membres des Humains d'Abord ont également essayé de me tuer durant leur grande purge de la ville, je trouvais étrange que leur chef me manifeste une telle confiance. Pas injustifié, mais un peu étrange.

—Quand Amy a-t-elle disparu ?

—Un peu après 21 heures. Elle prenait une douche pour se préparer à sortir avec des amis ce soir. Nous nous sommes disputées ; elle est montée en trombe pour aller s'enfermer dans sa chambre. Je l'ai privée de sortie jusqu'à ce qu'elle renonce à son idée stupide de devenir un vampire.

—Plus tard, vous êtes allée la voir dans sa chambre, et elle n'y était plus, devinai-je.

—Oui. (Mme Mackenzie se radossa à sa chaise en lissant nerveusement sa jupe.) J'ai appelé les gens avec qui elle était censée sortir, et ils ont refusé de me répondre. Alors, je me suis rendue personnellement chez sa meilleure amie, et j'ai réussi à lui tirer les vers du nez.

Elle lissa de nouveau sa jupe, s'attardant sur ses genoux comme si elle avait besoin de rajuster ses collants. Ce devait être un tic, car tout me paraissait bien en place.

—Amy et elle ont de fausses cartes d'identité qui stipulent qu'elles ont toutes les deux plus de vingt et un ans. Ça fait déjà plusieurs semaines qu'elles fréquentent les clubs vampiriques.

Elle baissa les yeux et pressa très fort ses mains l'une contre l'autre.

—Ma fille a un cancer de la moelle osseuse. Pour lui sauver la vie, on va l'amputer de sa jambe gauche sous le genou, la semaine prochaine. Mais récemment, elle a commencé à avoir mal aussi dans la jambe droite… le même genre de douleur qui a initialement mené au précédent diagnostic.

Alors, elle releva la tête. Je m'attendais à la voir pleurer, mais ses yeux étaient vides de larmes, vides de tout. Comme si l'horreur de la situation, l'énormité du malheur qui la frappait l'avait complètement drainée.

—Je suis désolée, madame Mackenzie. Pour vous deux.

Elle secoua la tête.

—Ne soyez pas désolée pour moi. Amy a dix-sept ans ; elle est belle, intelligente, bonne élève, et, à tout le moins, elle va perdre une jambe la semaine prochaine. Elle doit déjà utiliser une canne pour marcher. Ses amis se sont cotisés et lui en ont offert une magnifique, un modèle gothique en bois noir avec un crâne en argent en guise de pommeau. Elle l'adore, mais une canne ne sert à rien quand on n'a plus de jambes.

Il fut un temps où je pensais que devenir un vampire était un sort pire que la mort. Aujourd'hui, je n'en suis plus si sûre. Disons que je suis très mal placée pour jeter la pierre à qui que ce soit.

—Si elle se transforme, elle gardera ses deux jambes, fis-je valoir.

—Mais elle perdra son âme.

Je n'essayai même pas d'argumenter. À vrai dire, j'ignore si les vampires ont une âme ou pas. Je sais qu'il en existe des bons et des méchants, comme il existe de bons et de méchants humains. Mais une chose est certaine : ils doivent boire du sang humain pour survivre. Quoi qu'on vous raconte dans les films, le sang d'animaux ne leur suffit pas. Ne nous voilons pas la face : nous sommes leur nourriture.

Je me contentai de dire :

—Elle a dix-sept ans, madame Mackenzie. À mon avis, elle se soucie de sa jambe plus que de son âme.

Ma cliente acquiesça trop rapidement.

—Et c'est ma faute.

Je soupirai. Je n'avais vraiment pas envie de m'impliquer dans cette affaire, mais je pensais que Mme Mackenzie était sérieuse et qu'elle mettrait ses menaces à exécution. Je ne m'inquiétais pas tant pour sa fille que pour le vampire qui allait la transformer. Amy était mineure, ce qui signifiait qu'il écoperait automatiquement de la peine de mort. Or, pour un humain, la peine de mort signifie généralement la prison à vie. Pour un vampire, la sentence entraîne une exécution sous quelques jours… quelques semaines tout au plus.

Certains groupes d'activistes se plaignent que les procès vampiriques sont trop rapidement jugés pour être équitables. Et il se peut qu'un jour, la Cour suprême revienne sur certaines de ses décisions, mais ça ne ramènera pas les vampires exécutés. Après leur avoir planté un pieu dans la poitrine, coupé la tête et enlevé le cœur, on brûle leurs morceaux et on répand les cendres sur de l'eau courante. Difficile de revenir quand vous êtes éparpillé dans l'estomac de tout un banc de poissons.

—L'amie de votre fille a-t-elle pu vous fournir une description du vampire ? son nom, peut-être ?

Mme Mackenzie secoua la tête.

—Barbara dit que le choix appartient à Amy. Mais c'est faux. Elle n'est pas apte à prendre une telle décision tant qu'elle n'aura pas dix-huit ans.

J'étais plus ou moins d'accord avec Barbara, mais je n'ai pas d'enfants, et je raisonnerais peut-être autrement dans le cas contraire.

—Donc, vous ignorez s'il s'agit d'un mâle ou d'une femelle.

—Un mâle, dit Mme Mackenzie très fermement… trop.

—C'est ce que vous a dit Barbara ?

Elle secoua la tête d'un mouvement brusque, presque saccadé.

—Amy n'aurait jamais laissé une autre fille la toucher à cet endroit.

Malgré toute la compassion qu'elle m'inspirait, je commençais à éprouver une certaine antipathie pour ma cliente. Les gens opposés à tout ce qui est trop différent d'eux ont le don de me faire grincer des dents.

—Si j'étais certaine qu'il s'agit d'un mâle, ça réduirait le champ de mes recherches.

—C'est un mâle, j'en suis sûre, affirma Mme Mackenzie avec trop de véhémence pour quelqu'un qui est vraiment certain de ce qu'il dit.

Je laissai filer. Elle n'en démordrait pas.

—Il faudrait que je parle à Barbara, sans que vous ou ses parents soyez là pour écouter. Ensuite, nous fouillerons les clubs vampiriques. Vous avez une photo de votre fille ?

Elle en avait une. Alléluia, elle avait réfléchi avant de venir.

C'était un de ces portraits qu'on trouve dans les trombinoscopes de lycée. Amy avait de longs cheveux bruns ni particulièrement foncés ni particulièrement clairs ; un grand sourire, une expression joyeuse et les yeux brillants. Elle était l'image même de la jeune fille promise à un avenir radieux.

—La photo date de l'an dernier, précisa sa mère comme si elle se sentait tenue de se justifier.

—Vous n'avez rien de plus récent?

Elle sortit un second cliché de son sac. Celui-ci montrait deux jeunes femmes vêtues de noir, aux yeux bordés de khôl. L'une d'elles portait du rouge à lèvres pourpre, et l'autre du rouge à lèvres noir.

Je mis une seconde avant de reconnaître celle de droite comme étant Amy. Ses cheveux qui m'avaient paru si banals étaient relevés sur sa tête, formant une cascade de boucles folles et dégageant son visage aux pommettes ciselées. Son maquillage théâtral lui allait bien au teint. On ne pouvait pas en dire autant de son amie, qui était apparemment une vraie blonde.

La photo semblait davantage «posée» que la précédente, comme si les deux filles jouaient à se déguiser et en avaient conscience. Elles avaient l'air plus âgées, plus séduisantes... très jolies, mais presque impossibles à distinguer d'un millier d'autres adolescentes goths.

Je posai les photos l'une à côté de l'autre pour les comparer.

—Quand elle est sortie ce soir, à quoi Amy ressemblait-elle?

—Je n'en sais rien. Elle a tant de vêtements que je suis incapable de dire ce qui manque dans sa penderie, avoua Mme Mackenzie d'un air penaud, comme si elle se reprochait de ne pas savoir.

—Vous avez eu un bon réflexe en apportant ces deux photos, la félicitai-je. La plupart des gens n'y auraient pas pensé.

Elle esquissa un sourire.

—Amy a l'air si différente selon ce qu'elle porte!

—Comme la plupart d'entre nous.

Elle acquiesça, non comme si elle était d'accord avec moi, mais juste par politesse.

—Quel âge a Barbara?

—Dix-huit ans; pourquoi?

—Je vais envoyer mon amie détective privé l'interroger, et peut-être lui demander de nous rejoindre aux clubs.

—Barbara a refusé de me dire qui avait…

Mme Mackenzie ne put se résoudre à achever sa phrase.

—Mon amie peut se montrer extrêmement persuasive, mais si vous pensez que Barbara s'obstinera dans son silence, je connais peut-être quelqu'un qui pourra nous aider.

—Barbara est très têtue… comme mon Amy.

Je hochai la tête et saisis mon téléphone. J'appelai d'abord Veronica Sims, dite « Ronnie », ma meilleure amie et la détective que je venais de mentionner. Je lui répétai l'adresse de Barbara que Mme Mackenzie venait de me donner. Ronnie promit de me biper quand elle aurait des nouvelles, ou quand elle arriverait dans le quartier des clubs.

Puis je composai le numéro de Zerbrowski. En tant qu'inspecteur de police, il n'avait pas de raison de s'impliquer dans cette affaire, mais il a deux enfants, il n'aime pas les monstres, et c'est mon ami. Comme il appartient à la Brigade régionale d'Investigations surnaturelles et travaille souvent la nuit, il était encore au boulot quand il décrocha.

Je lui expliquai la situation et lui dis que j'avais besoin d'une caution officielle à fléchir pour impressionner mes interlocuteurs. Il me répondit que la soirée était calme, et qu'il partait tout de suite.

—Merci, Zerbrowski.

—Tu as une dette envers moi.

—Sur ce coup-là, oui.

—Mmmh. Je vois très bien comment tu pourrais me rembourser, susurra-t-il d'une voix faussement enjôleuse.

C'est un jeu auquel nous jouons depuis que nous nous connaissons.

—Attention à ce que tu vas dire, Zerbrowski, ou je raconte tout à Katie.

—Ma chère épouse sait bien que je suis un pervers.

—Qui dans ton entourage l'ignore encore? Sérieusement… merci.

—J'ai des enfants. Je sais ce que c'est, lâcha-t-il avant de raccrocher.

Je laissai Mme Mackenzie entre les mains compétentes de notre secrétaire de nuit, Craig, et m'en fus tenter de sauver la vie de sa fille – ainsi que celle du vampire qui était suffisamment proche d'elle pour l'avoir mordue deux fois à l'intérieur des cuisses.

Le quartier vampirique de Saint Louis est l'une des plus grosses attractions touristiques de la région. Certaines personnes attribuent à la présence des morts-vivants le boum économique que connaît la ville depuis cinq ans – autrement dit, depuis que les vampires ont été reconnus comme des citoyens américains à part entière, possédant les mêmes droits que les humains à l'exception de celui de voter.

Washington est en train d'examiner un projet de loi qui leur accorderait cet ultime droit, et un autre qui révoquerait leur statut afin qu'on puisse de nouveau les tuer à vue pour la seule raison que ce sont des vampires. Dire que les États-Unis n'ont pas une attitude très cohérente vis-à-vis des morts-vivants serait un doux euphémisme.

Le *Danse Macabre* est l'un des plus récents clubs vampiriques de Saint Louis, et l'endroit le plus branché où venir se trémousser après la tombée de la nuit. Des acteurs très connus viennent exprès de la côte ouest pour nous honorer de leur présence. Désormais, frayer avec les vampires – surtout les beaux – est considéré comme le summum du chic, et Saint Louis abrite plus que sa part de cadavres appétissants.

Le plus séduisant de tous se trouvait justement sur la piste principale de son dernier club en date. La foule était si compacte qu'on pouvait à peine remuer; pourtant, au milieu de cette marée humaine, mon regard se posa immédiatement sur Jean-Claude.

Il dansait les bras en l'air, et le mouvement gracieux de ses longues mains pâles fit glisser mon regard jusqu'à la cascade de boucles noires répandue sur ses épaules. Vue de dos, sous cette masse de cheveux, sa chemise était juste rouge vif – d'une couleur qui attirait l'attention, mais sans rien de spécial.

Puis Jean-Claude pivota dans ma direction, et je découvris le devant de sa chemise. Le satin écarlate dénudait ses épaules comme si quelqu'un avait découpé le tissu aux ciseaux. Les manches longues étaient serrées aux poignets, et le col haut encadrait son visage, donnant l'air plus vivant à sa peau blanche, à ses cheveux noirs et à ses yeux sombres.

La musique le détourna de moi, et je pus continuer à l'observer tandis qu'il dansait. Le martèlement des basses exigeait des gestes non seulement élégants, mais aussi puissants et provocateurs.

Lorsqu'il prit une femme dans ses bras et qu'elle se moula littéralement contre lui, je compris enfin que Jean-Claude avait une partenaire. J'éprouvai une violente flambée de jalousie, et je détestai ça.

Je portais toujours les fringues avec lesquelles j'étais partie du bureau. Heureusement, ma jupe noire s'arrêtait bien au-dessus de mes genoux, et mon chemisier bleu roi ne faisait pas trop guindé. Un manteau long en cuir noir, beaucoup trop chaud pour une boîte de nuit, et des escarpins noirs à petit talon complétaient ma tenue – avec un Browning Hi-Power 9 mm dans son holster, raison pour laquelle je n'avais pas laissé mon manteau au vestiaire. Les gens tendent à devenir nerveux en présence d'un flingue, et le métal aurait été bien trop visible contre le bleu roi de mon chemisier.

Je devais avoir l'air de quelqu'un qui essaie désespérément d'avoir l'air cool – alors que je voulais seulement éviter de faire fuir les touristes. Mais même mon manteau en cuir flambant neuf (acheté pour remplacer celui qu'un vampire avait taillé en pièces quelques jours auparavant) ne pouvait pas rivaliser avec la robe à paillettes moulante et les talons aiguilles de la partenaire de Jean-Claude. Comparée à elle, je ressemblais à une souillon.

Quelques mois auparavant, j'avais choisi de me tenir à l'écart de Jean-Claude. Pour sauver sa vie et celle de l'autre petit ami que je ne fréquentais plus – Richard Zeeman, le roi de la meute locale de loups-garous –, j'avais laissé le maître vampire me marquer comme sa servante humaine.

Les deux hommes avaient bel et bien survécu, mais je m'étais retrouvée liée à eux plus étroitement, d'une façon mystique que chaque contact sexuel renforçait davantage. Désormais, nous partagions nos pensées et nous rendions visite dans nos songes. Au sein du triumvirat de pouvoir que nous formions, nos esprits n'étaient plus étanches.

Une fois, j'avais partagé un rêve dans lequel Richard sous sa forme animale poursuivait une proie humaine. Une autre fois, j'avais goûté le sang sous la peau d'une femme parce que Jean-Claude s'était souvenu de l'avoir mordue alors que nous étions assis côte à côte.

C'en était trop pour moi. Je m'étais réfugiée auprès d'une amie médium qui, depuis, m'apprenait à me protéger de Jean-Claude et de Richard en dressant un bouclier méta-physique autour de mon esprit. Et je ne m'en sortais pas trop mal… du moment que je me tenais à l'écart des deux hommes.

Voir Jean-Claude se mouvoir comme s'il était marié à la musique, à la pièce, à l'énergie ambiante, anticipant non seulement les changements de rythme mais aussi les mou-vements de la femme qu'il tenait dans ses bras, me donnait envie de m'enfuir en hurlant. Parce que tout ce que je rêvais de faire, c'était leur foncer dessus, attraper cette pétasse par ses longs cheveux et lui balancer mon poing dans la figure.

Malheureusement, je n'en avais pas le droit. Et puis, ils ne faisaient que danser.

Mais, oui, bien sûr, à d'autres !

Pourtant si quelqu'un pouvait me dire qui était sur le point de transformer Amy Mackenzie en vampire, ce serait

Jean-Claude. Il fallait que je le voie. J'avais besoin de cette information, dussé-je me mettre en danger pour l'obtenir.

La musique cessa quelques secondes, puis un nouveau morceau commença, aussi rapide et exigeant que le précédent. Jean-Claude embrassa les mains de la femme et tenta de quitter la piste de danse. Sa partenaire lui prit le bras, sans doute pour le convaincre de rester. Il secoua la tête, déposa un baiser sur sa joue et parvint à s'éclipser sans qu'elle se départe de son sourire.

Mais comme elle regardait Jean-Claude s'éloigner, une expression peu amicale se peignit sur son visage. Ses traits m'étaient familiers ; il me semblait que j'aurais dû la reconnaître – et que, pourtant, je la rencontrais pour la première fois. Je mis deux ou trois secondes à me rendre compte qu'il s'agissait d'une actrice. Si j'allais au cinéma de temps en temps, j'aurais sûrement su comment elle s'appelait.

Un photographe s'agenouilla devant elle. Instantanément, son expression hostile se mua en un sourire éblouissant, et elle prit la pose avant de partir à la recherche d'un autre partenaire.

Un second photographe emboîta le pas de Jean-Claude, tenant son appareil à hauteur de poitrine et guettant une occasion de prendre un cliché. Et merde.

Deux possibilités s'offraient à moi. Je pouvais rester plantée là et le laisser nous prendre en photo ensemble, Jean-Claude et moi, ou je pouvais me réfugier dans le bureau du maître des lieux. La presse me connaît déjà, mais parmi la communauté vampirique américaine, Jean-Claude est le chouchou des médias.

Tout le monde avait trouvé très amusant que la femme surnommée l'Exécutrice par tous les autres vampires se mette à sortir avec le Maître de la Ville de Saint Louis. Moi-même, je devais admettre que la situation avait quelque chose d'ironique.

Mais être traquée par les paparazzi n'avait pas tardé à me gonfler. Surtout quand ils avaient tenté de me prendre en photo pendant que je bossais sur des affaires de crimes surnaturels pour le compte de la police. La presse américaine ne publierait jamais de cliché me montrant à côté des restes sanglants d'un être humain, mais les journaux européens, eux, n'hésiteraient pas. Comme quoi, il est toujours possible de faire plus immoral et plus choquant.

Quand j'ai cessé de sortir avec Jean-Claude, les paparazzi ont disparu de ma vie. Je suis moins photogénique que lui... et beaucoup moins amicale. Je n'ai pas à me soucier de mettre la presse dans ma poche : aucun projet de loi ne vise à me faire exécuter. Les vampires ont besoin que les médias leur fassent de la bonne publicité, et Jean-Claude est le plus doué d'entre eux pour l'obtenir.

Je décidai de ne pas le regarder se diriger vers moi, parce que je sais à quoi je ressemble dans ces cas-là... je l'ai vu en couleur à la une des journaux à scandale. Je ressemble à un petit animal qui regarde le tigre s'approcher de lui avec un mélange de peur, de fascination et... de désir, la chose qui m'avait été la plus difficile à admettre. Aussi continuai-je à observer le photographe qui suivait Jean-Claude au lieu de regarder ce dernier glisser vers moi — et vers la porte du couloir qui menait à son bureau.

Bien sûr, j'aurais pu me planquer dans le bureau en question pour éviter la presse. Mais du coup, je me serais retrouvée seule avec Jean-Claude, et je voulais éviter cela aussi. D'accord, d'accord : je *désirais* me retrouver seule avec lui, et c'était justement le problème. Ce n'était pas en Jean-Claude que je n'avais pas confiance : c'était en moi.

Je me concentrais tellement pour ne pas le regarder que je fus presque surprise lorsque le satin écarlate de sa chemise emplit soudain mon champ de vision.

Je levai les yeux. La plupart des gens sont incapables de soutenir le regard d'un vampire, et à plus forte raison d'un maître vampire, mais moi, je le peux. Mon statut de nécromancienne m'immunise partiellement aux pouvoirs vampiriques ; et que ça me plaise ou non, je suis la servante humaine de Jean-Claude, ce qui renforce mon immunité naturelle.

Oh ! je ne suis pas totalement étanche aux pouvoirs des suceurs de sang, mais la plupart de leurs tours de passe-passe mentaux me glissent dessus comme l'eau sur les plumes d'un canard. Donc, ce n'était pas à cause de ses pouvoirs que j'avais du mal à regarder Jean-Claude en face. Non, rien de si... simple.

Il dit quelque chose, et je ne l'entendis pas par-dessus la musique assourdissante. Je secouai la tête, et il fit un autre pas vers moi. Je ne voyais plus que le satin rouge de sa chemise, mais ça restait préférable au bleu nuit de ses yeux.

Il se pencha vers moi, et je le sentis comme une ligne de chaleur, si proche que j'aurais pu l'embrasser... et lui faire des tas d'autres choses. Mais j'étais déjà plaquée contre le mur à droite de la porte ; je ne pouvais pas reculer davantage.

Jean-Claude dut approcher sa bouche de mon oreille, et un pan de sa chevelure noire me caressa la joue tandis qu'il disait :

— Ma petite... Ça faisait trop longtemps.

Malgré le vacarme ambiant, sa voix glissa sur ma peau telle une caresse. Jean-Claude est capable de faire avec ses cordes vocales des choses que la plupart des hommes ne parviennent pas à faire avec leurs mains.

Je humai son eau de Cologne, épicée et exotique avec une pointe de musc. Je goûtais presque sa peau sur ma langue. Je dus m'y reprendre à deux fois pour réussir à articuler :

— Pas encore assez à mon goût.

Il appuya très légèrement sa joue contre mes cheveux.

— Tu es contente de me voir, ma petite. Je sens ton cœur battre la chamade.

— Je suis ici pour affaires, répliquai-je.

Mais j'avais le souffle court. En principe, je me contrôle mieux que ça en présence de Jean-Claude. Le problème, c'est que trois mois d'abstinence n'avaient rien arrangé, loin de là. J'entendis tous mes beaux espoirs s'envoler à tire-d'aile.

— Bien sûr.

J'en avais assez. Posant une main sur sa poitrine couverte de satin, je le repoussai.

Les vampires peuvent soulever une camionnette en développé-couché ; Jean-Claude aurait très bien pu résister, mais il se laissa faire. Il m'accorda un peu de place pour respirer. Puis ses lèvres remuèrent comme s'il disait quelque chose, et je ne parvins pas à l'entendre par-dessus la musique et le brouhaha de la foule.

Je secouai la tête et soupirai. Si je voulais avoir une conversation privée, je devais l'accompagner dans son bureau. M'enfermer seule avec lui n'était pas une bonne idée, mais je voulais retrouver Amy Mackenzie et le vampire qui risquait d'être exécuté par sa faute.

J'ouvris la porte sans regarder Jean-Claude. Le photographe fit crépiter son appareil tandis que nous nous engagions dans le couloir. Il avait dû nous mitrailler lorsque Jean-Claude m'avait pratiquement clouée au mur, mais je ne m'en étais pas aperçue.

Jean-Claude referma la porte derrière nous. Le couloir était blanc, éclairé par une lumière plus vive que partout ailleurs dans le club. Jean-Claude m'avait expliqué une fois que c'était fait exprès, de sorte que si un client ouvrait la porte accidentellement, il se rendrait compte aussitôt qu'il s'agissait d'une zone réservée au personnel.

Des serveurs vampires, vêtus de microshorts en vinyle et de pas grand-chose d'autre, sortirent par la porte de gauche en bavardant avec animation. Ils s'interrompirent brusquement à notre vue. L'un d'eux ouvrit la bouche pour dire quelque chose, et le propriétaire des lieux ordonna :

— Filez.

Ils obtempérèrent sans jeter un coup d'œil en arrière, comme s'ils avaient peur. J'aurais aimé croire que c'était leur maître et employeur qui leur inspirait cette réaction. Mais je suis l'Exécutrice, leur version de la chaise électrique. Donc, c'était plus probablement moi.

—Veux-tu que nous passions dans mon bureau, ma petite ? demanda Jean-Claude.

Je poussai un soupir qui résonna dans le silence du couloir. Ici, la musique n'était plus qu'un bourdonnement lointain.

—Oui.

Jean-Claude me précéda de son pas glissant. Il portait un pantalon de satin noir aussi moulant qu'une seconde peau, qui semblait avoir été cousu directement sur lui, et des bottes noires lacées sur l'arrière depuis les chevilles jusqu'au milieu des cuisses. Je connaissais ces bottes, et je les trouvais très belles – tellement belles que j'observais la façon dont elles mettaient ses jambes en valeur plutôt que le satin tendu sur ses fesses. C'est dire si elles étaient chouettes.

Jean-Claude fit mine de me tenir la porte ; puis il se ressaisit avec un sourire amusé et se contenta d'entrer. Il m'a fallu un moment pour lui faire passer cette sale habitude, mais j'ai fini par enseigner une nouvelle grimace à un très vieux singe.

Le bureau de Jean-Claude est décoré dans un style oriental. Sur le mur du fond, deux éventails rouges et bleus encadrent un kimono de mêmes teintes. Un paravent de laque rouge, sur lequel est peint un château noir dressé au sommet d'une montagne noire, dissimule un coin de la pièce. La table de travail est taillée dans un bois sombre… sans doute de l'ébène.

Jean-Claude s'assit sur le bord, ses longues jambes étendues devant lui, une cheville passée par-dessus l'autre et les mains croisées dans son giron. Il me regarda fermer la porte derrière moi.

—Je t'en prie, assieds-toi, ma petite, dit-il en me désignant la chaise noire et argent disposée devant son bureau.

—Je suis bien comme ça.

Je m'adossai au mur, les bras croisés sous ma poitrine, ce qui amena ma main droite tout près du pistolet niché sous mon aisselle gauche. Très pratique, cette position. Oh! je n'avais pas l'intention de tirer sur Jean-Claude, mais sentir mon Browning à portée de main me rassurait. Ce flingue, c'est comme un doudou… un doudou froid et métallique. Je ne vais jamais nulle part sans lui après le coucher du soleil.

Jean-Claude eut un sourire en coin.

—Ça m'étonnerait que le mur s'écroule si tu cesses de le retenir.

Je ne relevai pas sa tentative d'humour.

—Nous devons découvrir qui est le vampire qui a mordu Amy Mackenzie.

—Tu as dit que tu avais des photos de la fille. Puis-je les voir?

Son sourire s'était flétri, mais dans ses yeux brillait toujours ce mélange d'amusement et de condescendance dont il se sert souvent comme d'un masque pour dissimuler ses véritables émotions.

Avec un soupir, je plongeai la main dans la poche de mon manteau. Jean-Claude tendit la main pour recevoir les photos, mais ne fit pas mine de s'approcher.

—Je ne mords pas, ma petite.

—Seulement parce que je vous refuse la permission.

Il eut ce gracieux haussement d'épaules qui veut tout dire et rien à la fois.

—C'est juste; néanmoins, je ne vais pas me jeter sur toi pour la seule raison que tu t'approcheras à moins d'un mètre.

Il avait raison. Je me comportais comme une idiote. Mais tandis que je me dirigeais vers lui, mon manteau bruissant autour de moi comme toutes les fringues en cuir neuves, je sentis mon cœur remonter dans ma gorge.

Je tendis les photos à Jean-Claude, qui se pencha pour les prendre. Je m'assis même sur la chaise pendant qu'il les examinait. Bien sûr que nous pouvions nous comporter comme deux êtres civilisés. Mais je ne pouvais m'empêcher d'admirer ses épaules nues dépassant du tissu écarlate, de m'émerveiller de la façon dont le col haut de sa chemise faisait paraître ses cheveux presque aussi noirs que les miens.

Ses lèvres semblaient plus rouges que dans mon souvenir, comme s'il était légèrement maquillé… ce qui ne m'aurait pas étonnée de sa part. Cela dit, il n'avait pas besoin d'artifices pour être d'une beauté stupéfiante.

—Je ne la reconnais pas, dit-il en détaillant les photos, mais si ce n'est pas une habituée, il n'y a aucune raison que je l'aie remarquée.

Alors, il leva les yeux vers moi et me surprit en train de mater ses épaules nues. Son regard me dit qu'il savait exactement l'effet qu'elles me faisaient. Je me sentis rougir, et je m'en voulus à mort.

—Au téléphone, vous avez dit que vous pouviez m'aider.

Je me réjouis d'entendre combien ma voix était cinglante. De mon point de vue, la colère est toujours préférable à l'embarras.

Jean-Claude posa les photos sur son bureau et croisa de nouveau les mains sous sa ceinture. Cette position apparemment pleine de réserve mit en évidence une certaine partie de son anatomie – aussi tendue, apparemment, que le satin noir qui la moulait.

Je rougis de plus belle, et ma colère monta encore d'un cran, comme au bon vieux temps. J'aurais bien aimé faire la maligne et balancer un commentaire du genre : « Vous avez l'air un peu à l'étroit, non ? », mais je ne voulais pas avouer que j'avais remarqué. Faute d'autre option polie, je me levai et me détournai.

—Aucun de mes vampires n'oserait transformer quelqu'un sans ma permission, déclara Jean-Claude.

Surprise, je pivotai vers lui.

—Pourquoi ?

—J'ai décrété un… comment dire… un gel du recrutement jusqu'à ce que Washington ait rejeté ce vilain projet de loi.

—Un «gel du recrutement», répétai-je. Vous voulez dire qu'aucun de vos vampires n'est autorisé à en créer un autre jusqu'à ce que la proposition du sénateur Brewster ait été descendue en flammes ?

—Exactement, acquiesça Jean-Claude.

—Vous êtes sûr qu'ils vont vous obéir ?

—Ils n'oseraient pas me défier. Ils savent que je n'hésiterais pas à les châtier très sévèrement.

—Donc, vous ne pouvez pas m'aider. Putain, Jean-Claude, vous auriez pu me le dire au téléphone !

—J'ai appelé Malcolm pendant que tu étais en route.

Malcolm est le chef d'un culte vampirique qui a pignon sur rue aux États-Unis : l'Église de la Vie Éternelle – la seule église de ma connaissance où l'on ne trouve aucun objet saint et où même les vitraux font dans l'art abstrait.

—Parce que si ce n'est pas un de vos vampires, c'est forcément un des siens, raisonnai-je.

—Oui.

Franchement, j'avais supposé que le copain d'Amy était un des vampires de Jean-Claude parce que l'Église de la Vie Éternelle impose à ses membres des règles très strictes sur la transformation des humains, et qu'elle se renseigne toujours sur les antécédents de ceux qui veulent rejoindre ses rangs.

—L'amie de la fille a dit qu'elle avait rencontré le vampire dans un club, fis-je remarquer.

—Est-il interdit d'aller danser le samedi soir et d'assister ensuite à la messe du dimanche matin ? répliqua Jean-Claude.

Là, il marquait un point.

—Soit. Alors, qu'a répondu Malcolm ?

—Qu'il allait contacter tous ses fidèles et donner des ordres très stricts pour qu'on localise la fille.

—Ils vont avoir besoin des photos, dis-je.

À cet instant, mon bipeur sonna, et je sursautai. Merde. Je consultai l'écran. Le numéro était celui du portable de Ronnie.

—Je peux utiliser votre téléphone ?

—Tout ce qui est à moi est à toi, ma petite.

Jean-Claude me désigna l'appareil noir posé sur son bureau et s'écarta pour que je puisse contourner ce dernier sans avoir à le toucher. C'était très attentionné de sa part, ce qui signifiait sans doute qu'il s'apprêtait à faire quelque chose d'encore plus irritant.

Ronnie décrocha à la première sonnerie.

—Anita ?

—C'est moi. Quelles sont les nouvelles ?

Elle baissa la voix.

—Ton copain inspecteur a convaincu Barbara que si Amy se faisait tuer, elle pourrait être inculpée de non-assistance à personne en danger, voire de participation passive à un meurtre.

—Ça m'étonnerait qu'un tribunal la condamne sur ces bases.

—Mais Barbara l'ignore.

—Que vous a-t-elle raconté ?

—Le vampire s'appelle Bill Stucker. S-T-U-C-K-E-R, m'épela-t-elle.

—Un vampire avec un nom de famille. Il doit être encore récent, commentai-je.

Le seul autre vampire avec un nom de famille que j'avais eu l'occasion de rencontrer était mort depuis moins d'un mois.

—Je ne connais pas son âge, juste son nom.

—Barbara t'a donné son adresse ?

—Non, et Zerbrowski l'a pourtant poussée dans ses derniers retranchements. Elle dit qu'elle n'est jamais allée chez lui, et je la crois.

—D'accord. Remercie Zerbrowski de ma part. On se voit samedi à la gym.

—Je ne raterais l'entraînement pour rien au monde.

—Oh! et merci à toi aussi, Ronnie.

—Je suis toujours ravie de pouvoir sauver quelqu'un des monstres. Et en parlant de ça… Es-tu avec qui-tu-sais?

—Si tu fais allusion à Jean-Claude, oui, je suis dans son bureau.

—Fiche le camp dès que possible.

—Tu n'es pas ma mère, Ronnie.

—Non, juste ton amie.

—Bonsoir, Ronnie.

—Je suis sérieuse. Ne t'attarde pas. Et ne passe surtout pas la nuit avec lui.

Je raccrochai. Ronnie est l'une de mes amies les plus proches, mais son attitude envers Jean-Claude commençait à me taper sur les nerfs… essentiellement parce que j'étais d'accord avec elle. J'ai toujours détesté avoir tort.

—Le nom de Bill Stucker vous dit-il quelque chose? demandai-je à Jean-Claude.

—Non, mais je vais appeler Malcolm tout de suite pour voir s'il le connaît.

Je tendis le téléphone à Jean-Claude et reculai pour ne pas le gêner – traduction : pour me mettre hors de sa portée. Sa part de la conversation se limita à : « Bill Stucker », « Bien entendu » et « Oui ». Puis il me passa le combiné.

—Malcolm veut te parler.

Je pris le téléphone et Jean-Claude s'écarta à son tour pour me laisser la place de respirer.

—Mademoiselle Blake, je m'excuse d'avance pour tout ce que ce fidèle de mon église a pu faire. Son adresse figure dans notre répertoire informatique. Un diacre sonnera chez lui d'ici à quelques minutes.

—Donnez-moi l'adresse, que je puisse aller chercher la fille.

—Ce ne sera pas nécessaire. Le diacre dont je vous parle était infirmier avant sa transformation.

—Je ne suis pas sûre qu'Amy Mackenzie ait besoin de rencontrer un autre vampire, aussi bien intentionné soit-il. Donnez-moi l'adresse.

—Et je ne suis pas sûr que mon vampire ait besoin de voir l'Exécutrice débouler chez lui.

—Je peux donner son nom aux flics. Ils n'auront pas de mal à le localiser, et croyez-moi, ils feront preuve de beaucoup moins de retenue que moi.

—C'est difficile à imaginer.

À mon avis, il se moquait.

—Donnez-moi l'adresse, Malcolm.

La colère crispait mes épaules et me donnait envie de tourner la tête dans tous les sens pour détendre mon cou.

—Un moment, je vous prie.

Il me mit en attente.

Je n'avais pas d'autre choix que de patienter. Furieuse, je reportai mon attention sur Jean-Claude, qui s'était assis dans la chaise que je venais de libérer. Il haussa les épaules et m'adressa un sourire neutre – ce qui était probablement sage de sa part. Quand je suis en rogne, j'ai tendance à m'en prendre à n'importe qui, y compris les gens qui n'y sont pour rien. J'essaie de changer, mais certaines mauvaises habitudes ont la vie dure. Mon sale caractère fait partie des plus coriaces.

Malcolm revint en ligne.

—Mademoiselle Blake, c'était le numéro d'urgence. La fille est vivante, mais tout juste. Ils la transportent à l'hôpital. Nous ne sommes pas certains qu'elle s'en tirera. Si elle meurt, nous remettrons Bill à vos autorités humaines, je vous en donne ma parole.

J'étais bien obligée de le croire. Quand on parvient à extorquer une promesse à un vampire aussi âgé que lui, généralement, il la tient.

—Quel hôpital, que je puisse le dire à sa mère ?

Il m'indiqua le nom de l'établissement. Je raccrochai et appelai Mme Mackenzie. La nouvelle que je lui annonçai la plongea dans l'hystérie. Notre conversation terminée, je reposai le téléphone. Puis ce fut mon tour de m'asseoir au bord du bureau et de toiser Jean-Claude.

Mes pieds ne touchaient pas le sol, ce qui me donnait l'air plus ridicule que gracieuse. Mais sur le plan de la grâce, je n'ai jamais essayé de damer le pion à Jean-Claude. Certaines batailles sont perdues d'avance.

— Il fut un temps, ma petite, où tu aurais insisté pour interroger personnellement l'amie de la fille et procéder toi-même à son sauvetage, en refusant d'impliquer la police.

— Si j'avais pensé que menacer Barbara de la frapper ou de lui tirer dessus pouvait la faire parler, j'aurais été toute désignée pour ce job. Mais jamais je ne ferais de mal à une adolescente qui tente juste d'éviter à sa meilleure amie de perdre sa jambe… voire sa vie. Zerbrowski pouvait éventuellement la jeter en prison ; moi pas.

— Et tu ne profères jamais de menaces que tu ne peux ou ne veux pas mettre à exécution, dit doucement Jean-Claude.

— En effet.

Nous nous regardâmes. Il était confortablement installé dans la chaise à dossier droit, une cheville posée sur le genou opposé, le bout des doigts joint devant son visage si bien que je ne voyais que ses yeux extraordinaires, d'un bleu si foncé qu'il flirtait avec le noir sans jamais risquer de se confondre avec – la couleur d'un océan profond et glacial.

Ronnie avait raison. J'aurais dû m'en aller, mais je refusais. Je voulais rester. Je voulais passer mes mains sur la chemise de Jean-Claude, caresser ses épaules dénudées. Et parce que cette envie me serrait la gorge, je sautai à terre et dis :

— Merci pour votre aide.

— Je suis toujours là pour toi, ma petite.

J'aurais pu faire un large détour et l'éviter, mais c'eût été insultant pour nous deux. Non : je devais passer

Laurell K. Hamilton

juste à côté de lui et me diriger vers la porte. Rien de bien compliqué.

Je venais juste de dépasser sa chaise – je l'avais pratiquement laissé derrière moi – quand il lança :

—Aurais-tu fini par m'appeler si tu n'avais pas eu besoin de sauver cette humaine ?

Sa voix était aussi ordinaire que possible. Il n'essayait pas d'utiliser ses pouvoirs vampiriques pour me retenir, et, à cause de ça, je m'arrêtai. Il m'était plus difficile d'ignorer une question honnête qu'une tentative de manipulation mentale.

Je me tournai vers Jean-Claude en soupirant. Il plongea son regard dans le mien. Cinquante centimètres à peine nous séparaient, et mon souffle s'étrangla dans ma gorge.

—Vous savez bien pourquoi je vous évite.

Il pivota dans sa chaise, posant un bras sur le dossier et mettant en évidence son épaule nue.

—Je sais que tu as du mal à contrôler le pouvoir des marques vampiriques quand nous sommes ensemble. C'est quelque chose qui aurait dû resserrer nos liens, pas nous éloigner l'un de l'autre.

Sa voix était toujours aussi neutre que possible.

Je secouai la tête.

—Je dois y aller.

Jean-Claude pivota encore, posant son deuxième bras sur le dossier de la chaise et appuyant son menton sur ses mains. La cascade de ses cheveux noirs encadrait le satin écarlate de sa chemise, la chair pâle de son visage, ses yeux semblables à deux lacs dans lesquels j'aurais pu me noyer.

Nous étions si près l'un de l'autre qu'il m'aurait suffi de tendre la main pour le toucher. Je déglutis, et cela me fit presque mal. Puis je serrai les poings parce que je sentais le souvenir de sa peau sous mes mains. Je n'avais qu'un geste à faire, mais je savais que, si je le faisais, je ne partirais pas… du moins, pas avant un bon moment.

— Je dois y aller, répétai-je d'une voix essoufflée.

— Tu l'as déjà dit.

J'aurais dû me détourner et sortir, mais je ne parvenais pas à m'y résoudre. Je n'avais pas envie de partir. Je voulais rester. C'était comme un besoin qui me prenait tout le corps, me contractait le bas-ventre et me faisait mouiller – et tout ça, alors que Jean-Claude était complètement habillé et simplement assis sur une chaise.

Malédiction. Pourquoi ne parvenais-je pas à m'en aller ? D'un autre côté, je ne m'approchais pas de lui. Ça devait bien compter pour quelque chose. Parfois, on gagne des points en parvenant à ne rien faire.

Jean-Claude se leva très lentement, comme s'il craignait que je détale. Mais je restai plantée là, le cœur dans la gorge, les yeux légèrement écarquillés – effrayée, excitée, impatiente.

Il me toisa. Nous n'étions plus séparés que par quelques centimètres, mais nous ne nous touchions toujours pas. Son expression était neutre, et ses mains pendaient sagement à ses côtés.

Il en leva une très prudemment, et le bout de ses doigts frôla le cuir de mon manteau. Voyant que je ne me dérobais pas, il glissa une main à l'intérieur, au niveau de ma taille, puis la fit remonter le long de mon ventre et de mes côtes. Ses doigts effleurèrent un de mes seins sans s'y attarder, mais cet infime contact me serra la gorge.

Passé le col de mon manteau, il enfonça ses doigts dans mes cheveux et me prit délicatement par la nuque, posant son pouce sur la grosse veine qui battait dans mon cou. La pression de sa peau sur la mienne était à la limite du supportable. J'avais l'impression de pouvoir me fondre en lui à travers sa paume.

— Tu m'as manqué, ma petite.

Cette fois, sa voix était basse et caressante ; elle frissonna sur ma peau et me fit trembler de tout mon corps.

Lui aussi, il m'avait manqué, mais je ne pouvais pas le lui avouer. Au lieu de ça, je me dressai sur la pointe des pieds, posant une main sur sa poitrine pour me stabiliser, et sentis son cœur battre contre ma paume. Il s'était nourri ce soir-là ; sans quoi, il n'aurait pas eu de pouls. Quelqu'un lui avait volontairement donné son sang. Mais même cette pensée ne suffit pas à m'arrêter. Renversant la tête en arrière, je lui offris mes lèvres.

Sa bouche effleura la mienne en la plus impalpable des caresses. Je m'écartai légèrement de lui et fis glisser mes mains sur le satin de sa chemise, appréciant la fermeté du torse qu'elle moulait. J'avais envie de faire ce geste depuis que mes yeux s'étaient posés sur lui cette nuit-là. Je fis courir mes doigts sur la peau nue de ses épaules, si lisse, si douce, si ferme. Mes mains redescendirent dans son dos, et ce mouvement me rapprocha de lui.

Lâchant ma nuque, Jean-Claude m'enlaça et me serra contre lui, sans douceur cette fois, et avec assez de force pour que je sente le renflement de son bas-ventre même à travers le satin de son pantalon, le tissu de ma jupe et la dentelle de ma culotte.

Il était si dur, si raide que je dus fermer les yeux et enfouir mon visage contre sa poitrine. Je voulus me laisser retomber les pieds à plat sur le sol pour m'écarter de lui – juste un peu, juste de quoi reprendre mes esprits – mais il me maintint plaquée contre lui.

Je rouvris les yeux pour lui ordonner de me lâcher, bordel ! Mais à la vue de son visage si proche du mien, de ses lèvres entrouvertes, je perdis l'usage de la parole.

Je l'embrassai aussi doucement que lui quelques instants plus tôt. Il resserra les bras autour de ma taille ; il me plaqua plus fort contre lui d'un geste impérieux. Mon souffle s'échappa de ma gorge en un long soupir qu'il but avidement. Puis il posa sa bouche sur la mienne ; je me liquéfiai contre lui et m'ouvris à son baiser.

Je faufilai ma langue entre ses crocs. Embrasser un vampire avec la langue, c'est tout un art que des mois d'abstinence ne m'avaient pas fait oublier. Je ne me piquai pas sur la pointe délicate de ses canines.

Sans rompre notre baiser, Jean-Claude se pencha, passa ses bras autour de mes cuisses, se souleva et me porta sans effort apparent jusqu'à son bureau.

Je croyais qu'il allait m'allonger dessus ; au lieu de ça, il pivota et s'assit sur le bord en posant mes genoux sur les côtés. Soudain, il se retrouva pressé contre mon bas-ventre, sans rien d'autre que deux épaisseurs de tissu entre nous : le satin de son pantalon et la dentelle de ma culotte, ma jupe ayant remonté le long de mes cuisses.

Jean-Claude se coucha sur son bureau, me laissant le chevaucher en amazone. Il glissa les mains sous ma jupe et trouva la jarretière de mes bas. Je me plaquai assez fort contre lui pour qu'il arque le dos et qu'un spasme nous parcoure tous les deux.

Ce fut à cet instant qu'on frappa à la porte.

Nous nous figeâmes.

— Je ne veux pas être dérangé ! cria Jean-Claude.

Une voix que je ne connaissais pas répondit à travers le battant :

— Je suis désolé, maître, mais Malcolm est ici, et il demande à vous voir. Il dit que c'est urgent.

Jean-Claude, lui, devait connaître cette voix, car il ferma les yeux et jura tout bas en français.

— Que veut-il ?

Je glissai à terre, laissant Jean-Claude allongé sur son bureau avec les jambes pendant dans le vide.

Malcolm répondit lui-même de sa voix doucereuse.

— J'apporte un présent à Mlle Blake.

Je tirai sur le bas de ma jupe et m'inspectai rapidement pour m'assurer que j'étais présentable. Jean-Claude se redressa, mais resta assis au bord de son bureau.

233

—Entrez.

La porte s'ouvrit, et un grand homme blond en costume sombre s'avança dans la pièce. Malcolm s'habille toujours comme un télévangéliste, avec des fringues classiques et hors de prix. Bien entendu, à côté de Jean-Claude, il a l'air très quelconque… mais tous les hommes ont l'air quelconque à côté de Jean-Claude.

Pourtant, Malcolm possède une aura indubitable, une présence sereine et apaisante qui agit sur tous ceux qui l'entourent. C'est un maître vampire, et, dès l'instant où il entra, je sentis son pouvoir peser et vibrer sur ma peau. Il tente de se faire passer pour un humain, et je me suis toujours demandé s'il se contrôle pour minimiser l'énergie qu'il dégage. Si c'est le cas, je ne suis pas pressée de découvrir son véritable niveau de pouvoir.

—Mademoiselle Blake, Jean-Claude, nous salua-t-il.

Il inclina légèrement la tête, puis s'écarta de la porte. Deux vampires portant le costume noir et la chemise blanche des diacres entrèrent, tenant un autre des leurs enchaîné entre eux. Il avait des cheveux blonds coupés court et malgré son bâillon on devinait des traces de sang séché autour de sa bouche.

—Voici Bill Stucker, dit Malcolm tandis que ses diacres le jetaient à terre. J'ai le regret de vous informer que la fille est morte.

—Donc, elle va devenir l'une d'entre vous, supputai-je.

Malcolm acquiesça.

—Il a essayé de s'enfuir, mais je vous ai donné ma parole qu'il serait puni par la loi humaine si elle mourait.

—Vous auriez pu tout simplement le déposer au commissariat, fis-je remarquer.

Malcolm jeta un coup d'œil à Jean-Claude, puis un autre à mon manteau de cuir noir abandonné sur le sol.

—Je suis navré d'interrompre votre soirée, mais j'ai pensé qu'il vaudrait mieux que ce soit l'Exécutrice qui remette

Bill à la police plutôt que nous. Les journalistes seront plus enclins à vous croire quand vous leur direz qu'il a agi sans notre consentement, et vous avez suffisamment le sens de l'honneur pour ne pas leur mentir.

—Insinuez-vous que les flics le feraient, eux ?

—Disons que pas mal de représentants de la loi se méfient de nous et ne seraient que trop heureux de nous voir perdre notre statut légal de citoyens américains.

J'aurais aimé lui répondre qu'il se trompait, mais je ne pouvais pas.

—Très bien. Je l'amènerai à la police, et je ferai savoir à la presse que c'est vous qui nous l'avez livré.

—Merci, mademoiselle Blake. (Malcolm se tourna vers Jean-Claude.) Encore toutes mes excuses. On m'avait dit que vous ne sortiez plus ensemble.

—Nous ne sortons pas ensemble, dis-je un peu trop vite.

Malcolm haussa les épaules.

—Bien entendu.

Il reporta son attention sur Jean-Claude et afficha un sourire qui disait, avec plus d'éloquence que n'importe quelles paroles, que tous deux ne s'appréciaient pas. Malcolm n'était absolument pas désolé d'avoir interrompu la soirée de Jean-Claude. Ils représentaient deux genres de vampires très différents, donc aucun n'approuvait complètement l'autre.

Enjambant le vampire enchaîné et bâillonné qui se tordait sur le sol, Malcolm sortit de la pièce. Ses diacres lui emboîtèrent le pas. Aucun d'eux n'accorda le moindre regard au condamné.

Une petite foule de serveurs et de serveuses en uniforme plus que sommaire se massait dans le couloir. Jean-Claude désigna Bill Stucker.

—Emportez-le et chargez-le à l'arrière de la voiture de ma petite.

Il me regarda ; je m'accroupis, sortis mes clés de la poche de mon manteau en cuir et les lançai à l'un des serveurs.

Une serveuse se baissa, jeta le vampire enchaîné sur son épaule et se releva en le portant comme s'il ne pesait rien. Ils sortirent en refermant la porte derrière eux sans que Jean-Claude ait besoin de le leur demander.

Je ramassai mon manteau et me redressai.

—Je dois y aller.

—Bien entendu. (Un soupçon de colère frémissait dans la voix de Jean-Claude.) Tu as laissé s'échapper ton désir pour moi ; maintenant, tu dois le remettre en cage et le dissimuler parce qu'il te fait honte.

Je faillis me fâcher tout rouge, mais en le voyant assis face à moi, la tête baissée, les épaules voûtées et l'air presque découragé, je ne pus m'y résoudre. Dans le fond, il avait raison : je le traitais comme un secret embarrassant.

Je restai où j'étais, mon manteau sur le bras.

—Je dois emmener Bill Stucker au commissariat et expliquer ce qui s'est passé à la presse, pour éviter que cette affaire fasse de la mauvaise publicité à la communauté vampirique.

Jean-Claude acquiesça sans lever les yeux.

S'il s'était montré aussi arrogant que d'habitude, je l'aurais planté là sans remords. Mais il me laissait voir son chagrin, et je ne pouvais pas lui tourner le dos.

—Je vous offre un rameau d'olivier, dis-je.

Il leva la tête, les sourcils froncés.

—Un rameau d'olivier ? répéta-t-il sans comprendre.

—Un drapeau blanc ? suggérai-je à la place.

Il sourit.

—Une trêve. (Il partit d'un rire qui dansa sur ma peau.) J'ignorais que nous étions en guerre.

Aïe. Touchée.

—Allez-vous me laisser dire quelque chose de gentil, ou pas ?

—Je t'en prie, ma petite. Loin de moi l'idée de décourager tes impulsions pacificatrices.

—J'essaie de vous proposer un rencard.

Son sourire s'élargit et ses yeux brillèrent d'un tel plaisir que je dus détourner le regard pour ne pas lui rendre son sourire.

—Ça doit faire longtemps que tu n'avais pas demandé à un homme de sortir avec toi. Tu me sembles un peu rouillée.

J'enfilai mon manteau.

—D'accord. Faites le malin si ça vous chante. Vous verrez : ça ne vous mènera pas loin.

J'avais presque atteint la porte quand il lança :

—Peut-être pas une guerre, ma petite, mais au moins un siège. Et le pauvre soldat que je suis se sent bien seul dehors dans le froid.

Je m'arrêtai et fis demi-tour. Il était toujours assis au bord du bureau, essayant sans doute d'avoir l'air inoffensif. Or, Jean-Claude est beaucoup de choses – séduisant, intelligent, cruel – mais « inoffensif » ne fait pas partie de la liste. Il est, au contraire, très dangereux pour le corps, l'esprit et l'âme.

—Demain soir. Je vous laisse choisir le restaurant.

Un des effets secondaires de notre lien, c'est que Jean-Claude peut désormais goûter la nourriture à travers moi, un plaisir auquel il avait dû renoncer depuis des siècles. De tous les pouvoirs que nous confère notre triumvirat, c'est l'un des plus mineurs, mais il adore ça, et j'adore le regarder savourer ses premières bouchées de viande rouge depuis quatre cents ans.

—Je m'occupe de la réservation, dit-il prudemment, comme s'il craignait que je change d'avis.

En le regardant assis sur son bureau, tout de rouge, de noir, de satin et de cuir vêtu, je n'avais aucune intention de changer d'avis. Je voulais juste m'asseoir en face de lui à la table du restaurant, puis le ramener chez lui, l'accompagner dans sa chambre et voir de quelle couleur étaient les draps de son immense lit.

Ce n'était pas juste de sexe que j'avais envie. Je voulais que quelqu'un me tienne dans ses bras. Je voulais me sentir en sécurité et libre d'être moi-même. Et que ça me plaise ou non, toutes ces choses étaient possibles avec Jean-Claude.

Oh! j'aurais pu appeler Richard, et il aurait sûrement été ravi de m'entendre. J'aurais pu aller le voir, et il y aurait eu tout autant de désir entre nous. Mais Richard et moi sommes séparés par des différents philosophiques bien plus graves que sa nature de lycanthrope. Richard essaie d'être quelqu'un de bien, et il trouve que je tue trop facilement pour être quelqu'un de bien moi aussi.

Jean-Claude m'a enseigné le pragmatisme ultime qui me maintient en vie et m'aide à sauver d'autres gens. Mais la pensée que ses bras constituaient le meilleur refuge dont je disposais en ce monde avait quelque chose de désolant… de déprimant, presque.

Il se leva d'un mouvement fluide, comme si son corps était animé par des ficelles, et s'approcha de moi avec la démarche glissante d'un prédateur. Le simple fait de le voir marcher me comprima la poitrine comme dans un étau. Saisissant les deux pans de mon manteau, il m'attira contre lui.

— Serait-ce tester trop sévèrement les limites de notre trêve que de te faire remarquer qu'il reste encore plusieurs heures avant l'aube?

— Je dois remettre Stucker à la police et parler à la presse, répondis-je d'une voix légèrement essoufflée. Ça ne va pas se faire en un claquement de doigts.

— À cette époque de l'année, l'aube se lève très tard, chuchota Jean-Claude en se penchant pour poser ses lèvres sur les miennes.

Nous nous embrassâmes, et je m'écartai juste assez pour murmurer:

— Je tâcherai de revenir avant le lever du soleil.

Il ne restait que quatre jours avant Noël et une heure avant l'aube lorsque je frappai à la porte de la chambre de

Jean-Claude, au sous-sol du *Cirque des Damnés* – un autre établissement dont il est le propriétaire.

—Entre, ma petite, me lança-t-il de l'intérieur.

Une heure. C'était peu, mais vous savez ce qu'on dit : ce qui compte, ce n'est pas la quantité, mais la qualité.

En chemin, je m'étais arrêtée à l'épicerie de nuit et j'avais acheté une de ces bombes de glaçage au chocolat tout prêt. Jean-Claude pourrait goûter le chocolat pendant que je le lécherai sur son corps.

Ses draps étaient blancs cette nuit-là ; nous rîmes beaucoup tandis que je pulvérisais le glaçage sur lui et tachais la soie immaculée. Mais lorsque chaque centimètre carré de peau que je convoitais fut couvert de sauce épaisse et sucrée, les rires firent place à d'autres bruits encore plus doux à mes oreilles.

L'aube nous surprit avant que Jean-Claude puisse prendre un bain et se débarrasser de toutes ces traces collantes. Je l'abandonnai dans ses draps de soie blanche souillés, le corps encore tiède, mais le cœur inerte. L'aube lui avait dérobé sa vie et son pouls. Il resterait mort jusqu'au coucher du soleil ; alors, il « ressusciterait » et se réveillerait.

Jean-Claude est un cadavre. Je le sais. Mais couvert de chocolat ou pas, il a la peau la plus délicieuse que j'aie jamais goûtée. Son cœur ne bat pas tout seul ; il ne respire pas de lui-même. Ça devrait faire une différence – et pour être honnête, ça en fait une. Je crois que le siège dont il parlait serait terminé depuis longtemps s'il était vivant. Ou peut-être pas. Sa nature de vampire fait partie de lui ; je ne parviens pas à imaginer ce qu'il serait en tant que simple mortel, et encore moins s'il m'attirerait.

Oui, ça fait une différence. Mais ce matin-là, ça ne m'empêcha pas de déposer un baiser chocolaté sur son front avant de rentrer chez moi. Nous avions rendez-vous le soir même, et alors que le souvenir de son corps pressé contre le mien s'attardait sur ma peau, je m'en réjouis d'avance.

CPi
AUBIN IMPRIMEUR

Achevé d'imprimer en mars 2011
N° d'impression L 74336
Dépôt légal, avril 2011
Imprimé en France
35294467-1